SAS

LA RÉSOLUTION 687

DU MÊME AUTEUR
AUX PRESSES DE LA CITÉ

N° 1 S.A.S. À ISTANBUL
N° 2 S.A.S. CONTRE C.I.A.
N° 3 S.A.S. OPÉRATION APOCALYPSE
N° 4 SAMBA POUR S.A.S.
N° 5 S.A.S. RENDEZ-VOUS À SAN FRANCISCO
N° 6 S.A.S. DOSSIER KENNEDY
N° 7 S.A.S. BROIE DU NOIR
N° 8 S.A.S. AUX CARAÏBES
N° 9 S.A.S. À L'OUEST DE JÉRUSALEM
N° 10 S.A.S. L'OR DE LA RIVIÈRE KWAÏ
N° 11 S.A.S. MAGIE NOIRE À NEW YORK
N° 12 S.A.S. LES TROIS VEUVES DE HONG-KONG
N° 13 S.A.S. L'ABOMINABLE SIRÈNE
N° 14 S.A.S. LES PENDUS DE BAGDAD
N° 15 S.A.S. LA PANTHÈRE D'HOLLYWOOD
N° 16 S.A.S. ESCALE À PAGO-PAGO
N° 17 S.A.S. AMOK À BALI
N° 18 S.A.S. QUE VIVA GUEVARA
N° 19 S.A.S. CYCLONE À L'ONU
N° 20 S.A.S. MISSION À SAÏGON
N° 21 S.A.S. LE BAL DE LA COMTESSE ADLER
N° 22 S.A.S. LES PARIAS DE CEYLAN
N° 23 S.A.S. MASSACRE À AMMAN
N° 24 S.A.S. REQUIEM POUR TONTONS MACOUTES
N° 25 S.A.S. L'HOMME DE KABUL
N° 26 S.A.S. MORT À BEYROUTH
N° 27 S.A.S. SAFARI À LA PAZ
N° 28 S.A.S. L'HÉROÏNE DE VIENTIANE
N° 29 S.A.S. BERLIN CHECK POINT CHARLIE
N° 30 S.A.S. MOURIR POUR ZANZIBAR
N° 31 S.A.S. L'ANGE DE MONTEVIDEO
N° 32 S.A.S. MURDER INC. LAS VEGAS
N° 33 S.A.S. RENDEZ-VOUS À BORIS GLEB
N° 34 S.A.S. KILL HENRY KISSINGER !
N° 35 S.A.S. ROULETTE CAMBODGIENNE
N° 36 S.A.S. FURIE À BELFAST
N° 37 S.A.S. GUÊPIER EN ANGOLA
N° 38 S.A.S. LES OTAGES DE TOKYO
N° 39 S.A.S. L'ORDRE RÈGNE À SANTIAGO
N° 40 S.A.S. LES SORCIERS DU TAGE
N° 41 S.A.S. EMBARGO
N° 42 S.A.S. LE DISPARU DE SINGAPOUR
N° 43 S.A.S. COMPTE À REBOURS EN RHODÉSIE
N° 44 S.A.S. MEURTRE À ATHÈNES
N° 45 S.A.S. LE TRÉSOR DU NÉGUS
N° 46 S.A.S. PROTECTION POUR TEDDY BEAR
N° 47 S.A.S. MISSION IMPOSSIBLE EN SOMALIE
N° 48 S.A.S. MARATHON À SPANISH HARLEM
N° 49 S.A.S. NAUFRAGE AUX SEYCHELLES
N° 50 S.A.S. LE PRINTEMPS DE VARSOVIE
N° 51 S.A.S. LE GARDIEN D'ISRAËL
N° 52 S.A.S. PANIQUE AU ZAÏRE
N° 53 S.A.S. CROISADE À MANAGUA
N° 54 S.A.S. VOIR MALTE ET MOURIR
N° 55 S.A.S. SHANGHAÏ EXPRESS
N° 56 S.A.S. OPÉRATION MATADOR
N° 57 S.A.S. DUEL À BARRANQUILLA
N° 58 S.A.S. PIÈGE À BUDAPEST
N° 59 S.A.S. CARNAGE À ABU DHABI
N° 60 S.A.S. TERREUR À SAN SALVADOR
N° 61 S.A.S. LE COMPLOT DU CAIRE
N° 62 S.A.S. VENGEANCE ROMAINE
N° 63 S.A.S. DES ARMES POUR KHARTOUM
N° 64 S.A.S. TORNADE SUR MANILLE
N° 65 S.A.S. LE FUGITIF DE HAMBOURG
N° 66 S.A.S. OBJECTIF REAGAN
N° 67 S.A.S. ROUGE GRENADE
N° 68 S.A.S. COMMANDO SUR TUNIS
N° 69 S.A.S. LE TUEUR DE MIAMI

N° 70 S.A.S. LA FILIÈRE BULGARE
N° 71 S.A.S. AVENTURE AU SURINAM
N° 72 S.A.S. EMBUSCADE À LA KHYBER PASS
N° 73 S.A.S. LE VOL 007 NE RÉPOND PLUS
N° 74 S.A.S. LES FOUS DE BAALBEK
N° 75 S.A.S. LES ENRAGÉS D'AMSTERDAM
N° 76 S.A.S. PUTSCH À OUAGADOUGOU
N° 77 S.A.S. LA BLONDE DE PRÉTORIA
N° 78 S.A.S. LA VEUVE DE L'AYATOLLAH
N° 79 S.A.S. CHASSE À L'HOMME AU PÉROU
N° 80 S.A.S. L'AFFAIRE KIRSANOV
N° 81 S.A.S. MORT À GANDHI
N° 82 S.A.S. DANSE MACABRE À BELGRADE
N° 83 S.A.S. COUP D'ÉTAT AU YEMEN
N° 84 S.A.S. LE PLAN NASSER
N° 85 S.A.S. EMBROUILLES À PANAMA
N° 86 S.A.S. LA MADONE DE STOCKHOLM
N° 87 S.A.S. L'OTAGE DE OMAN
N° 88 S.A.S. ESCALE À GIBRALTAR

L'IRRÉSISTIBLE ASCENSION DE MOHAMMAD REZA, SHAH D'IRAN
LA CHINE S'ÉVEILLE
LA CUISINE APHRODISIAQUE DE S.A.S.
PAPILLON ÉPINGLÉ
LES DOSSIERS SECRETS DE LA BRIGADE MONDAINE
LES DOSSIERS ROSES DE LA BRIGADE MONDAINE

AUX ÉDITIONS DU ROCHER

LA MORT AUX CHATS
LES SOUCIS DE SI-SIOU

AUX ÉDITIONS GÉRARD DE VILLIERS

N° 89 S.A.S. AVENTURE EN SIERRA LEONE
N° 90 S.A.S. LA TAUPE DE LANGLEY
N° 91 S.A.S. LES AMAZONES DE PYONGYANG
N° 92 S.A.S. LES TUEURS DE BRUXELLES
N° 93 S.A.S. VISA POUR CUBA
N° 94 S.A.S. ARNAQUE À BRUNEI
N° 95 S.A.S. LOI MARTIALE À KABOUL
N° 96 S.A.S. L'INCONNU DE LENINGRAD
N° 97 S.A.S. CAUCHEMAR EN COLOMBIE
N° 98 S.A.S. CROISADE EN BIRMANIE
N° 99 S.A.S. MISSION À MOSCOU
N° 100 S.A.S. LES CANONS DE BAGDAD
N° 101 S.A.S. LA PISTE DE BRAZZAVILLE
N° 102 S.A.S. LA SOLUTION ROUGE
N° 103 S.A.S. LA VENGEANCE DE SADDAM HUSSEIN
N° 104 S.A.S. MANIP À ZAGREB
N° 105 S.A.S. KGB CONTRE KGB
N° 106 S.A.S. LE DISPARU DES CANARIES
N° 107 S.A.S. ALERTE AU PLUTONIUM
N° 108 S.A.S. COUP D'ÉTAT À TRIPOLI
N° 109 S.A.S. MISSION SARAJEVO
N° 110 S.A.S. TUEZ RIGOBERTA MENCHU
N° 111 S.A.S. AU NOM D'ALLAH
N° 112 S.A.S. VENGEANCE À BEYROUTH
N° 113 S.A.S. LES TROMPETTES DE JERICHO
N° 114 S.A.S. L'OR DE MOSCOU
N° 115 S.A.S. LES CROISÉS DE L'APARTHEID
N° 116 S.A.S. LA TRAQUE CARLOS
N° 117 S.A.S. TUERIE À MARRAKECH
N° 118 S.A.S. L'OTAGE DU TRIANGLE D'OR
N° 119 S.A.S. LE CARTEL DE SÉBASTOPOL
N° 120 S.A.S. RAMENEZ-MOI LA TÊTE D'EL COYOTE

LE GUIDE S.A.S. 1989

GÉRARD DE VILLIERS

SAS

LA RÉSOLUTION 687

E D I T I O N S
GERARD *de* VILLIERS

Photo de la couverture : Michael MOORE
Arme fournie par : armurerie COURTY ET FILS, à Paris
Maquillage : Agnès BRAS

ISBN : 2 - 7386 - 5777 - X

ISSN : 0295 - 7604

CHAPITRE PREMIER

Tadeusz Zirkowski adressa un sourire chaleureux au soldat irakien qui levait la barrière du poste-frontière pour laisser passer sa Mercedes en territoire jordanien. A cet instant, la boule qui lui nouait l'estomac depuis son départ de Bagdad fondit d'un coup. Il était sauvé ! Il avait l'impression d'avoir gagné une longue course d'obstacles, tous mortels. A chacun des innombrables *check-point,* au long des quatre cents kilomètres de route entre Bagdad et la frontière, il s'était attendu à être arrêté.

Le dernier était le plus dangereux. Des dizaines de camions et de voitures particulières faisaient la queue devant le bâtiment du poste-frontière de Turaybil. Le passage prenait entre un quart d'heure et huit heures, selon l'humeur des policiers et l'importance du bakchich distribué. Grâce à son passeport diplomatique, Tadeusz Zirkowski avait pu emprunter le couloir des VIP, attendant, le cœur battant, que l'officier irakien le feuillette d'un air soupçonneux, puis le lui rende enfin, avec un sourire motivé par le billet de dix dollars trouvé entre ses pages.

Euphorique, le diplomate polonais accéléra pour gagner le poste-frontière jordanien, à un kilomètre. Il modifia légèrement la position de son rétroviseur, afin de ne pas être ébloui par le soleil levant dans son dos. Le désert et les montagnes cernant l'horizon prenaient des teintes superbes sous les rayons horizontaux, virant progressivement du mauve à l'ocre vif. Même les vastes étendues de basalte noirâtre qui s'étendaient à perte de vue avaient l'air plus gai.

Six heures dix. En roulant bien, il atteindrait Amman vers neuf heures et demie.

De nouveau, il dut faire la queue. Même ennui, avec l'angoisse en moins. Devant lui, une demi-douzaine de taxis collectifs jordaniens disparaissaient sous des monceaux de bagages entassés sur le toit. Ils étaient pleins d'Irakiens pour qui sortir du pays était un véritable parcours du combattant, exigeant une foule d'autorisations et près de huit cent mille dinars irakiens – environ mille dollars –, une fortune dans ce pays ruiné.

La file avançait rapidement, les Jordaniens n'étaient pas trop regardants. Tadeusz Zirkowski s'étira : il commençait à ressentir la fatigue des heures de conduite, la peur au ventre. Machinalement, il tâta, au fond de la poche de sa veste, la précieuse cassette audio qui avait déclenché son voyage. Il avait hâte de l'écouter. Voyant sa plaque CD, un soldat jordanien lui fit signe de contourner la file arrêtée.

Recrus de fatigue, les passagers dormaient dans les véhicules. Dans l'autre sens, le passage était encore plus rapide. Au moins une douzaine d'énormes semi-remorques bâchées avaient défilé dans un nuage de gas oil devant le Polonais. Elles prenaient la direction de Bagdad, chargées de tonnes de nourriture – fruits, viande et légumes – indispensable à la maigre survie de l'Irak, sous embargo depuis cinq ans, après l'invasion du Koweit en août 1990, suite à la Résolution 687 des Nations unies.

Depuis cette date, toutes les liaisons aériennes entre l'Irak et le monde extérieur étaient interrompues, interdiction était faite à Bagdad de vendre son pétrole et une commission spéciale des Nations unies inventoriait le programme d'armes de destruction massive de l'Irak.

La route Bagdad-Amman était devenue l'unique voie, le cordon ombilical reliant l'Irak au reste du monde. Aucun avion n'ayant plus le droit de décoller ou de se poser sur un aéroport irakien, même les diplomates devaient passer par Amman, la capitale de la Jordanie. Entre neuf et dix-huit heures de trajet semé d'innombrables *check-point*. L'ambassadeur d'Irak à Amman avait établi en mai 1995 un record difficile à battre, Bagdad-Amman en huit heures quarante-six minutes, avec une Mercedes 560.

Le soldat jordanien tamponna rapidement le passeport de Tadeusz Zirkowski et le diplomate démarra aussitôt. Déjà sept heures de route ! Eparses sur le plancher, les boîtes de lait condensé s'entrechoquèrent avec deux bouteilles de whisky *Defender*. Les unes et les autres utilisées comme sésame aux différents *check-point*. Il en avait déjà distribué une douzaine depuis son départ de Bagdad. C'était le meilleur moyen d'amadouer les soldats les plus tatillons : on manquait de tout en Irak, sauf de pétrole.

Devant lui, la route filait jusqu'à la ligne d'horizon, droite comme un trait, se confondant avec l'immensité légèrement accidentée de basalte noir, quadrillée d'innombrables pistes invisibles. A sa droite, au nord, la Syrie, à sa gauche, au sud, l'Arabie Saoudite. Les deux frontières étaient à moins de cinquante kilomètres l'une de l'autre, ce qui ne signifiait strictement rien. Les Bédouins nomades installés dans la région les franchissaient sans même s'en apercevoir, avec leurs pick-up ou leurs chameaux chargés de marchandises introuvables dans les pays où ils se rendaient : de l'alcool en Arabie, des moutons en Irak, du pétrole en Syrie...

Tadeusz Zirkowski cala le compteur à cent cinquante et doubla deux énormes camions-citernes aux plaques bleues irakiennes. Il en passait une centaine par jour, en direction de la raffinerie de Zarka, vingt kilomètres avant Amman. Juste avant que soit décrété l'embargo, la Jordanie s'était opportunément souvenue d'une dette de 1,3 milliard de dollars que l'Irak lui payait en pétrole, à un prix cassé... L'oléoduc étant fermé, c'était une noria incessante de camions qui remontaient ensuite à vide vers la frontière irakienne.

Machinalement, le diplomate polonais jeta un coup d'œil dans le rétroviseur : le ruban d'asphalte rectiligne était absolument vide, à l'exception des deux camions. Il s'efforça de calmer ses nerfs, mais depuis la veille au soir, il était à cran : il se savait en danger de mort, s'il demeurait en Irak.

*
**

Tadeusz Zirkowski n'était pas un diplomate comme les autres. Arrivé à l'ambassade de Pologne à Bagdad un an plus tôt, il était affecté à la section des intérêts américains. N'ayant plus de relations diplomatiques avec l'Irak, les Etats-Unis avaient demandé à la Pologne de s'occuper des affaires courantes. Membre du BBN (1), qui avait succédé à la SB (2) de la Pologne communiste, Tadeusz Zirkowski avait pour mission à Bagdad de continuer à exploiter un certain nombre de « sources » tamponnées du temps de la SB pour le compte du KGB soviétique.

La SB avait pu créer alors des relations utiles avec des membres du « premier cercle », ceux qui approchaient Saddam Hussein. Privilège extraordinaire, car hormis une poignée de fidèles, personne ne voyait le *Raïs*. Personne ne savait même où il se trouvait. Souvent, lors de manifestations publiques, il se faisait remplacer par un sosie. Il en avait un « parc » de trois ou quatre, qui se montraient parfois en ville, dans sa Mercedes blindée, ou à la mosquée.

Même les ambassadeurs des pays arabes ne le voyaient pas quand ils remettaient leurs lettres de créance. Lorsque Saddam Hussein recevait les enfants des écoles, ceux-ci

(1) Biuro Bezpieczenstwa Narodowego.
(2) Shuzba Bezpieczenstwa.

étaient fouillés soigneusement. Et, bien entendu, un « goûteur » testait sa nourriture et sa boisson.

Aussi, les quelques membres du « premier cercle », même s'ils n'avaient pas un rang élevé, représentaient des « sources » précieuses. Tadeusz Zirkowski n'avait pas eu de mal à les réactiver, remplaçant les zlotys par de beaux dollars bien verts.

La veille au soir, c'est avec une de ses sources, un lieutenant de la garde républicaine, Karim Jabouri, qu'il avait dîné dans une guinguette au bord du Tigre. Rencontre de routine qui s'était révélée explosive. L'officier de la garde républicaine cumulait deux tâches : il dirigeait le stand de tir du palais présidentiel et supervisait le système d'écoute qui enregistrait toutes les délibérations tenues dans la salle de conférence attenante au bureau de Saddam Hussein.

Karim Jabouri était arrivé au dîner avec une cassette. De la dynamite, selon lui. L'enregistrement d'une conversation secrète entre Saddam Hussein et son gendre, le général Hussein Kemal, directeur du programme d'armement nucléaire, chimique et biologique de l'Irak.

L'homme qui, six semaines plus tôt, avait fui l'Irak pour venir demander l'asile politique à la Jordanie.

Après que Karim Jabouri lui eut résumé le contenu de cette cassette, Tadeusz Zirkowski n'avait plus qu'une idée : la prendre et filer.

Parti le premier du restaurant, il était revenu sur ses pas en s'apercevant qu'il avait oublié sur la table son Zippo à l'effigie de Marilyn Monroe, son idole. Le lieutenant Karim Jabouri s'éloignait à ce moment vers sa voiture, garée à bonne distance de la guinguette. C'est alors que Tadeusz Zirkowski avait vu deux hommes surgir de l'obscurité et encadrer son informateur.

Le pouls du diplomate polonais était monté à cent cinquante et il s'était hâté de disparaître.

Plus question d'écouter tranquillement la cassette. Si Karim Jabouri avait dit vrai, il fallait exfiltrer au plus vite l'enregistrement. A Bagdad, même dans une ambassade, il n'était pas en sécurité. Tadeusz Zirkowski était repassé à son bureau, pour laisser un mot à un collègue sûr, et, sans même s'arrêter chez lui, avait pris sur-le-champ la direction de l'ouest. Il n'avait pas tellement le choix. Au nord, c'était le Kurdistan, en proie à une anarchie totale. Il ne parviendrait jamais en Turquie. Au sud, les frontières avec le Koweit et l'Arabie Saoudite étaient hermétiquement closes. Aux *check-point* de l'armée irakienne, on tirait à vue sur tout déserteur présumé.

Il ne restait donc que la route de tous les trafics, de Bagdad à Amman, un ruban goudronné à deux voies filant vers l'est sur près de huit cents kilomètres. Personne ne s'étonnerait de le voir prendre la route à onze heures du soir. La nuit, le trafic était moindre et il faisait frais. Il demeurait une inconnue de taille : ceux qui avaient interpellé Karim Jabouri allaient-ils remonter jusqu'à lui assez vite pour l'intercepter avant la frontière ?

Le franchissement de chaque *check-point*, entre Bagdad et la frontière, avait été une agonie, une décharge d'adrénaline qui le vidait. Maintenant, il se sentait léger comme un nuage. Le long ruban asphalté se déroulait devant lui sans obstacle jusqu'à Amman.

*
**

– Avec qui étais-tu hier soir ?

En même temps que la question, posée pour la centième fois, Karim Jabouri reçut un violent coup de pied dans les côtes. Il se recroquevilla et répéta, lui aussi pour la centième fois :

– Un ami. Un diplomate polonais, Myszar Katowszyk. Vous pouvez vérifier.

– C'est un espion. On t'a vu lui donner quelque chose. Quoi ?

– Je n'ai rien donné, prétendit Karim Jabouri. C'était un paquet de cigarettes. *Wahiet Allah.* (1)

(1) Je le jure sur Allah.

– Chien errant ! Traître ! Tu vas dire la vérité ou tu vas mourir !

L'interrogateur du *Fassela El Amm*, la garde prétorienne de Saddam Hussein, lui décocha un nouveau coup de pied, encore plus violent, qui lui arracha un hurlement de douleur. Karim Jabouri savait que s'il disait la vérité, il mourrait... Alors, il fallait tenir. Nier. Ses paupières enflées par les coups laissaient filtrer une vision floue et déformée.

Les trois hommes qui l'interrogeaient depuis la veille au soir s'agitaient autour de lui comme des fantômes dans le brouillard. Sa montre brisée, il ignorait l'heure, mais supposait que la nuit s'achevait.

A peine avait-il été amené dans la prison spéciale du palais présidentiel, un ancien dépôt d'armes légères sous l'immeuble Hyat, que l'interrogatoire avait commencé. A coups de botte, de poing, de bâton. On avait « attendri » Karim Jabouri comme on attendrit une viande un peu ferme. Ils avaient tout leur temps, mais espéraient le faire avouer avant l'arrivée de leur chef, Udei, le fils de Saddam Hussein. Maintenant, c'était trop tard. Udei venait d'arriver, à l'aube comme toujours, et se faisait expliquer la situation. Karim Jabouri entendit des éclats de voix, comprit vaguement ce qui se passait. Udei était furieux qu'on ne l'ait pas prévenu *immédiatement*. Les fonctions de Karim Jabouri rendaicnt toutc trahison gravissime.

Des ordres fusèrent. On ramassa Karim Jabouri pour l'attacher à une chaise, les mains menottées dans le dos. Deux nouveaux venus firent leur apparition, avec leurs « instruments » : une perceuse et un gros flacon d'acide sulfurique. Udei trépignait ; il *fallait* un résultat.

Sans même poser une seule question au prisonnier, le soldat brancha sa perceuse à une prise murale. Un ronflement aigu s'éleva dans la pièce. Quelques instants, le soldat, attentif comme un bon ouvrier, regarda tourner le foret. Karim Jabouri sentit soudain qu'il urinait sous lui. Un liquide chaud coula le long de sa cuisse. Une peur viscérale lui vidait le cerveau. Il aurait donné n'importe quoi pour être plus vieux de quelques heures, même si c'étaient les dernières qui lui restaient à vivre. Il ferma les yeux lorsque le soldat mit un genou à terre, en face de lui, tenant fermement la perceuse à l'horizontale, à la hauteur de son tibia.

Il y eut quelques secondes de répit merveilleuses. Puis le foret attaqua, d'abord le tissu du pantalon, puis la chair et, enfin, se vrilla dans l'os.

*
**

Tadeusz Zirkowski sentit la Mercedes se mettre à flotter bizarrement, comme s'il roulait sur une route verglacée. Instinctivement, il leva le pied. Bien lui en prit : il y eut un bruit sourd à l'arrière, puis un fracas de ferraille et la voiture fila à gauche !

Un pneu venait d'éclater. A l'arrière, heureusement ! Il parvint à stopper sans trop de mal et descendit inspecter les dégâts. Du pneu, il ne subsistait que quelques lambeaux attachés à la jante. A Bagdad, on ne trouvait plus que des pneus rechapés, à cause de l'embargo... Il n'y avait plus qu'à changer de roue. Un camion le frôla dans un grondement menaçant... Il ouvrit le coffre et se mit au travail.

*
**

– Arrête !

Docilement, le soldat arrêta la perceuse. Les hurlements de Karim Jabouri continuèrent. Le foret était enfoncé de trois centimètres dans sa jambe, perçant le tibia de part en part. Du sang coulait jusqu'au sol.

– Arrose-le.

La voix de l'officier était d'un calme effrayant. D'un coup sec, le soldat retira le foret, déclenchant un sursaut du prisonnier. Il prit alors une grosse seringue, ouvrit le flacon d'acide sulfurique et remplit le tiers de la seringue du liquide chaud fumant. Ensuite, il enfonça légèrement l'extrémité de la seringue dans le trou percé et appuya sur le piston.

Karim Jabouri poussa un hurlement à s'arracher les cordes vocales sous l'effroyable douleur. L'acide sulfurique s'infiltrait à l'intérieur de sa jambe, rongeant l'os et les chairs. Sous le choc, Karim Jabouri s'évanouit. Il fallut deux seaux d'eau pour le ranimer. L'officier se pencha alors vers lui, terrorisé lui aussi : s'il ne parvenait pas à arracher la vérité au prisonnier, c'est *lui* qu'Udei exécuterait.

– Tu parles, dit-il quand il vit Karim Jabouri reprendre connaissance. Sinon, on continue.

Karim Jabouri était brisé. Une seule idée surnageait en lui : ne plus souffrir. Il inclina la tête affirmativement. Il était si faible que l'officier dut coller son oreille à sa bouche pour entendre toutes les réponses. Lorsqu'il fut certain qu'il savait l'essentiel, il fonça dans le bureau voisin et mit Udei au courant. Il était à présent glacé de terreur. C'était beaucoup plus grave que ce qu'on avait craint. Udei l'écouta sans un mot.

– Vous êtes des imbéciles ! hurla-t-il. Il fallait me prévenir hier soir. Maintenant, c'est peut-être trop tard. *Rouh !* (1)

L'officier ne se le fit pas dire deux fois. Resté seul, Udei se mit au téléphone. Son premier appel fut pour le poste-frontière. Lorsqu'il apprit que l'homme qu'il cherchait était passé une demi-heure plus tôt, il hurla tout seul de rage.

Il n'avait plus qu'une chance de réussir : activer un réseau qui n'aurait jamais dû être utilisé à cette fin. Les conséquences pouvaient être incalculables, mais il n'avait pas le choix.

*
**

(1) Fous le camp !

L'accélérateur à fond, Tadeusz Zirkowski passa devant un panneau de limitation de vitesse à quatre-vingt-dix. Il voulait rattraper les trente minutes perdues à changer sa roue. Dans ce désert, cette limitation était surréaliste... Même les gros camions-citernes roulaient à plus de cent vingt lorsque leur vieux moteur le leur permettait.

Il dut pourtant ralentir : un énorme camion était arrêté presque au milieu de la route. Il portait deux triangles rouges à l'arrière de sa citerne, signalant qu'il transportait de l'essence. Une demi-douzaine de Bédouins faisaient la queue avec différents récipients, du jerrican au simple seau, dans le but de se ravitailler à peu de frais... De la frontière irakienne à Amman, les stations-service improvisées naissaient comme des champignons. Il suffisait de brandir un jerrican au bord de la route pour qu'un mastodonte stoppe aussitôt. Les chauffeurs, mal payés, arrondissaient ainsi leur salaire de quelques dinars. De temps à autre, une imprudence transformait en chaleur et en lumière le camion, le conducteur et ses clients, et il ne restait qu'une carcasse noircie qui se confondait vite avec le basalte du désert.

La Mercedes passa en trombe devant les Bédouins qui ne levèrent même pas la tête. Tadeusz Zirkowski accéléra à nouveau. Le soleil ascendant ne l'éblouissait plus.

Dans le lointain, dans le prolongement des pylônes électriques bordant la route, il distinguait les constructions plates d'Al Ruwayshid, la première « ville » depuis la frontière irakienne. Une poste, une caserne de la Police du Désert et quelques milliers de Bédouins qui vivaient soit dans des tentes aux allures de grosses chenilles marron, soit dans de rustiques maisons en parpaings, et survivaient de multiples trafics, loin de l'autorité d'Amman. Ici, les choses n'avaient guère changé depuis quelques milliers d'années.

Le diplomate polonais, affamé et épuisé, avait envie de manger un *chawerma* (1), de boire un café bédouin, ce

(1) Mouton rôti sur une broche verticale.

fond de tasse à l'amertume renforcée par la cardamome, à réveiller un mort... Il ralentit juste avant l'agglomération. La route se scindait en deux, pâle esquisse d'une autoroute fantôme, et contournait un poste militaire installé entre ses deux branches. Un peu plus loin, une demi-douzaine d'épiceries restaurants s'alignaient des deux côtés de la route, tenues par des chrétiens, car on y vendait de l'alcool. Tadeusz Zirkowski se dirigea vers la plus pimpante, en face du cube ocre de la poste minuscule.

*
**

Deux soldats en uniforme noir remirent debout Karim Jabouri, déclenchant des élancements atroces dans ses jambes martyrisées. Le seul contact de ses chaussures sur le sol était insoutenable. Il se laissa traîner, ses bras autour de leurs épaules, jusqu'à un bureau. Il ignorait combien de temps il était demeuré inconscient.

Un homme était debout au milieu de la pièce : Udei, le fils aîné de Saddam Hussein. En tenue militaire comme d'habitude, les bras croisés, son regard sombre encore plus méchant que d'habitude, il apostropha Karim Jabouri d'une voix vibrante de fureur.

– Tu es un traître ! Tu as trahi ton serment de fidélité au *Raïs*.

Karim Jabouri était trop faible pour répliquer. Les mots atteignaient à peine son cerveau, la douleur de ses jambes massacrées noyait toute pensée. Udei s'approcha et l'odeur qui émanait du prisonnier, mélange d'urine, de sang séché, d'acide et de sueur, lui tira une grimace de dégoût.

– Tu as encore une chance de sauver ta vie, lança-t-il d'une voix plus douce. Tu as servi fidèlement de longues années et tu as avoué ton crime. Dis-moi seulement : « Pardonne-moi pour l'amour de Saddam Hussein », et tu ne seras pas exécuté.

Il fallut plusieurs secondes à Karim Jabouri pour comprendre le sens de ces paroles. En Irak, tout était possible,

Saddam Hussein était d'un machiavélisme achevé. Un homme arraché à la mort pouvait, une fois retourné, devenir le plus fidèle des esclaves. D'un effort surhumain, l'officier releva la tête et balbutia entre ses lèvres éclatées :

– Pardon ! Pour l'amour de Saddam Hussein !

Udei Hussein eut un hochement de tête approbateur. Puis son expression se durcit à nouveau. Arrachant le gros pistolet automatique Makarov de son holster, il en repoussa le cran de sûreté vers l'arrière, puis tendit le bras jusqu'à ce que l'extrémité du canon se trouve à quelques centimètres du front de Karim Jabouri.

– Mon père n'aime pas les lâches, lança-t-il, glacial.

Karim Jabouri vit son gros index presser la détente, entendit la détonation et eut l'impression de recevoir un choc formidable à la tête. Les deux soldats s'écartèrent vivement pour ne pas être éclaboussés par le sang qui jaillit de son crâne fracassé.

*
**

Tadeusz Zirkowski traversa le terre-plein qui séparait les deux voies de la route n° 10 pour regagner sa voiture garée devant la poste, un petit cube ocre dont la haute antenne se balançait, un peu en retrait de la route. Le soleil commençait à taper. Le Polonais se remit au volant et démarra aussitôt. Encore deux cent trente kilomètres jusqu'à Amman. La demi-heure de repos et le café l'avaient regonflé.

Il sortit d'Al Ruwayshid et quelques kilomètres plus loin s'engagea dans une longue courbe. Ensuite, il n'y avait plus un virage jusqu'à As Safawi, le prochain village, distant d'une centaine de kilomètres.

A la sortie de la courbe il dut ralentir ; un gros camion-citerne déboîtait d'une aire de stationnement située en bordure de la route. Il en profita pour balayer le désert d'un regard circulaire : loin sur sa gauche, une poussière ocre s'élevait en tourbillon se déplaçant à toute vitesse. Les Bédouins étaient persuadés que c'étaient des djinns (1), les âmes de certains morts qui poursuivaient ceux qui leur avaient nui.

Tout à coup, Tadeusz Zirkowski aperçut une voiture dans son rétroviseur. Un taxi orange et bleu, une vieille Mercedes. Il n'y avait pourtant aucun véhicule derrière lui lorsqu'il avait quitté Al Ruwayshid... Il réalisa soudain : la Mercedes se trouvait sur l'aire de stationnement, cachée par le camion. Elle roulait vite à présent et se rapprochait.

Maintenant qu'il se sentait en sécurité, Tadeusz Zirkowski ne voulait pas risquer un accident, aussi serra-t-il à droite pour laisser passer le taxi. Machinalement, il observa la vieille Mercedes qui grossissait dans son rétroviseur. Comme la plupart des véhicules du coin, elle était surmontée d'une longue antenne de CB plantée verticalement sur le toit. Brutalement, son expérience d'agent secret alerta Tadeusz Zirkowski. Cinq hommes s'entassaient dans le véhicule ; des Bédouins en keffieh, armés. Il distinguait le canon de deux Kalachnikov émergeant de la masse humaine. En soi, cela n'avait rien d'exceptionnel : les Bédouins du désert étaient souvent armés. Pourtant, le diplomate polonais sentit son estomac se contracter. La plaque du taxi était jordanienne... Il n'y avait qu'un moyen d'en avoir le cœur net : il accéléra. Le taxi demeura derrière lui. Il écrasa alors le champignon. Il atteignit le cent quarante, mais le taxi orange et bleu ne se laissait pas distancer. Ou il faisait la course, ce qui n'était pas impossible, ou...

Un gros camion-citerne se traînant au milieu de la route l'obligea à ralentir ; une plaque bleue, irakienne. Tadeusz Zirkowski klaxonna furieusement et le camion mit son clignotant, signalant qu'il se rangeait. La Mercedes bourrée d'hommes surgit alors brutalement sur la gauche de la route, tentant de doubler en troisième position. Le Polonais tourna la tête et une poussée d'adrénaline manqua lui faire exploser les artères : le canon d'une Kalachnikov

(1) Esprits.

émergeait de la glace baissée de la portière avant, braqué sur lui à moins de deux mètres !

Sous le coup de l'émotion, Tadeusz Zirkowski donna un violent coup de volant vers la droite et faillit emboutir l'arrière du camion. Il mit quelques secondes à comprendre pourquoi les Bédouins ne tiraient pas. Deux triangles rouges étaient peints sur la citerne. Il suffirait qu'un seul projectile frappe le camion d'essence pour qu'il explose sur-le-champ. Les deux Mercedes étaient si proches qu'il ne resterait de leurs occupants que des cendres. Et encore...

La meilleure protection était donc de coller au camion-citerne. Peu avant As Safawi se trouvait un *check-point* de l'armée jordanienne. Il fallait tenir jusque-là. Le calcul du Polonais se révéla juste : le taxi orange et bleu continua à le talonner, mais ses occupants n'osaient pas ouvrir le feu. Et pour cause : le capot de sa Mercedes était pratiquement sous l'arrière du camion-citerne !

Les trois véhicules gardèrent la même position pendant une dizaine de kilomètres. Le chauffeur du camion devait se demander pourquoi les deux Mercedes ne le doublaient pas. Tadeusz Zirkowski essuya sur son pantalon ses mains trempées de sueur. Dans vingt minutes, ils arriveraient au *check-point*. C'est alors que son regard accrocha sur sa gauche un panache de poussière s'élevant du désert. Ce n'était pas un djinn, mais un véhicule qui roulait très vite sur une piste rejoignant la route n° 10 loin devant eux. Tadeusz Zirkowski devina rapidement qu'à cette vitesse, l'autre véhicule atteindrait la route devant eux. Sa présence n'avait rien d'extraordinaire : le désert était sillonné de pick-up reliant les différents campements de Bédouins. Pendant quelques instants, il s'en désintéressa, occupé à maintenir la Mercedes dans l'ombre du camion-citerne. Il n'osait pas penser aux conséquences d'un coup de frein brutal de ce dernier. Le taxi le serrait toujours d'aussi près. Les mains crispées sur le volant, sa visibilité vers l'avant réduite à l'énorme citerne, il comptait mentalement les kilomètres. Chaque tour de roue le rapprochait de la sécurité. Même un commando d'assassins bédouins n'oserait pas se heurter à la Police du Désert. Or, le camion devrait fatalement s'arrêter au *check-point*...

Quelques minutes s'écoulèrent dans le grondement des moteurs. Dans une légère courbe, Tadeusz Zirkowski reporta son attention sur le désert. Le véhicule qui fonçait sur la piste avait presque rejoint la route, mais sa course s'était modifiée. Il roulait désormais parallèlement à la route goudronnée, et beaucoup plus lentement. Comme il se rapprochait, Tadeusz Zirkowski vit qu'il s'agissait d'un pick-up blanc. Sur le plateau arrière, deux hommes en keffieh encadraient quelque chose qui ressemblait à une grue.

Encore une poignée de secondes et Tadeusz Zirkowski sentit son estomac se remplir de plomb. Ce qu'il avait pris pour une grue était une DSHK Douchka, une mitrailleuse lourde russe de 12,7 mm reconnaissable au manchon cylindrique de son frein de bouche.

*
**

Le camion-citerne, suivi des deux Mercedes accrochées à ses basques, était en train de doubler le pick-up qui roulait sur la piste parallèle à la route goudronnée, en contrebas.

Tadeusz Zirkowski, tétanisé, vit un des deux hommes installés sur le plateau du pick-up faire pivoter la grosse mitrailleuse de façon que le canon soit perpendiculaire à la route. Dans quelques secondes, le servant de l'arme allait pouvoir l'ajuster tranquillement. Etant donné son angle de tir, il ne risquait pas de faire sauter le camion-citerne.

D'un coup de volant brutal, le diplomate polonais déboîta, doublant enfin le camion-citerne. Quelques secondes de gagnées : la mitrailleuse ne pouvait tirer sans atteindre la citerne... Puis son cœur fit un bond dans sa poitrine : dans le lointain, il apercevait, sur la droite de la route, la modeste colline où s'élevaient les bâtiments du poste militaire. A cinq kilomètres peut-être. Tous ses muscles bandés, comme pour faire avancer la Mercedes plus vite, il s'imposa de ne pas regarder dans le rétroviseur. Puis, il y jeta un coup d'œil. Il aperçut le camion, mais pas le taxi orange et bleu. Celui-ci n'avait pas doublé.

Son regard dérapa vers la gauche et sa gorge se noua. Le pick-up avait accéléré. Dans un nuage de poussière, le servant de la Douchka, accroché aux deux poignées de tir, luttait pour conserver son équilibre. Des flammes orangées jaillirent soudain du canon. Les détonations sourdes de la mitrailleuse atteignirent les tympans de Tadeusz Zirkowski au moment où des morceaux d'asphalte jaillissaient devant lui, arrachés de la route par les énormes projectiles de 12,7 mm. Gêné par les cahots de la piste, le tireur avait raté sa cible.

Il y eut un craquement sec. Le pare-brise devint opaque, à l'exception d'un rond de sécurité. Un éclat d'asphalte avait ricoché sur le verre. Après quelques secondes d'affolement, Tadeusz Zirkowski se reprit. Il ne voulait plus voir que le poste militaire qui grandissait au loin. Encore trois minutes et il serait sauvé. Le pick-up, plus lent, perdait d'ailleurs du terrain. Bien sûr, la Douchka avait une portée énorme, mais plus la distance augmentait, plus l'arme, secouée par les cahots de la piste, était imprécise.

Poum-poum-poum-poum. La dernière détonation se confondit avec un horrible bruit de ferraille. La lunette arrière de la Mercedes vola en éclats, la voiture se mit à tressauter comme si elle roulait sur des roues carrées. Le volant échappa aux mains du diplomate polonais. Un projectile avait touché la roue arrière gauche, faisant éclater le pneu et arrachant un morceau de jante. Incontrôlable, le véhicule filait vers la gauche, en direction de la piste et du pick-up. Machinalement, Tadeusz Zirkowski avait levé le pied. Un puissant coup de sirène le rappela à l'ordre : le camion-citerne arrivait dans son dos, trente-cinq tonnes lancées à cent vingt à l'heure. D'un effort désespéré, il braqua à droite. La Mercedes partit en travers, il ne put la redresser.

Mètre par mètre, elle se rapprocha du fossé de droite et y plongea. Elle bascula et se renversa aussitôt sur le toit. Retenu par sa ceinture de sécurité, Tadeusz Zirkowski sentit la voiture effectuer un tonneau et s'accrocha de toutes ses forces au volant. Le paysage chavira.

La Mercedes s'immobilisa sur le toit, calée en contrebas de la route. Tadeusz Zirkowski détacha sa ceinture et donna un coup d'épaule dans la portière. Miracle, elle s'ouvrit. En dépit du choc, la caisse n'était pas déformée ! Le diplomate polonais rampa sur les cailloux et se mit debout, légèrement groggy. Seule sa main gauche saignait ; une égratignure.

Le camion-citerne s'éloignait, mais la Mercedes qui l'avait coursé était arrêtée sur la route, cinq cents mètres devant, et commençait à faire marche arrière. Le pick-up était invisible, de l'autre côté. Sans réfléchir, Tadeusz Zirkowski se mit à courir en direction du poste militaire, se tordant les pieds sur le sol rocailleux et inégal.

*
**

Sorti du taxi orange et bleu, un des Bédouins gesticulait en direction du pick-up, lui désignant le fugitif qui s'éloignait au milieu du désert. Il aurait pu aisément l'attcindre avec sa Kalach, mais les détonations se seraient entendues du *check-point*, et la Police du Désert était rapide à la détente.

Le conducteur du pick-up ralentit, changea de vitesse et se lança à l'assaut du talus de la route.

*
**

Les pieds douloureux, la bouche ouverte et le visage cramoisi, le cœur cognant contre ses côtes, Tadeusz Zirkowski courait comme un automate. Ses muscles étaient saisis par des crampes horribles, mais une force désespérée le poussait en avant. Les pensées se chevauchaient dans sa tête : ce ciel bleu était magnifique, la poussière ocre du désert lui brûlait les poumons. Il trébucha, manqua tomber, repartit. Ses enjambées se firent de plus en plus petites. Il avait l'impression que ses artères allaient éclater...

Il se retourna. La Mercedes n'avait pas bougé, loin derrière lui. Sa course demeurait parallèle à la route, au cas où une voiture secourable aurait surgi, mais l'asphalte était vide à l'infini.

Le museau blanc du pick-up surgit soudain sur la route, devant lui. Il avait escaladé le talus grâce à ses quatre roues motrices. Il resta immobile quelques instants, comme un insecte menaçant, puis tout à coup, son capot plongea lentement vers la droite et il commença à descendre prudemment vers la partie du désert où courait le fugitif. Il lui coupait la route.

Pendant une fraction de seconde, Tadeusz Zirkowski eut envie de s'arrêter, comme un animal traqué, harassé, qui se résigne à mourir. Puis l'instinct de conservation reprit le dessus et il bifurqua vers la route. D'un effort surhumain, il grimpa le talus, tombant, se relevant pour enfin émerger sur la chaussée.

La sensation du goudron sous ses pieds endoloris fut délicieuse ; durant quelques instants, il eut l'impression de voler ! Puis la fatigue lui donna à nouveau des semelles de plomb. Mais il n'avait plus qu'un kilomètre et demi à parcourir. Il essaya de forcer l'allure. En vain.

Un grondement lui fit tourner la tête et il aperçut le pick-up qui pointait son museau en haut du talus. A grands coups de moteur, il se hissait à nouveau sur la route. Un hurlement de pignons martyrisés, et il se lança à la poursuite du fugitif.

Tadeusz Zirkowski zigzagua comme un lapin affolé puis replongea vers le talus de gauche, sans réaliser que le pick-up pouvait l'y rejoindre facilement. Le gros véhicule arriva derrière lui. Le diplomate polonais se retourna et distingua pour la première fois le visage buriné du conducteur. Il voulut faire un écart, glissa sur une grosse pierre et trébucha.

Le lourd pare-chocs le frappa aux reins, le projetant à plat ventre. Une roue avant passa sur son thorax, l'écrasant comme une guêpe. Et après une ultime douleur atroce, il n'éprouva plus rien.

CHAPITRE II

Les grands yeux en amande, d'un insolite vert d'eau, soulignés de khôl, fixaient Malko avec une expression interrogative. De l'unique cliente de la salle, au premier étage du café *Al Sultan*, l'endroit « in » du quartier Shmeisani, dans Elea Abu Mahdi Street, rien d'autre ne se distinguait.

Cette cliente solitaire installée tout au fond de la salle sur une banquette de moleskine, sous le violent éclairage que reflétaient les innombrables miroirs des murs, paraissait complètement déplacée devant son Coca, après l'animation et le bruit du rez-de-chaussée. En bas, il n'y avait que des hommes, seuls ou en groupe, chacun avec son narguilé et son téléphone portable, qui dodelinaient de la tête au son de la musique syncopée déversée sur la terrasse qui avait carrément annexé le trottoir.

Toute la rue bruissait d'agitation, avec ses cafés en terrasse, ses fast-foods, ses restaurants, ses boutiques ouvertes très tard. Des groupes de jeunes y déambulaient sans trêve. Shmeisani, le Saint-Germain-des-Prés d'Amman, était presque entièrement peuplé de nouveaux riches. Une rue plus haut se trouvait la bijouterie la plus chère de la capitale...

Malko, perplexe, examinait l'inconnue aux yeux verts. Le *hidjab* blanc (1) et la longue robe couleur de ses yeux

(1) Voile.

rehaussée de broderies dissimulaient entièrement ses formes. On ne voyait que son regard, mais ses pieds étaient chaussés d'escarpins à brides fort peu islamistes. Arrivé à Amman deux heures plus tôt, Malko avait trouvé à son hôtel un message de Christopher Angleton, le responsable de la *Central Intelligence Agency* à Amman. L'Américain avait dû se rendre inopinément à Damas et ne reviendrait que le lendemain. Afin de gagner du temps, il lui demandait de contacter le *stringer* (1) avec qui il travaillerait en Jordanie. A neuf heures au café *Al Sultan*, Elea Abu Mahdi Street. Une certaine Zahra Sirb. Une femme... Le chef de station de la CIA n'avait cependant pas parlé d'une femme voilée.

L'inconnue dit quelques mots en arabe, d'une voix chantante, avec un ton interrogateur. Malko ne répondit qu'un seul mot :

– Zahra ?

Elle secoua la tête de gauche à droite, ce qui signifiait oui. Soulagé, il s'assit en face d'elle :

– Vous parlez anglais ?

Elle écarta le *hidjab*, dévoilant une bouche épaisse peinte comme celle d'une créature de harem, des dents éclatantes, un nez un peu long. Il baissa les yeux sur ses mains : de longs ongles rouges, de lourdes bagues, un gros bracelet. C'était une *stringer* à l'abri du besoin.

Of course, répliqua-t-elle de sa voix chantante. Qui vous a donné mon nom ?

– Christopher Angleton.

– Parfait. Vous avez trouvé facilement ?

– J'ai eu un peu de mal, confessa Malko.

Amman était un cauchemar d'urbaniste, une mosaïque de quartiers répartis entre plusieurs collines séparées par des vallées, chacun d'eux communiquant peu avec les autres. La ville grandissait à toute vitesse, mordant sur le désert, et dans la plupart des quartiers neufs, comme Shmeisani, les rues n'avaient pas de nom. Ajouter à tous

(1) Contractuel.

ces inconvénients un système de sens uniques sadique, et il y avait de quoi se décourager. Amman ne comptait pas une *seule* rue à la fois droite et horizontale. Comme en outre, les principales artères étaient partagées en deux par un muret central, il fallait parcourir des kilomètres avant de pouvoir effectuer un demi-tour et retrouver son chemin...

Amman était une ville étrange, faite d'une juxtaposition de quartiers isolés les uns des autres, séparés d'espaces non bâtis, pratiquement sans piétons, sauf dans les rues grouillantes de la Ville Basse, le vieil Amman. Les nantis préféraient s'isoler dans de lourdes villas en pierre, surmontées d'étranges antennes de télévision en forme de tour Eiffel, qui n'arrivaient pas à insuffler de la vie à tous ces nouveaux quartiers gagnés sur le désert. L'agglomération n'était qu'une sorte de tissu urbain aux mailles lâches, sans grande personnalité.

Un garçon surgit, aimable comme une porte de prison, et apostropha Zahra en arabe.

– Vous voulez un *turkish coffee masbout* (1) ? demanda-t-elle. à Malko

Celui-ci acquiesça et remarqua, à propos de l'attitude du garçon :

– Il vous a parlé comme à un chien...

Les prunelles vertes se teintèrent d'ironie.

– Mais parce qu'à ses yeux *je suis* un chien ! Ou plutôt une chienne... Il existe très peu d'endroits à Amman où une femme peut se rendre seule. Ici, on tolère que les call-girls, les femmes qui habitent des appartements meublés dans le quartier donnent rendez-vous à des Saoudiens ou à de riches Jordaniens. A la terrasse, on m'aurait refusé une table... Pour le Jordanien moyen, une femme seule dans un café ne peut être qu'une putain.

La mentalité arabe n'avait guère évolué... Le garçon jeta le café sur la table plutôt qu'il ne le déposa et s'enfuit.

(1) Pas trop sucré.

– Pourquoi ce voile ? s'enquit Malko. Vous pouviez venir habillée à l'européenne...

Zahra rit de bon cœur.

– Vous êtes déjà venu en Jordanie ?

– Oui, il y a très longtemps.

C'était en septembre 1970, durant le fameux « Septembre noir » qui avait mis la ville à feu et à sang, à la suite d'un léger différend entre Bédouins et Palestiniens. En mission pour la CIA, Malko avait eu l'insigne honneur de sauver le jeune roi Hussein d'une bande de furieux qui voulaient l'assassiner après l'avoir kidnappé.

– Eh bien, les choses se sont plutôt aggravées, dit tristement Zahra. Si j'étais venue en tailleur, on ne m'aurait même pas laissé entrer. Les hommes m'auraient suivie dans la rue en m'insultant. La pression fondamentaliste est énorme. La télé s'interrompt tous les soirs à vingt heures trente pour diffuser l'appel à la prière. Parfois, je m'arrête à un feu rouge, et si je porte une jupe, des gosses s'approchent et me demandent pourquoi je m'habille avec indécence... Au moins ici, avec le voile, on me prend pour une pute...

Malko écoutait, suffoqué. C'était bien la première fois qu'il voyait une femme ravie de se faire assimiler à une prostituée. Un ange passa, voilé lui aussi, et s'enfuit devant tant d'intolérance. Zahra enchaîna :

– A cause de l'emprise islamiste, il y a de plus en plus de femmes « bâchées », comme on dit ici. Pour ne pas avoir de problème. Remarquez, le voile, c'est pratique. On ne vous reconnaît pas, c'est un bon alibi. Il ne faut pas croire qu'il est toujours synonyme de vertu... Je connais des Jordaniennes qui ne sortent que « bâchées » et n'hésitent pas à faire venir leur amant chez elles pendant que leur mari travaille. Derrière le *hidjab*, il y a souvent de sacrées salopes... (Son regard erra sur la salle déserte.) Ici il y a tout le temps des *moukhabarat* (1) qui traînent, il vaut mieux qu'ils ne nous voient pas ensemble.

(1) Flics.

Malko trempa ses lèvres dans le café amer et brûlant. Il avait non seulement changé de continent mais de siècle. Il regarda la jeune femme et ne put s'empêcher de demander :

– Avec vos yeux verts, vous pourriez pourtant passer pour une Occidentale, ou une Slave.

Elle lui expédia un regard amusé et provocant.

– Ma grand-mère était circassienne. Une *très belle* femme, vendue comme esclave à un cheikh local. Elle venait du sud de la Russie, du Caucase. Il y a beaucoup de Circassiens en Jordanie. Tous les officiers de la garde royale le sont. Le roi a pleine confiance en eux. A propos, vous avez une voiture ?

– Oui, garée un peu plus haut. Une Jeep Cherokee blanche.

– Bien, nous allons en avoir besoin. Si Mr Angleton a insisté pour que nous nous rencontrions, il y a une raison. Je dois vous présenter quelqu'un, qui quitte Amman demain. Sortez le premier, je vous rejoins. Ça sera plus discret.

– Qui allons-nous voir ?

Malko était plutôt intrigué. Il ne savait pratiquement rien de sa mission en Jordanie. Comme toujours, la Station de Vienne l'avait prévenu à la dernière minute qu'on l'attendait d'urgence à Amman. Et que le responsable local le mettrait au courant. Il avait sauté dans le premier vol Air France pour Paris, avait continué ensuite sur un Airbus, également d'Air France, pour Damas et Amman. Avec ses deux mille six cents vols hebdomadaires sur l'Europe, ses quatre-vingt-quinze pays desservis et ses trente-neuf mille employés, Air France offrait des possibilités infinies à des gens comme lui. Mais, après tout, ce n'était pas plus désagréable de tomber sur une splendide Circassienne que sur un fonctionnaire de la CIA.

– Je vous expliquerai dans la voiture.

Il déposa deux dinars (1) sur la table et gagna l'escalier,

(1) Environ quinze francs.

puis traversa la terrasse noire de monde d'*Al Sultan*. A celle du café voisin, plusieurs femmes voilées tétaient avec application un narguilé. La nouvelle habitude « politiquement correcte ». Il remonta la rue Elea Abu Mahdi, croisant des groupes de jeunes. Certaines filles étaient voilées, d'autres exhibaient orgueilleusement de longs cheveux, des seins pointus et des jeans moulants, sous le regard luisant des passants. Dans la Ville Basse – le quartier populaire d'Amman –, elles se seraient fait lapider ou insulter.

C'était presque l'atmosphère relax de Beyrouth...

Zahra arriva sur ses talons. Deux hommes l'escortaient. Elle grimpa dans la Cherokee et lança à Malko :

– Démarrez vite, ils me suivent.

Elle se débarrassa de son *hidjab*, révélant enfin la totalité de son visage aux hautes pommettes slaves et d'abondants cheveux aile de corbeau cascadant sur ses épaules.

– Ces deux salauds voulaient savoir combien je prenais, expliqua-t-elle en riant.

– Où allons-nous ? s'enquit Malko parvenu au bout de la rue.

– Voir un homme très puissant et très dangereux, annonça-t-elle. Cheikh Beni Khaled. Tournez à droite.

– Qui est-ce ?

– Le chef de la tribu des Cha'alam. Ils sont environ vingt mille Bédouins qui vivent dans le désert, entre la Syrie et l'Arabie Saoudite.

– Nous allons dans le désert ?

– Non, non, fit Zahra en riant. Cheikh Beni Khaled possède une énorme demeure pas loin d'ici. Il y vit avec ses quatre femmes et quatorze servantes philippines voilées. Des musulmanes de l'île de Mindanao.

– C'est un fondamentaliste ?

Nouvel éclat de rire.

– Lui ! Il ne pense qu'à collectionner les femmes ! Il paraît que toutes les Philippines y sont passées. Il m'a confié une fois que s'il n'avait pas au moins ses deux femmes quotidiennes, il souffrait de migraines. Il a enlevé un jour l'épouse d'un général, un Bédouin lui aussi, et cela a failli déclencher un carnage.

– Il vous fait ses confidences, remarqua Malko amusé.

– J'ai eu une aventure avec lui, expliqua simplement Zahra. J'étais allée l'interviewer. Il n'a plus voulu me laisser repartir. Je suis restée trois jours dans sa maison ; à mon bureau, on pensait que j'avais été kidnappée.

– Ils n'étaient pas loin de la vérité, remarqua Malko, mi-figue mi-raisin. J'espère que ce cheikh vous a bien traitée.

– Il m'a baisée comme un fou pendant trois jours, dit-elle avec naturel. Et nous sommes restés amis. Mais si je n'avais pas eu cette aventure avec lui, vous ne pourriez pas l'approcher. Il est très lunatique et incroyablement orgueilleux. Il n'accepte aucun interlocuteur dans l'armée ou le gouvernement jordanien, à part le prince héritier, Hassan. Et encore, il faut que celui-ci se rende à un *mansaf* (1) dans son *madarib* (2), en plein désert.

Elle s'interrompit pour guider Malko dans le labyrinthe de rues sans nom de ce quartier résidentiel.

Cinq minutes plus tard, ils stoppaient devant une énorme villa de dimensions pyramidales. Une demi-douzaine d'hommes montaient la garde sur le trottoir. Zahra remit son voile et descendit leur parler.

– Qu'allons-nous faire chez lui ? demanda Malko, intrigué, quand elle revint.

– Sa connaissance, répondit Zahra. Ce soir, il donne un petit *mansaf* pour d'autres Bédouins. Je l'ai fait prévenir que je passerai, afin de lui présenter un ami qui a une faveur à lui demander.

– Moi ? Quelle faveur ?

Cela tournait à l'histoire de fou.

– Mr Angleton vous l'expliquera. Je sais qu'il voudrait que vous vous rendiez dans le *madarib* où le cheikh sera demain, pour une enquête. Sans son accord, c'est impos-

(1) Festin.
(2) Campement.

sible. Il se rend là-bas tous les mois pour recevoir sa part sur tous les profits des trafics de sa tribu. Ils le paient en liquide ou en or.

Un des gardes disparut à l'intérieur de la villa, en ressortit, parlementa avec Zahra qui regagna alors la Cherokee, visiblement contrariée.

– Il a changé d'avis ! annonça-t-elle. Ce soir, il ne veut plus voir personne, il reste avec ses amis.

Un des gardes, armé d'une Kalach, fit signe à Malko de ne pas rester là. En plus d'être lunatique, le cheikh semblait légèrement paranoïaque. Malko démarra et se tourna vers Zahra :

– Qu'est-ce qu'on fait ?

– Rien pour le moment, dit-elle. Impossible de forcer sa porte. Nous allons dîner chez moi.

Ils redescendirent sur Shmeisani, et Zahra le guida jusqu'à une petite rue sombre, A'Sha Quais Street. A la porte d'un immeuble moderne de trois étages, sans numéro, Zahra tapa un code et ils se retrouvèrent dans un hall de marbre, puis dans un minuscule ascenseur. Le parfum de la jeune femme, dans l'espace étroit, devenait plus que capiteux. A peine eut-elle ouvert la porte qu'une Philippine haute comme trois pommes apparut. Zahra lui donna l'ordre en anglais de préparer un dîner et fit entrer Malko dans une véritable bonbonnière orientale réchauffée de tapis, d'innombrables coussins, dont le fleuron était un somptueux canapé en soie et velours vert et or, avec des applications de broderies, des passementeries à foison. Un meuble de sultane.

– Vous aimez ? demanda Zahra, je l'ai trouvé à Paris, chez Claude Dalle ; amusant non ?

C'étaient les Mille et Une Nuits. Impression renforcée par les lourdes tentures, les tables basses en cuivre repoussé et un superbe portrait de Zahra en robe bédouine. L'éclairage tamisé filtrait à travers des lanternes de cuivre ajouré.

– Beaucoup, fit Malko.

On ne pouvait pas voir ce canapé sans avoir envie d'y bousculer la maîtresse de maison...

Celle-ci enclencha une chaîne stéréo et une musique syncopée s'éleva dans la pièce. D'un geste gracieux, Zahra se débarrassa alors de sa longue robe verte. Malko ressentit un petit choc agréable à l'épigastre. Un tailleur blanc très près du corps la moulait avec une précision indécente. La veste, très courte, dégageait une jupe collante qui mettait en valeur les hautes fesses cambrées et rondes. Les longues jambes galbées étaient gainées de nylon noir, tranchant sur le blanc du tailleur. Au regard admiratif de Malko, Zahra lui décocha une œillade à étendre raide un ayatollah.

– Vous pensiez que je ne savais pas m'habiller ? J'ai longtemps vécu à Beyrouth avant de venir ici... Je vous avais promis des surprises avec les femmes « bâchées »... Installez-vous.

Elle s'affaira autour d'un superbe bar en laque noire, lui aussi création de Claude Dalle. Elle remuait légèrement les hanches au rythme des tambourins, comme pour défier Malko, tout en écrasant avec un petit pilon en argent un citron vert qu'elle recouvrit ensuite de Cointreau pour préparer deux Cointreau-caïpirinha. Elle se retourna, les verres à la main. La veste déboutonnée de son tailleur laissait entrevoir un soutien-gorge extrêmement bien rempli.

– A la vie ! dit-elle.

Elle but d'un trait la moitié de son cocktail, puis alluma une *gauloise blonde* avec un Zippo orné d'un Z en diamant.

– Vous aussi, remarqua-t-elle, vous avez des yeux étonnants. On dirait de l'or liquide.

*
**

La carafe en cristal ne contenait plus une seule goutte de Cointreau-caïpirinha. Zahra buvait cela comme de l'eau. Ils s'étaient installés à même l'épaisse moquette marron, autour de la table basse couverte de *mézés* apportés par la bonne philippine. *Hommouz*, feuilles de vigne, *keftas*, taboulé, salades piquantes, mini-brochettes, purée d'aubergines... Zahra dévorait, les jambes repliées sous elle. Chaque fois que leurs regards se croisaient, Malko ressentait le même picotement délicieux. A force de musique, de Cointreau-caïpirinha, les attitudes provocantes de Zahra commençaient à charger peu à peu l'atmosphère d'électricité. Les prunelles vertes s'étaient troublées, elles ressemblaient maintenant aux opales.

– Pourquoi devons-nous aller voir Cheikh Beni Khaled ? demanda Malko, désireux d'en savoir plus.

Zahra se pencha et posa son index sur ses lèvres.

– *Boukhra !* (1) Ce soir j'ai envie de danser.

Un nouveau morceau particulièrement rythmé sortait des haut-parleurs. D'un bond, Zahra se mit debout, acheva de déboutonner sa veste et s'en débarrassa, dévoilant sa poitrine enserrée de dentelle noire. Son regard gourmand et lascif s'abaissa sur Malko, toujours assis par terre.

– On ne peut pas danser avec une veste, lança-t-elle.

Par contre, sans veste, c'était carrément une provocation au viol. Elle ôta ses escarpins, et commença un éblouissant numéro de danse du ventre, ses bras ondulant lentement au-dessus de sa tête. Puis, tourbillonnant, elle avança vers lui à petits coups de bassin ; ses hanches tournaient comme si elles étaient montées sur roulements à billes. Puis, parvenue à quelques centimètres de Malko, elle se mit à mimer l'amour. Son ventre ondulait, se dérobait, revenait, elle pliait les jambes, faisait danser ses seins. Son regard rivé à celui de Malko, un sourire carnassier figeant sa belle bouche d'un rouge éclatant, elle semblait secouée de décharges électriques. Elle virevoltait dans la pièce, offrant tantôt sa croupe, tantôt son ventre, belle comme le péché. Elle attrapa son *hidjab* et s'en couvrit la tête, ne laissant découverts que ses extraordinaires yeux verts. Malko planait, envoûté.

(1) Demain !

Zahra revint, les bras tendus. Elle lui prit les mains et dès qu'il fut debout, son numéro devint encore plus sensuel. Elle oscillait à quelques millimètres de lui, le frôlant, se pressant contre lui fugitivement, l'effleurant de ses seins volumineux, presque entièrement libres, juste soutenus par le soutien-gorge dont ils s'étaient échappés.

Malko n'y tint plus et la saisit par la taille. Les hanches continuaient à rouler entre ses doigts, comme douées d'une vie propre. Bientôt, elle se colla à lui des épaules aux genoux. De la lave en fusion.

Les tambourins résonnaient dans les tympans de Malko, lancinants. Il sentait durcir son désir, incrusté contre le ventre de la danseuse plaquée à lui. La sensation était si violente qu'il avait l'impression que leurs vêtements avaient fondu. La tête droite, Zahra continuait à onduler au rythme de la musique. Soudain, ses mains descendirent vers sa taille, elle s'écarta imperceptiblement et sa jupe glissa le long de ses cuisses, comme tirée vers le bas par un fil invisible, jusqu'à n'être plus qu'un petit tas blanc à leurs pieds...

Il ne restait à Zahra qu'un triangle de dentelle noire et ses bas, montant très haut sur les cuisses. Son regard toujours plongé dans celui de Malko, elle avança encore son pubis et dit d'une voix cassée, vibrante comme les tambourins :

– *Yallah !* Viole-moi. Ouvre-moi.

Appuyée au canapé vert et jaune, elle le provoquait, ses yeux verts déjà noyés de plaisir. Il glissa un genou entre les cuisses charnues qui s'ouvrirent légèrement. Il sentit les muscles tendus de Zahra, et se retrouva pris comme dans un étau doux et brûlant. Il dut pousser violemment pour qu'elles s'écartent enfin. Zahra eut un soupir rauque.

– Continue ! Sois le plus fort.

Au comble de l'excitation, il ne jouait plus. C'est brutalement qu'il ouvrit de tout son poids les cuisses qui l'enserraient. Les reins cassés sur l'arête du canapé, Zahra se rejeta en arrière. Ses longs cheveux pendaient dans le vide, elle demeura collée à Malko uniquement par le bas-ventre.

Il n'eut qu'un geste à faire pour se libérer, et fléchissant un peu, il embrocha la jeune femme d'un seul élan, s'enfonçant jusqu'à la garde dans le ventre onctueux. Zahra se redressa comme un ressort et exhala un cri rauque, les yeux fous. Pendant quelques secondes exquises, Malko sentit ses muqueuses les plus secrètes se contracter sur lui. Il crut exploser sur-le-champ, mais déjà Zahra lui échappait, faisant ressortir d'elle le membre raide. Tout en continuant à onduler, elle glissa avec lenteur sur le sol, jusqu'à ce que sa bouche soit à la hauteur du sexe tendu. Agenouillée sur la moquette, elle l'enfonça dans sa bouche jusqu'à la racine et commença un lent va-et-vient. Ses yeux levés vers Malko, elle ne s'interrompit que pour dire :

– Souviens-toi que ma grand-mère était une esclave...

Puis ses lèvres épaisses reprirent leur va-et-vient. Sa langue s'accordait aux saccades des tambourins, ses mains s'insinuaient partout. Malko se cabra avec une exclamation, en sentant monter la sève de ses reins ; aussitôt, Zahra l'abandonna, à une seconde de l'explosion, se releva et recommença sa danse infernale... Virevoltant, balançant ses hanches en amphore, le défiant du regard, elle lui tourna enfin le dos, la croupe cambrée, et lui expédia des œillades incendiaires par-dessus son épaule, accompagnées d'un sourire de salope héréditaire.

Un évêque en aurait avalé sa mitre.

Malko se rua en avant, bouscula la jeune femme, la cassant en deux contre la soie du canapé. Elle ondulait encore contre lui, quand il plaça son sexe raide comme un glaive contre l'ouverture de ses reins et poussa de toutes ses forces, la violant d'un seul coup. Alors qu'il venait de l'embrocher comme un reître, Zahra, au lieu de protester, se retourna avec un feulement ravi.

– Je savais que tu aimerais. Prends-moi bien.

Le pubis plaqué contre ses fesses, le sexe planté au fond de ses reins jusqu'à la garde, Malko se mit à la sodomiser lentement. Courbée vers l'avant, Zahra l'accueillait comme sa grand-mère devait recevoir les vizirs de la Sublime Porte. Il réalisa soudain sa préméditation : elle s'était enduite d'huile d'amande douce et il glissait dans l'étroit fourreau avec une facilité inhabituelle. Ce qui ne l'empêcha pas de jouir longuement et somptueusement dans ces reins complaisants. Zahra se vissa à lui, comme pour ne rien perdre de la pénétration, et poussa un cri rauque à l'instant où il jouit.

*
**

Installée sur les coussins, une carafe fraîche de Cointreau-caïpirinha à portée de la main, Zahra fumait en laissant ses doigts courir sur la poitrine de Malko.

– Dès que je t'ai vu, avoua-t-elle, j'ai su que je ferai l'amour avec toi.

La musique continuait en sourdine et la même lueur sensuelle flottait dans les prunelles vert d'eau.

Malko devait, hélas, redescendre sur terre.

– Qu'allons-nous faire pour Cheikh Beni Khaled ? demanda-t-il.

Zahra se rembrunit.

– Si tu dois *vraiment* le voir, il faut se rendre à Al Ruwayshid, il y sera à partir de demain. Mais c'est dangereux.

– Pour toi ?

– Non, pour *toi* ! Moi, il se servira de mon corps, c'est tout. Un Bédouin ne s'attaque pas à une femme. Mais celui-là est imprévisible, et il a vraiment horreur qu'on vienne le voir sans être invité, sauf si c'est un membre de sa tribu. Il n'aime pas les non-croyants non plus. Et il sera jaloux que tu sois avec moi.

– Et si j'y allais seul ?

Zahra secoua la tête.

– Je ne te le conseille pas. Ses hommes sont capables de te tuer, en pensant lui faire plaisir. Le cheikh peut être très cruel. Un jour, il a surpris des soldats syriens égarés dans le désert, sur son territoire. Ils ont été arrogants... Alors, il en a pris sept qu'il a attachés en plein soleil dans le désert, après leur avoir arraché les yeux et empli les cavités oculaires de hannetons vivants. Les paupières recousues, ils ont agonisé pendant des jours. Ensuite, il a renvoyé les deux survivants pour qu'ils racontent ce qui s'était passé...

C'était tout à fait le personnage à qui demander un service...

– Tu es quand même prête à venir avec moi ?

Zahra s'étira.

– Bien sûr, si Mr Angleton l'exige. Mais je voulais que tu saches ce que tu risques. Tu n'es pas certain de revenir. Là-bas, c'est un autre monde. Mais si tu y tiens, *Inch' Allah*.

CHAPITRE III

Ecrasant de sa masse le point le plus haut du djebel Abdoun, la nouvelle ambassade américaine ressemblait à un château fort des Croisés, avec ses bâtiments enfermés derrière de hauts murs. De loin, leur couleur ocre la faisait se confondre avec le désert. De près, l'ambassade était carrément hideuse, des cubes sur deux étages, troués d'ouvertures carrées et surmontés d'une forêt d'antennes. Un glacis large d'une vingtaine de mètres la cernait, semé de Range Rover de l'armée jordanienne équipées de mitrailleuses lourdes soigneusement encapuchonnées.

Malko dut patienter tandis qu'un troupeau de moutons défilait devant l'ambassade, en route vers le nord. Trois ans plus tôt, le djebel Abdoun, au sud du djebel Amman, n'était encore qu'une colline déserte. A Amman, la seule ville arabe où les piétons traversent dans les clous, les moutons continuaient à paître dans les espaces libres entre les villas toutes neuves et les rues fraîchement asphaltées. Il put enfin atteindre le portail blindé donnant sur Al Unawiyyin Street pour se faire annoncer par la marine de garde dans un mini-blockhaus aux glaces verdâtres. Au bout de quelques minutes, un panneau d'acier protégeant l'entrée s'escamota dans le sol. Malko alla se garer dans une première cour, à côté d'un palmier rachitique. La végétation n'avait pas suivi le béton. Un homme en civil surgit, le salua et annonça :

– Monsieur le second conseiller va vous recevoir.

Il guida Malko vers le bâtiment central. Sur la droite se dressait un second blockhaus, entouré d'une petite pelouse : la résidence de l'ambassadeur. De quoi devenir claustrophobe. Malko regarda le ciel bleu. L'air était presque frais et un vent agréable balayait les collines d'Amman...

Un ascenseur l'emmena silencieusement jusqu'au second étage. Un homme souriant l'attendait dans le couloir, la main tendue.

– Bienvenue à Amman, annonça-t-il. Je suis Christopher Angleton.

On aurait dit un personnage de Rudyard Kipling, plus britannique que le roi d'Angleterre. Les cheveux courts d'un roux anglais inimitable, le visage fin, coupé d'une fine moustache, les yeux bleus rieurs, une veste d'un vert criard sur une chemise aux énormes rayures, complétée d'une cravate audacieuse. Seul un authentique gentleman pouvait arborer une telle tenue sans avoir l'air d'un épouvantail. Il guida Malko jusqu'à un bureau spacieux et spartiate, avec vue imprenable sur le désert. Quelques grandes cartes, peu de papiers, et les inévitables photos de famille. L'une d'elles représentait l'Américain à cheval, avec un maillet de polo, en compagnie d'un autre joueur, un Arabe au crâne chauve, la bouche et le nez protégés par un masque blanc comme les Japonais.

– Sa Majesté le prince Hassan, annonça l'Américain, nous jouons assez régulièrement au polo. Hélas, il n'aime pas perdre...

– Ce qui signifie que c'est vous qui perdez, compléta Malko, ironique.

Christopher Angleton pencha légèrement la tête de côté et eut un petit rire sec, son regard bleu planté dans celui de Malko.

– Au nom de l'amitié entre nos deux pays, soupira-t-il.

Ses manières étaient vaguement précieuses mais il émanait de lui une intelligence aiguë et un humour plus britannique qu'américain.

– Thé ou café ?

– Café, dit Malko.

Le chef de station de la CIA fit le service, allongeant ensuite son thé d'un nuage de lait. Puis, il sortit un paquet de *gauloises blondes légères* et en alluma une avec un superbe Zippo orné d'un cheval gravé.

– Le prince Hassan a fait faire des Zippo à l'effigie de tous ses chevaux, expliqua l'Américain. Il les offre à ses amis en souvenir, sachant que, garantis à vie, ils sont éternels comme des diamants et nettement moins coûteux. Délicat, n'est-ce pas ?

– Tout à fait, approuva Malko.

Les représentants de la CIA à Amman, Christopher Angleton comme Zahra Sirb, étaient décidément atypiques.

– Votre « contact » s'est bien effectué ? demanda Christopher Angleton d'une voix mondaine. Je suis désolé de n'avoir pas pu vous accueillir moi-même.

– On ne peut mieux, répliqua Malko, utilisant lui aussi l'*understatement*. Votre *stringer* est très originale...

– Zahra Sirb est une personne de grande valeur, approuva l'Américain. Brillante journaliste, spécialiste en archéologie et en danses bédouines. Elle a écrit sur ce sujet plusieurs articles qui font autorité. En plus, ajouta-t-il avec un petit sourire ravi, elle a un tempérament extrêmement ardent, si vous me permettez l'expression...

– Ah bon ? fit Malko avec une hypocrisie de bon aloi.

– Au dernier dîner où je l'ai invitée, continua le chef de station de la CIA, il y avait quatre de ses amants, dont deux ministres en exercice. Je ne l'ai su qu'après. Elle connaît énormément de monde... Je l'ai rencontrée quand j'étais en poste à Beyrouth. Elle y était déjà populaire. Généralement, elle choisit bien ses amants, ce qui présente un certain intérêt pour des gens comme nous. D'autant qu'elle n'est pas guidée par l'appât du gain. Sa famille est très riche et elle n'est pas obligée de travailler pour vivre. Mais, à sa manière, c'est une féministe. Elle estime que la place de la femme dans la société arabe est une honte et s'affirme de toutes les façons possibles.

– Pourquoi travaille-t-elle avec vous, demanda Malko, si elle n'a pas besoin d'argent ?

L'Américain sourit.

– Bonne question. D'abord, elle est « culturellement » de notre bord. Ensuite, à Beyrouth, je lui ai sauvé la vie. Nous avions appris qu'un commando du Hezbollah voulait l'assassiner. On lui reprochait certains propos tenus dans des réceptions et une émission de télévision où elle fustigeait l'intégrisme. Nous avons pu déjouer cet attentat, de justesse, les tueurs étaient déjà dans sa villa. Il leur restait deux portes à franchir pour atteindre sa chambre. Nos gens – des Libanais – sont arrivés à temps. Ensuite, nous avons fait savoir à qui de droit que, désormais, s'attaquer à Zahra Sirb c'était *nous* attaquer. Le message est très bien passé...

Christopher Angleton tira délicatement sur sa *gauloise blonde légère* avant d'ajouter :

– Zahra a éprouvé un tel choc qu'elle est devenue boulimique ! Elle a pris vingt kilos qu'elle a mis deux ans à perdre...

– J'ai cru comprendre que je devais rencontrer un certain Cheikh Beni Khaled, dit Malko.

– Je savais le cheikh sur le point de quitter Amman, aussi j'ai demandé à Zahra d'obtenir un premier contact.

– Cheikh Beni Khaled a quitté Amman sans que j'aie pu le voir.

L'Américain écouta le récit expurgé de sa soirée, secoua la tête et conclut :

– C'est *très très* ennuyeux.

– Je n'en doute pas, admit Malko, mais pourquoi ?

Christopher Angleton frotta ses longues mains fines l'une contre l'autre.

– C'est une longue histoire. Vous avez sûrement entendu parler de la double défection des gendres de Saddam Hussein, Hussein Kemal et Saddam Kemal, arrivés ici le 8 août, avec leurs femmes et leurs gardes du corps, en provenance directe de Bagdad.

– Evidemment, dit Malko. J'ai même pensé que c'était un superbe « coup » de la *Company*.

Cette double défection avait fait la une de tous les médias du monde. Le général Hussein Kemal, trente-sept ans, marié à la fille aînée de Saddam Hussein, Raghad, et responsable du Military Industrialisation Program (1), faisait partie du « premier cercle » dans l'entourage immédiat du dictateur irakien. Sa fonction l'avait mis en possession de *tous* les secrets concernant l'armement atomique, bactériologique et chimique de l'Irak. Son frère, Saddam, également marié à une fille de Saddam Hussein, Rana, commandait la garde présidentielle, le corps d'élite chargé de protéger le dictateur.

Tous deux, nés à quelques centaines de mètres de la maison natale du président irakien, à El-Ouja, près de la ville de Takrit, avaient fait toute leur carrière dans l'ombre de Saddam Hussein.

– En apparence, c'est un coup terrible pour Saddam Hussein, ajouta Malko.

– Ce n'est pas tout à fait le cas, corrigea Christopher Angleton de son ton posé. Je me trouvais en vacances quand Hussein Kemal a débarqué à Amman. J'étais précisément dans le Wyoming, où j'ai une propriété. Bien sûr, j'ai sauté dans le premier avion.

– Vous ne saviez rien ? s'étonna Malko.

– En tout cas, pas la date de sa défection... Hussein Kemal faisait partie des gens que nous suivions de près, mais ce n'était pas la première fois qu'il sortait d'Irak. En 1994, il est venu ici, à la cité médicale Hussein, se faire opérer d'une tumeur au cerveau. Des chirurgiens de chez nous ont assisté les Jordaniens à sa demande. Après son opération, il est resté une quinzaine de jours à Amman. A cette époque, le roi avait fait part à notre ambassadeur de certaines confidences d'Hussein Kemal. Notamment à propos de différends avec le fils de Saddam, Udei, sur la façon de gérer les relations avec la commission des

(1) Organe de développement des programmes militaires.

Nations unies chargée de surveiller le programme de désarmement de l'Irak. Hussein Kemal semblait prêt à tout révéler sur le programme d'armement secret de l'Irak, mais Udei s'y opposait. J'ai transmis cette information à Langley, sans obtenir de réponse. Par la suite, Hussein Kemal est venu à trois reprises à Amman, pour se faire soigner, ou simplement pour prendre l'avion. Chaque fois, le *Moukhabarat Al-Amat* (1) jordanien nous a prévenus, mais nous n'avions eu aucun contact avec lui.

– Trop chaud ?

– A quoi bon ? C'était l'âme damnée de Saddam Hussein... Quelqu'un de pas fréquentable. On savait qu'il s'était rendu à Moscou en juillet, pour traiter un important achat d'armes.

– Avec quel argent ?

L'Américain sourit dans sa moustache.

– Saddam Hussein a *encore* beaucoup d'argent, à l'abri dans de multiples comptes de divers pays, sous des noms d'emprunt. Lorsqu'il a senti venir l'embargo, il s'est empressé de vider ses comptes chez nous et en Grande-Bretagne, pour les transférer dans des pays plus sûrs. Quant aux Russes, ils ne sont pas regardants sur les acheteurs, du moment qu'ils ont des dollars...

– C'est exact, approuva Malko. Que s'est-il passé entre le voyage en Russie et le 8 août ?

Le petit rire sec s'accompagna d'une légère torsion de la bouche.

– Rien. Je suis parti d'Amman dans le Wyoming pour acheter quelques chevaux. Il y avait une vente intéressante. C'est mon *deputy* (2) resté ici qui m'a alerté. Lui-même venait de recevoir un message du palais. Hussein et Saddam Kemal, en compagnie de leurs épouses et d'une vingtaine de gardes du corps, s'étaient présentés à la frontière irako-jordanienne avec un convoi de trente-cinq véhi-

(1) Renseignements généraux, équivalent de la DGSE, de la DST et des RG réunis.

(2) Adjoint.

cules, dont cinq camions. Officiellement, les Kemal partaient en voyage officiel à Sofia, en Bulgarie. Le général Al Kaisi, qui dirige les services secrets jordaniens, n'a pas voulu réveiller le roi, il était six heures du matin... Hussein Kemal est arrivé vers neuf heures du matin avec toute sa suite à l'hôtel *Amra,* et s'est installé sur tout un étage. Il a téléphoné au palais et a demandé à être reçu le plus vite possible par le roi. Ce dernier lui a fixé rendez-vous pour l'après-midi. Nous n'avons été prévenus que le soir. Le roi a demandé à voir mon adjoint et notre ambassadeur, pour leur annoncer que Hussein Kemal et son frère, ainsi que leurs épouses, venaient de lui demander asile et protection. Qu'ils avaient fui l'Irak !

Malko but quelques gorgées de son café amer et remarqua :

– Cela a dû faire du bruit.

Le rire mondain de l'Américain se doubla d'une grimace en coin. Ses yeux bleus pétillaient.

– Si les fax n'ont pas explosé, c'est un miracle. On m'a arraché à une vente de yearlings pour me demander si j'étais à l'origine de ce coup... Le directeur de la section Middle East écumait. Je lui ai fait justement remarquer que si j'avais été à l'origine de la défection de Hussein Kemal, la moindre des choses eût été que je l'accueille à la frontière... J'étais au fond du Wyoming, le 8. J'ai pu attraper un vol pour New York, juste le temps de prendre le 747 d'Air France à 19 h. J'ai traversé l'Atlantique dans un vrai lit après avoir mangé une choucroute comme à Strasbourg, et je suis arrivé à Roissy à 7 h 55. Et ensuite j'ai embarqué sur un vol Air France pour Amman à 11 h et je suis arrivé en pleine forme le 9, à 19 h ! Mon adjoint m'a mis au courant et j'ai rencontré mon homologue, le général Al Kaisi. Apparemment, tout le monde avait été pris par surprise.

Christopher Angleton porta sa tasse de thé à ses lèvres et reprit, le petit doigt en l'air :

– Il n'y avait aucune réaction en Irak. Les journaux de Bagdad ne disaient pas un mot de cette défection. Dès le

8 au soir, les fugitifs, avec femmes et enfants, ont été installés dans le palais Achemieh, sur une colline à l'ouest de la ville, et placés sous la protection de deux bataillons des troupes d'élite jordaniennes. J'avais à peine eu le temps de me raser, le 10 au matin, que je reçois un coup de fil du *Moukhabarat* : Udei, le fils aîné de Saddam Hussein, vient de franchir la frontière ! Il demande à être reçu par le roi Hussein ! Les dirigeants des Emirats et d'Arabie Saoudite m'accablent de coups de téléphone, persuadés que j'ai tout machiné. Tout le monde demande si l'Irak va exploser, si c'est le début de la révolution... J'appelle le palais. Effectivement, le roi a décidé de recevoir Udei ! Il nous prie de rester pour l'instant en dehors du coup. Nos stations d'écoutes, alertées, ne captent cependant rien d'anormal. Bien sûr, j'envoie quelques hommes sur la route n° 10. A titre d'observateurs. Langley me recommande d'être très prudent. A partir du moment où ce n'est pas nous qui menons le jeu, il faut se méfier. Le général Al Kaisi me promet une entrevue avec Hussein Kemal, si ce dernier accepte... Lui aussi ignore où on va ; il est inquiet pour le roi dont l'image pourrait être ternie par une attaque frontale contre Saddam Hussein. Ce dernier est très populaire en Jordanie où vivent six cent mille Irakiens... D'ailleurs, la Jordanie a officiellement soutenu Saddam Hussein contre le Koweit et l'Arabie Saoudite, lors de la crise du Golfe. Bref, conclut l'Américain après avoir reposé sa tasse, je décide, le 10, que le plus urgent est d'aller disputer ma partie de polo avec le prince Hassan, dans une caserne, près de Zarka.

– C'était un pari risqué, remarqua Malko.

Christopher Angleton rayonnait.

– Pas du tout ! Quand le prince Hassan est arrivé, il était excité comme un pou. Le roi venait de lui relater son entrevue avec Udei.

– Vous avez de la chance.

– Je ne peux pas perdre au polo *toute* l'année pour rien ! Le prince Hassan m'a raconté que l'entrevue s'était mal passée. Le roi n'a aucune sympathie pour le fils de

Saddam Hussein. Ce dernier a exigé de garder son pistolet pendant l'entrevue, ce qui bafoue les usages... Mais le roi a accepté.

– Il est kamikaze ?

Le chef de station de la CIA sourit finement.

– Non. D'abord, il avait son propre pistolet. Ensuite, l'entrevue a eu lieu dans une pièce munie d'une glace sans tain. Derrière la glace, se tenaient les meilleurs tireurs du royaume. Si Udei avait fait mine de se gratter, il aurait été déchiqueté...

– Qu'a-t-il dit ?

– Il a demandé au roi de faire pression sur Hussein Kemal afin que ce dernier revienne en Irak. Comme le roi a refusé, il a voulu parler aux deux épouses, ses demi-sœurs. Le roi n'a pas voulu non plus. Mais pour montrer sa bonne foi, il a appelé, en présence d'Udei, les deux femmes et leur a demandé si elles voulaient revenir en Irak avec Udei... Elles ont répondu non. Le roi a conclu qu'il ne voulait pas prendre parti dans une querelle familiale, mais qu'il accordait son hospitalié à Hussein Kemal et à sa famille. Au nom des traditions bédouines... Udei a repris aussitôt la route pour Bagdad. Le soir même, le général Al Kaisi m'a envoyé une voiture pour me conduire auprès de Hussein Kemal.

– A quoi ressemble-t-il ? interrogea Malko, plutôt curieux.

– A un Saddam Hussein qui aurait grossi, puis rétréci au lavage... Même grosse moustache noire, même visage inexpressif, mêmes yeux froids et cruels. Il m'a accueilli presque avec indifférence, commençant par m'affirmer – en arabe, car il ne parle aucune autre langue – qu'il avait une grande admiration pour les Etats-Unis.

– Vous lui avez demandé pourquoi il s'était enfui de Bagdad ?

– Evidemment. Ça a été ma première question. Et là, j'ai eu droit à un extraordinaire numéro de faux cul ! D'abord, sans sourciller, Hussein Kemal a affirmé qu'il était parti pour des raisons idéologiques ! Il se sentait mal dans un régime qui réprimait la moindre dissension dans le sang !

Après, j'ai eu droit au couplet sur les Irakiens mourant de faim et les bébés rachitiques, à cause de l'embargo.

– C'est évidemment inattendu, approuva Malko.

Christopher Angleton, malgré son flegme, manqua de s'étrangler.

– Inattendu ! C'est comme si, en 1945, Heinrich Himmler, chef des SS, était venu se plaindre de Hitler ! Inattendu ! Hussein Kemal est une crapule patentée, il a du sang jusqu'aux épaules. Il a commencé simple garde du corps et a gagné ses galons par sa férocité. Il a dirigé des dizaines d'exécutions massives dans les prisons du régime. En 1986, il a créé la gestapo du régime : El Amm El Khas (1), responsable de milliers de meurtres et d'emprisonnements. Ensuite, Saddam Hussein l'a nommé à la tête du Military Industrialisation Program, le complexe militaro-industriel destiné à pourvoir l'Irak d'armes de destruction massive. Il l'a dirigé jusqu'à sa défection. Lui qui sait à peine lire et écrire !

– Comment a-t-il pu se débrouiller ? s'étonna Malko.

Christopher Angleton pencha la tête de côté.

– Oh, il est très malin ! Il s'est entouré des meilleurs ingénieurs d'armement et s'est arrangé pour être *le seul* en contact avec Saddam Hussein. Il s'est froidement attribué les idées des autres.

– Qu'est-il sorti de votre entrevue ?

L'Américain réunit son index et son pouce droits en un cercle parfait.

– Zéro ! Il a prétendu avoir, depuis la guerre du Koweit, tenté de convaincre Saddam Hussein d'accepter le programme de désarmement imposé par les Nations unies, mais que le fils de Saddam, Udei, s'y était toujours opposé. A ma question concernant les armes encore dissimulées, il a répondu en me promettant des révélations,

(1) Sécurité générale.

dans un mémo qu'il allait préparer. C'était il y a six semaines. Nous nous sommes quittés là-dessus.

– Et alors ? Il a tenu parole ?

Le chef de station de la CIA à Amman jeta à Malko un regard ironique.

– On voit que vous n'avez pas suivi l'affaire de près... Le lendemain de cette entrevue, Saddam Hussein a fait une déclaration extrêmement violente contre Hussein Kemal, accusé d'être un traître et un voleur, et *surtout* d'avoir saboté la position de l'Irak auprès des Nations unies, en dissimulant des éléments très importants du programme secret de production d'armes de destruction massive... Inutile de vous dire que j'avais déjà la main sur le téléphone ! Impossible de joindre Hussein Kemal. Les « filtres » du palais me font dire que pour le moment, il refuse de voir qui que ce soit, qu'il est en pleine crise de conscience... Moi, mon téléphone sonnait toutes les dix secondes : la Maison-Blanche, Langley, le State Department, tout le monde voulait savoir ce que Kemal m'avait révélé. Je n'avais plus qu'une solution : aller faire mon match de polo avec le prince Hassan. Vous n'en auriez pas fait autant ? demanda-t-il avec une feinte naïveté.

– Peut-être, fit prudemment Malko.

– Le week-end, j'ai eu la paix ! Mais dès le lundi matin, le général Hashimi, ministre de la Défense irakien, amenait une délégation des Nations unies au village d'Abda, à cent trente kilomètres de Bagdad où, miraculeusement, ils découvrirent cent quarante-sept containers de documents relatifs aux programmes secrets d'armement de l'Irak ! D'après le ministre, ces documents avaient été dissimulés là sur ordre express de Hussein Kemal, contre la volonté d'Udei et même de Saddam Hussein. Tout cela raconté dans *Babel,* un quotidien appartenant au fils de Saddam Hussein...

– Tout le contraire de ce que vous avait dit Hussein Kemal, remarqua Malko.

– Exactement ! Deux heures plus tard, j'étais au palais Achemieh, où Hussein Kemal a enfin consenti à me recevoir. Pour me dire que le mémo qu'il devait me remettre n'avait plus de raison d'être : il révélait *justement* l'existence de ces documents, cachés, selon lui, par Saddam Hussein.

Un ange traversa le bureau et s'enfuit en se bouchant le nez.

– Ça sent furieusement l'arnaque, conclut Malko.

Christopher Angleton leva ses mains et les écarta.

– Je ne vous le fais pas dire ! La cerise sur le gâteau, c'est que Hussein Kemal m'a dit alors qu'à présent que *tous* les armements secrets avaient été découverts, plus rien ne s'opposait à la levée de l'embargo. Que le peuple irakien avait assez souffert.

– C'était il y a plus d'un mois, remarqua Malko. Que s'est-il passé depuis ?

– J'ai envoyé des gens, sous couverture onusienne, farfouiller dans les cent quarante-sept containers. Ce qu'ils ont découvert est troublant : il s'agit bien de documents relatifs à des programmes de destruction massive, mais des programmes *abandonnés* depuis belle lurette.

– Autrement dit, vous vous demandez ce que cache cette défection soudaine qui permet à l'Irak de se refaire une virginité ?

– Tout à fait, acquiesça Christopher Angleton dont le regard bleu pétillait. L'explication qu'il m'a donnée – une brutale crise de conscience – ne tient pas la route. Il occupait un des plus hauts postes du régime et en a profité pour amasser une fortune immobilière en dépossédant les ennemis de Saddam Hussein. Marié à la fille de ce dernier, il était de plus intouchable. Il n'est par attiré par le mode de vie occidental : il y a encore quatre ans, il n'avait jamais mis les pieds hors d'Irak. Les services jordaniens avancent une explication : Hussein Kemal était associé avec Udei dans de nombreux trafics liés à l'embargo. Udei aurait voulu l'éliminer, pour ne plus partager. Dans l'absolu, ce n'est pas impossible. Udei est un fou furieux, un homme extrêmement violent. Il a tué, il y a quelques années, le garde du corps préféré de Saddam Hussein pour un motif futile ; puis, récemment un de ses amis qui refusait de lui prêter sa Ferrari. Mais même lui sait jusqu'où il peut aller... Hussein Kemal n'avait rien à craindre de lui.

– Il y a d'autres hypothèses ? demanda Malko après un silence.

– Celle du State Department : il aurait « défecté » pour prendre la suite de Saddam Hussein, appuyé par nous et par l'opposition irakienne. C'est ridicule : il n'a aucun poids politique. L'opposition, s'il en reste à Bagdad, le rejette et nous nous en méfions comme de la peste.

– Alors quelle est votre hypothèse, *à vous* ? interrogea Malko. Vous en avez bien une ?

– J'en ai une, confirma Christopher Angleton. Jusqu'à la semaine dernière, j'étais pratiquement le seul à y croire. Il s'est alors produit un incident grave qui est la cause de votre venue ici. Incident qui a renforcé ma conviction concernant la « défection » de Hussein Kemal.

– Quelle est-elle ?

– C'est une manip. Une manip particulièrement vicieuse de notre ami Saddam Hussein.

CHAPITRE IV

– Une manip ? demanda Malko, interloqué.

Christopher Angleton prit le temps de tourner le lait dans son thé, d'en boire une gorgée avec une gourmandise de chat et de reposer sa tasse en fixant Malko, avant de répondre :

– Quel est le dilemme de Saddam Hussein ? demanda-t-il d'un ton docte de professeur d'université.

– Demeurer au pouvoir ?

L'Américain balaya la suggestion de Malko avec un sourire indulgent.

– Non. Saddam Hussein est au pouvoir pour un bon bout de temps. Ce qui arrange *tout le monde*. Du moins, tant qu'il reste affaibli. Les Saoudiens – toujours morts de peur – sont rassurés par la protection américaine. Ils ne voudraient à aucun prix d'une révolution qui amènerait l'éclatement de l'Irak en trois morceaux : le Kurdistan, un Etat sunnite et un autre, chiite, au Sud, qui serait vite récupéré par les Iraniens. Les Syriens, eux, sont ravis de compter Saddam Hussein dans le Front du Refus anti-israélien, ce qui leur permet de faire traîner les négociations... Les pays du Golfe se contentent d'un Saddam Hussein tenu en laisse, mais quand même assez puissant pour tenir tête à l'Iran. Israël est, lui aussi, très satisfait d'un épouvantail sur mesure. Quant aux Jordaniens, ils l'aiment bien, malgré ses gros défauts. Personne aujourd'hui ne songe à renverser Saddam Hussein. De toute façon, ce serait presque impossible. Son système de sécurité est tel que seuls quelques intimes sont en mesure de l'assassiner. Mais ceux-là n'y ont pas intérêt : ils sont trop liés au régime. Quant au peuple, on ne lui demande pas son avis... sauf pour des plébiscites bidon. Toutes les émeutes ont été férocement réprimées.

– Alors, quelle est son obsession ?

– Elle est double, annonça le chef de station de la CIA, qui semblait connaître le Moyen-Orient sur le bout des doigts. Ne pas perdre la face vis-à-vis du monde arabe et faire lever l'embargo. Parce qu'il sait qu'à terme, cet embargo empêche l'Irak de redevenir une vraie puissance régionale. Or, c'est le but obsessionnel de Saddam Hussein. Faire peur. Et faire pièce à l'Iran qui lui, sans embargo, se réarme à toute vitesse.

– Quel rôle joue Hussein Kemal dans cette perspective ?

– Supposons que le général Hussein Kemal n'ait pas défecté, mais soit parti d'Irak avec la *bénédiction* de Saddam Hussein.

– Dans quel intérêt ? rétorqua Malko. Dans cette affaire, son régime est affaibli, il perd la face à cause de ses deux filles qui trahissent leur propre père, et il est contraint de révéler des éléments qu'il dissimulait jusque-là.

Christopher Angleton buvait du petit-lait.

– Suivez mon raisonnement, exulta-t-il. Dans un premier temps, l'ONU, grâce à la défection d'Hussein Kemal, trouve les documents relatifs aux programmes secrets d'armement irakiens. Saddam Hussein, vis-à-vis de son peuple ou du monde arabe, ne perd pas la face : il a été trahi... Fin du premier épisode.

« Second épisode : une habile campagne de presse, relayée par les organisations humanitaires *de bonne foi*, plus quelques relais stipendiés, un peu partout dans le monde. On met l'accent sur les souffrances du peuple irakien du fait de l'embargo. Des millions de gens qui manquent de tout ; les hôpitaux sans médicaments, les enfants qui meurent en bas âge, les maladies. Ça a déjà commencé. Dans sa conférence de presse, Hussein Kemal a déclaré que quatre millions d'Irakiens mouraient de faim. CNN a repris l'information. Ça fait vendre. Dans les semaines qui suivent, des tas de gens de bonne foi vont nous attendrir sur le sort des bébés irakiens... Vous me suivez ?

– Parfaitement, dit Malko. Et ensuite ?

L'Américain se pourlécha les babines, comme un chat repu.

– Eh bien, dans quelques semaines, ou quelques mois, le représentant de l'Irak auprès des Nations unies, M. Tarek Aziz, prend le monde à témoin de l'injustice flagrante dont est victime son pays. Alors que *tous les programmes secrets d'armement* ont été enfin livrés aux Nations unies, après avoir été longtemps retenus par ce chien de Hussein Kemal, on continue à affamer les petits enfants irakiens. Et dans la foulée, il demande la levée de l'embargo !

« M. Rolf Ekeus, rapporteur de l'UNSCOM (1), celui que Saddam Hussein a surnommé *Le Maudit*, doit remettre son rapport début janvier, afin que le Conseil de Sécurité décide si l'embargo pétrolier sur l'Irak doit être levé ou non. Cela dépend de quelques conditions secondaires comme la « restitution » de six cents Koweitis disparus, morts depuis longtemps, et l'observation des droits de l'homme en Irak. Mais le gros morceau, c'est l'élimination des armes de destructions massives de Saddam Hussein.

« Avant le vote au Conseil de Sécurité, le représentant de l'Irak, M. Tarek Aziz, va prendre le monde à témoin de l'injustice *flagrante* qu'il y a à continuer d'affamer les petits enfants irakiens, alors que l'Irak a enfin accédé à toutes les demandes de l'ONU.

– C'est poignant, admira Malko.

– Je continue, fit Christopher Angleton. La pression pour la levée de l'embargo va être écrasante. Parce que

(1) United Nations Special Commission.

l'Irak, sans armes chimiques ou bactériologiques, ne fait plus peur. Parmi les membres permanents du Conseil de Sécurité, la France, la Russie et la Chine sont pour la levée des sanctions. La Grande-Bretagne se laissera convaincre. Les cinq membres non permanents actuels – Botswana, Honduras, Italie, Indonésie et Allemagne – sont, eux aussi, pour la levée des sanctions. Les cinq qui les remplaceront en janvier, lors du prochain renouvellement, sont tous du tiers monde, et plaideront eux aussi pour la levée des sanctions. Déjà, le monde arabe nous lâche. Cheikh Zaied, d'Abu Dhabi, pourtant un ennemi juré de Saddam Hussein, a conseillé la clémence, la semaine dernière. Nous n'aurons aucun argument concret à opposer au Conseil de Sécurité, dans la mesure où Rolf Ekeus dira qu'il n'y a plus rien à découvrir. Il nous restera bien sûr l'arme du veto. Efficace, puisque les décisions doivent être prises à l'unanimité des membres permanents. Mais dévastatrice ! Le tiers monde et une grande partie des Etats arabes vont nous accuser de vouloir maintenir l'embargo pétrolier uniquement pour faire plaisir à nos alliés saoudiens...

– Pourquoi ?

– L'embargo levé, Saddam Hussein mettra sur le marché environ deux millions de barils/jour. Ce qui, dans un marché déprimé, fera baisser le baril de deux ou trois dollars. Avec ses *huit* millions de barils/jour, l'Arabie Saoudite aurait un manque à gagner d'environ *dix milliards de dollars* par an. Quant à Saddam Hussein, il sortira grandi de ce bras de fer avec les Nations unies. Le seul prix qu'il aura eu à payer, c'est une humiliation passagère à cause de l'abandon de ses deux filles.

Christopher Angleton se tut, laissant Malko digérer ces perspectives abominables. Ce dernier chercha son regard.

– Une seule question, dit-il. Si ce n'est pas pour faire plaisir à l'Arabie Saoudite, pourquoi tenez-vous tellement à maintenir en vigueur l'embargo ?

– Nous y voilà ! exulta l'Américain. Parce que nous sommes persuadés que Saddam Hussein nous cache encore *l'essentiel* de ses armes chimiques et biologiques.

– Comment en êtes-vous si sûr ?

– Nous avons la preuve que l'Irak a acheté environ deux milliards et demi de dollars de gaz de combat à des firmes allemandes, comme Preusag. Nous savons également que les Russes lui ont vendu dix-sept tonnes de bactéries, dix fois plus dangereuses que l'anthrax, sous forme d'aérosol. De quoi tuer des millions de personnes.

« Pressé par Rolf Ekeus, l'Irak a reconnu le 1er juillet de cette année avoir fait procéder à des essais d'armes biologiques *offensives* à Al Hakam, près de Bagdad. Mais Hussein Kemal, alors responsable de ces programmes, a juré, la main sur le cœur, que tout avait été interrompu en septembre 1990 et qu'ils avaient détruit par autoclave ou incinération quatre cents tonnes de « nervegaz » et dix-sept tonnes de bactéries. Les ordres ont paraît-il été transmis *verbalement* !

– Il a réussi à affirmer cela sans rire ?

Christopher Angleton eut un geste fataliste. Aux Olympiades du Mensonge, l'Irak aurait raflé toutes les médailles d'or.

– Nous sommes donc persuadés, continua-t-il, que Saddam Hussein a caché son petit trésor quelque part. Et qu'il n'hésitera pas à s'en servir. Il est incorrigible. Après avoir perdu un million d'hommes contre l'Iran, il a remis cela contre le Koweit. Maintenant, il serait parfaitement capable de terroriser le Golfe. Il n'y a qu'un frein à ses ambitions : l'embargo. S'il ne parvient pas à le faire lever, il *sait* qu'il devra livrer ces armes secrètes dans un an au plus tard, sinon son pays sera exsangue. Donc, nous devons maintenir coûte que coûte l'embargo, mais avec une justification en béton : parce que Saddam Hussein, en nous envoyant un défecteur bidon, a tenté une fois de plus de nous baiser.

Un ange passa et s'enfuit aussitôt, poursuivi par un essaim de bactéries.

– Que dit Langley de votre théorie ? demanda Malko, impressionné par la démonstration de Christopher Angleton.

Les traits de l'Américain s'assombrirent.

– Apportez-nous une preuve tangible, concrète, de ce que vous dites. Sinon, ce n'est qu'une hypothèse de plus. Nous ne pouvons pas crier à la manip si nous ne réussissons pas à la prouver.

– Cela me semble logique, répliqua Malko. Cette preuve, vous l'avez ?

– Je l'ai cru la semaine dernière. Jusque-là, je n'avais que des indices. D'abord, depuis le départ de Hussein Kemal, pratiquement aucun de ses amis restés en Irak n'a été inquiété ! Certains ont été interrogés, puis relâchés. Etant donné la férocité du régime, c'est extrêmement troublant... Normalement, même un type qui aurait dit bonjour à Hussein Kemal en le croisant dans la rue aurait dû être exécuté. C'est à ce prix que Saddam Hussein s'est toujours maintenu. D'autant que le *Fassela El Amm*, la gestapo personnelle de Saddam Hussein, est sous la coupe de son fils Udei. Or, les différents « capteurs » que nous avons à Bagdad – humains et électroniques – ne font état d'aucune vague d'arrestations... Ensuite, j'ai été frappé par la modération de Hussein Kemal vis-à-vis de son beau-père. Il continue même, dans une conférence de presse, à l'appeler « président ». Il ne s'est livré à aucune attaque *ad hominem.*

– Il est peut-être inhibé, suggéra Malko.

L'Américain ricana.

– Il n'a pas une tête d'inhibé... C'est un tueur primitif, féroce, sans état d'âme. Simplement, il est *toujours* au service de Saddam Hussein. En plus, il y a une impression impalpable que j'ai ressentie en le voyant. Ce n'était pas un homme traqué. Avec son costume Smalto et ses chaussures en crocodile, il était sûr de lui, il pérorait. Or, si sa version était vraie, il devrait être mort de peur. Il sait que Saddam Hussein ne lui pardonnera jamais et qu'il ne peut pas rester toute sa vie enfermé dans un palais à Amman. *Tous* les opposants de Saddam ont été assassinés. Hussein Kemal, lui, n'a pas peur. Parce qu'il n'a pas de raison d'avoir peur.

Malko ne savait que répondre. Certes, la théorie du chef de station tenait la route. Mais on était en Orient, où rien n'est jamais simple. Il décida de revenir aux faits.

– Pourquoi suis-je en Jordanie ? demanda-t-il. Que fait Cheikh Beni Khaled dans cette histoire ?

– J'y arrive, dit Christopher Angleton, mais il fallait que vous connaissiez le *background*. Depuis la défection de Hussein Kemal, j'ai mis en branle tout ce que je pouvais comme « capteurs ». Les écoutes, les satellites et, bien sûr, nos sources à Bagdad.

– La *Company* y a encore une station ? s'enquit Malko, surpris.

– Non, bien sûr. Pourtant, nous ne sommes pas complètement absents. Notre ambassade est fermée, mais nous avons confié nos affaires diplomatiques et consulaires à l'ambassade de Pologne. Nous nous sommes beaucoup rapprochés de ce pays ; depuis la fin de l'Union soviétique, les Polonais ont créé une section des intérêts américains avec des fonctionnaires polonais de l'ambassade. Or, depuis la fin du pacte de Varsovie, la *Company* a noué des liens avec le BBN, les services polonais... Echanges d'informations, accès à des banques de données, formation. Nous avons même réussi à ce qu'ils nous donnent un coup de main pour l'Irak.

– C'est-à-dire ?

– Les services polonais ont accepté que nous leur prêtions quelques *field officers* (1) de chez nous – des gens d'origine polonaise, bien sûr, et qui parlent polonais – qu'ils ont nommés dans leur ambassade de Bagdad...

– Vous voulez dire, précisa Malko, que certains des fonctionnaires officiellement polonais de la section des intérêts américains sont en réalité des agents de la CIA ?

– Très peu d'entre eux, fit modestement Christopher Angleton. Mais les Polonais ont fait mieux. Du temps du pacte de Varsovie, ils travaillaient en symbiose totale avec le KGB soviétique. Les agents du KGB, bien que tolérés

(1) Agents opérationnels.

par les Irakiens, très proches de Moscou, sous-traitaient avec les Polonais, moins en première ligne. Les Polonais nous ont revendu ces contacts très précieux, parce que suivis depuis des années. Nous nous sommes donc trouvés avec quelques « sources » bien placées, des gens très proches de Saddam Hussein...

– En dépit de cela, vous n'avez jamais réussi à le tuer ? s'étonna Malko.

L'Américain se permit un sourire ironique devant tant de candeur.

– Nous n'avons *jamais* cherché à le tuer. Les Saoudiens auraient été furieux. De plus, nous n'avons pas pu utiliser certaines informations, sous peine de griller nos sources. Mais nous étions parfaitement au courant des préparatifs d'invasion du Koweit, par exemple.

– Et vous avez laissé faire ?

– Nous les avons encouragés, laissa froidement tomber le chef de station de la CIA. Il fallait une bonne fois pour toutes « taper » Saddam Hussein avant qu'il ne devienne trop dangereux avec des armes nucléaires ou chimiques. Le Koweit, c'était parfait, comme prétexte.

Un ange qui passait tomba raide mort devant tant de cynisme. Décidément, les Etats étaient bien des monstres froids.

– Revenons à vos Polonais, suggéra Malko.

Avec la CIA, il y avait toujours des « tiroirs » à tirer.

– Parmi nos agents dissimulés dans cette section des intérêts américains, expliqua Christopher Angleton, il y avait un certain Tadeusz Zirkowski. En poste à Bagdad depuis un an, il a renoué avec un agent recruté par son prédécesseur, un *vrai* Polonais. Un officier de la garde présidentielle qui, sans être d'un rang élevé, avait accès à de nombreuses informations en temps réel. Karim Jabouri, un lieutenant qui commandait le stand de tir du palais présidentiel et était préposé à la « sonorisation » de la salle de réunion de Saddam Hussein. Tout de suite après la défection de Hussein Kemal, j'ai évidemment alerté Tadeusz, expliqua l'Américain, lorsqu'il est venu se faire débriefer à Amman. La plupart des diplomates en poste à Bagdad venant ici s'aérer un peu, ses allées et venues n'alertaient pas les Irakiens. Depuis, je n'avais plus de nouvelles. Ce qui est normal : nous ne communiquons pas avec ces agents immergés en milieu hostile, même par moyens cryptés. Si les Irakiens avaient vent de notre collaboration avec les Polonais, cela pourrait avoir des conséquences tragiques.

– Donc, Tadeusz Zirkowski a réapparu la semaine dernière ?

Le visage de Christopher Angleton s'assombrit.

– Hélas non. J'ai appris d'abord, par le biais de l'ambassade polonaise à Amman, qu'il avait été victime d'un accident mortel sur la route n° 10, entre la frontière et Amman. Apparemment, sa voiture a été heurtée par un camion. Ce sont des choses qui arrivent. Mais deux jours plus tard, j'en ai su plus. Notre autre *field officer* est venu à Amman et m'a dit ce qu'il savait. La veille de sa mort, Tadeusz Zirkowski avait rendez-vous avec le lieutenant Karim Jabouri. Il ne l'a pas revu après cette rencontre, mais il a trouvé un mot de Tadeusz l'avertissant qu'il avait récupéré un document prouvant la collusion de Saddam Hussein et du « défecteur » Hussein Kemal. Ne voulant pas garder ce document à Bagdad, il filait sur Amman.

« C'est le dernier signe de vie qu'il a donné. Il a quitté Bagdad en fin de soirée et a eu son accident dans la matinée du lendemain, après avoir franchi la frontière vers six heures du matin. On a retrouvé son corps dans le désert, en bordure de la route n° 10, juste avant le poste de la *Desert Police* d'As Safawi. Il avait le thorax enfoncé et des blessures à la tête. Il semble qu'un véhicule lui soit passé dessus. Sa voiture était un peu plus loin, retournée en contrebas de la route.

– Un accident ?

Christopher Angleton haussa les sourcils.

– Non. D'après la *Desert Police*, sa voiture aurait été heurtée par un camion-citerne, il en aurait perdu le contrôle et aurait été éjecté. Bien sûr, on n'a jamais retrouvé le camion. Cette route est assez dangereuse parce que les gens y roulent très vite et il y a beaucoup de camions. Mais Tadeusz Zirkowski n'est pas mort d'un accident de la route.

– Qu'est-ce qui vous permet d'être aussi affirmatif ?

– Je suis allé moi-même examiner sa voiture, expliqua l'Américain. En compagnie d'un « vrai » membre de l'ambassade polonaise d'Amman. Or, j'ai relevé sur la carrosserie plusieurs impacts de projectiles de gros calibre. Du 12,7 mm, le calibre des mitrailleuses soviétiques Douchka. On a tiré sur cette voiture. Ensuite, je me suis fait montrer par des soldats l'endroit où on a trouvé le corps. S'il a été éjecté, il aurait fallu être un kangourou pour atterrir aussi loin du véhicule. Et encore, un kangourou de compétition. J'ai reconstitué ainsi « l'accident » : on a tiré à partir d'un autre véhicule sur la Mercedes. Tadeusz Zirkowski a perdu le contrôle de la voiture et a quitté la route. Il est sorti vivant du crash et a dû alors se diriger à pied vers le poste de police, distant d'un kilomètre et demi. C'est alors qu'on l'a rattrapé et *volontairement* écrasé.

Un pesant silence suivit cette conclusion. Malko commençait à se retrouver en terrain connu. On faisait toujours appel à lui lorsqu'il y avait une grosse merde.

– Pourquoi l'aurait-on tué en Jordanie ? Cela doit être plus facile à Bagdad.

Christopher Angleton lissa distraitement sa moustache.

– Ce que vous dites est logique. La seule explication est que les Irakiens ont été pris de vitesse par son départ précipité et n'ont pu l'intercepter avant le passage de la frontière. Ou alors, ils ont sous-traité avec des gens à eux en Jordanie, pour brouiller les pistes.

– Qui ?

– Les seuls à posséder des Douchka dans le coin, ce sont les Bédouins. Ils se baladent dans le désert avec des pick-up armés et n'hésitent pas à tirer, même sur la *Desert Police*, quand on cherche à s'opposer à leurs trafics.

– Pourquoi auraient-ils assassiné Tadeusz Zirkowski ? Ils travaillent avec les services irakiens ?

– Les Bédouins de la tribu des Cha'alam sont des contrebandiers et des trafiquants de drogue, expliqua l'Américain. Ils ont forcément des contacts avec les services irakiens, à l'occasion de leurs trafics. Ceux-ci peuvent leur avoir demandé un service. A leurs yeux, tuer un étranger n'est qu'un péché véniel.

– Ce sont les membres de la tribu dirigée par Cheikh Beni Khaled ? se fit confirmer Malko.

– Exact, reconnut Christopher Angleton, sans se troubler.

– Qu'attendez-vous de moi ?

– J'avoue que mon idée n'est pas précise, mais je pense qu'il y a un « long shot » à tenter. Les Bédouins de Cheikh Beni Khaled n'ont pas assassiné Tadeusz Zirkowski de leur propre initiative. En allant là-bas, il y a peut-être une chance de glaner des informations sur les *véritables* commanditaires de ce meurtre qui se trouvent peut-être en Jordanie. En remontant jusqu'à eux, on pourrait peut-être apprendre en quoi consistait la preuve qui confondait Saddam Hussein dans l'histoire Hussein Kemal.

– Je comprends votre raisonnement, admit Malko. Mais je doute que ces Bédouins soient très coopératifs...

Christopher Angleton lui adressa un sourire rassurant :

– Evidemment. Aussi, j'ai pensé à un prétexte. Mon idée est que vous vous fassiez passer pour un Polonais, ami de Tadeusz Zirkowski, à la recherche de ses affaires personnelles. Lorsque l'on a retrouvé son corps, il avait été entièrement dépouillé. Grâce à ses amis de Bagdad, je sais qu'il portait une montre « squelette », un porte-billets en or, un briquet Zippo à l'effigie de Marylin Monroe, plus des photos de famille. Vous pourriez prétendre être à la recherche de ces objets.

Malko ne fit aucun commentaire. Il se voyait mal demander bien poliment aux assassins du *field officer* de la CIA de lui restituer ses affaires personnelles.

– Pensez-vous vraiment que ces Bédouins, s'ils ont

assassiné Tadeusz Zirkowski, vont gentiment me rendre ce qu'ils lui ont volé ? demanda-t-il.

Christopher Angleton hocha la tête.

– Peut-être pas, reconnut-il. Mais c'est un bon prétexte pour aller leur rendre visite. Surtout en offrant une récompense. C'est un langage qu'ils comprennent. Avec Zahra Sirb, qui entretient d'excellents rapports avec Cheikh Beni Khaled, cela devrait bien se passer. Il suffit qu'il donne des ordres à ses hommes pour qu'ils vous mangent dans la main.

– Il peut aussi ordonner qu'on m'égorge après m'avoir arraché les yeux, remarqua Malko. D'après la description que m'en a faite Zahra, ce n'est pas un personnage facile.

Christopher Angleton eut un rire délicieusement mondain.

– Ne faites pas de sinistrose. C'est un autocrate, évidemment. Il faut y aller sur la pointe des pieds, vous apprendrez peut-être quelque chose d'intéressant. Zahra parle arabe, elle peut glaner des indices.

Sous sa courtoisie souriante, Malko sentait la détermination implacable du vrai professionnel. En dépit de ses sourires, il ne considérait Malko que comme un pion dans une vaste manœuvre d'encerclement de Saddam Hussein. Une chose intriguait Malko.

– Vous avez d'excellents rapports avec vos homologues jordaniens, remarqua-t-il. Ils paraissent plus aptes que moi à recueillir des renseignements dans ce milieu.

L'Américain secoua la tête.

– Ils sont très timides pour tout ce qui touche l'Irak. Ils me raconteront n'importe quoi. Je pense qu'avec Zahra, vous ne risquez rien.

Etant donné le poids de la femme dans l'univers musulman, il était difficile de partager cet optimisme. Mais Malko sentit qu'il ne ferait pas changer d'avis le chef de station de la CIA. Une fois de plus, on lui demandait poliment de jouer sa vie à la roulette russe.

– Il est très possible que cette mission tourne court,

remarqua-t-il. Le cheikh, d'après Zahra, a horreur qu'on aille le voir sans rendez-vous.

Christopher Angleton se leva, un sourire encourageant aux lèvres.

– *Inch' Allah*... On aura au moins essayé. Au pire, cela vous fera une agréable promenade. Le désert est superbe et Zahra Sirb une compagne agréable, je crois.

Malko eut envie de lui dire qu'il n'avait pas besoin d'aller risquer sa vie chez les Bédouins pour goûter aux charmes de la Jordanienne, mais il se contenta de sourire. Sans être dupe. Une fois de plus, la CIA lui présentait comme une promenade de santé une petite escapade en enfer.

CHAPITRE V

Malko crut être le jouet d'un mirage : au détour de la piste s'enfonçant vers l'Arabie Saoudite, il venait de découvrir une longue tente marron, flanquée de trois autres plus petites. Devant la tente, il y avait une voiture blanche, une Rolls-Royce Silver Spirit dernier modèle. Et un chauffeur noir était en train de la lustrer sous l'œil méfiant d'un Bédouin, Kalachnikov à l'épaule.

Un sourire de soulagement éclaira le visage de Zahra.

– C'est sa voiture ! Il est là !

Ils avaient quitté Amman trois heures plus tôt et abandonné la route à Al Ruwayshid pour une piste défoncée filant en plein désert vers la frontière saoudienne. Depuis une vingtaine de kilomètres, ils n'avaient vu que des tourbillons de poussière et des troupeaux de moutons. Malko commençait à se demander si ceux qui les avaient renseignés, à Al Ruwayshid, ne s'étaient pas moqués d'eux.

Sa joie fut de courte durée. Une série de détonations sèches claqua derrière lui. Dans le rétroviseur, il aperçut un Bédouin qui avait tiré une rafale en l'air et pointait maintenant son arme sur la Cherokee.

– Arrêtez-vous ! cria Zahra.

Il avait déjà écrasé le frein. En un clin d'œil, la voiture fut entourée par une douzaine de Bédouins pas vraiment souriants, qui vociféraient différentes interjections incompréhensibles pour Malko.

– Que disent-ils ?

– *Msakar !* (1) Nous sommes arrivés au *madarib* de Cheikh Beni Khaled. Ces hommes sont sa garde personnelle.

Malko découvrit d'autres tentes qu'il n'avait pas tout d'abord remarquées, à cause de leur couleur ocre ; et des véhicules – Range Rover ou pick-up – stationnés un peu partout. Trois chameaux étaient agenouillés en face de la Rolls blanche, qui mâchonnaient mélancoliquement en la contemplant sans aucune jalousie.

Un des Bédouins passa le canon de sa Kalach par la glace ouverte et l'appuya contre la poitrine de Malko, en éructant un ordre. Edenté, barbu, le front las sous le keffieh, drapé dans une longue djellaba blanchâtre enjolivée de chargeurs pour son arme, il n'avait pas l'air partisan du dialogue.

– Ne bougez pas, je vais leur parler, annonça Zahra.

« Bâchée » jusqu'aux yeux, enveloppée dans sa longue *dichdacha* (2) verte, elle descendit de la Cherokee et interpella le Bédouin le plus menaçant. D'abord, l'homme fit semblant de l'ignorer. Elle dut prononcer les mots qu'il fallait car il consentit à se tourner vers elle, et celui qui menaçait Malko recula. La palabre dura près de dix minutes. Enfin, Zahra fit signe à Malko de la rejoindre.

– Vous les avez convaincus ? demanda-t-il.

– Oui. Je leur ai dit que j'étais une amie de leur cheikh et qu'il serait furieux si on m'éconduisait. Ils vont m'emmener le voir. Vous restez là.

Elle s'éloigna vers la grande tente, escortée de deux Bédouins. Les autres s'accroupirent, sans quitter des yeux Malko. Ils avaient tous le teint très sombre, étaient pour la plupart d'une saleté repoussante et la couleur de leurs pieds, dans les sandales, était celle des tentes...

Malko retourna à la Cherokee pour y prendre une bouteille d'eau minérale et tous les Bédouins sautèrent sur leurs pieds. Il faisait un bon petit quarante degrés et il

(1) Arrêtez-vous !
(2) Robe.

avait le gosier desséché. Pendant qu'il buvait, un des Bédouins inspecta, méfiant, l'intérieur de la voiture. Pour ne pas paraître des ennemis potentiels, ils n'avaient pas pris d'arme. Six jerricans d'essence étaient alignés à l'arrière, transformant la Cherokee en bombe roulante. Malko regarda autour de lui : le désert à perte de vue, des plaques de basalte noir coupées d'étendues ocre.

Zahra reparut. Arrivée près de la Cherokee, elle adressa à Malko un sourire radieux.

– Je l'ai vu. Il était surpris, mais il a accepté de nous voir. Nous sommes invités au *mansaf* qu'il donne tout à l'heure pour certains de ses chefs de tribu. En attendant, nous allons dans la tente des visiteurs.

Il ferma la voiture à clé et la suivit jusqu'à une petite tente à l'écart. Le sol était recouvert de vieux tapis, des coussins aux couleurs passées servaient de sièges, avec des piles de couvertures bariolées, et un plateau de cuivre occupait le centre de la tente. Une puissante odeur, mélange de crottes de chèvre, de chameau et de saletés recuites, rendait l'air brûlant encore plus irrespirable. Ils s'installèrent sur les coussins et un vieux Bédouin surgit, portant une cafetière à long bec cabossée et des tasses dans lesquelles il versa quelques gouttes d'un café d'un noir d'encre.

Poli, Malko but le sien : c'était amer et brûlant, du vrai café bédouin à la cardamome.

– Si vous n'en voulez plus, suggéra Zahra, secouez la tasse deux ou trois fois.

Impassible, le Bédouin repartit avec sa cafetière. Quelques mouches, attirées par la chair fraîche, commencèrent à les harceler. Dehors, des moutons bêlaient.

– Il nous reçoit à quelle heure ? demanda Malko.

Zahra eut un air évasif.

– Vers deux heures, *Inch' Allah.*

Il n'était guère que midi. Le Bédouin réapparut avec un plat de dattes. L'ambiance se détendait.

– Il ne sait toujours pas pourquoi je veux le voir ? insista Malko.

– Non, je n'ai pas eu le temps de lui en parler.

Cela valait peut-être mieux.

*
**

Zahra, ses superbes yeux verts mi-clos, somnolait. Un grondement de moteur fit sursauter Malko. Il se leva et sortit de la tente. La poussière retombait autour d'un petit convoi qui venait de pénétrer dans le campement.

Les chauffeurs descendirent et s'égaillèrent dans toutes les directions. Curieux, il s'approcha.

Les deux véhicules de tête étaient des 4 x 4 Toyota pick-up, sur les plateaux desquels on avait installé une mitrailleuse lourde soviétique Douchka. A voir le nombre de boîtes de munitions entassées, ce n'était pas seulement pour la décoration.

Ensuite, il y avait cinq petits camions Mercedes d'un modèle ancien, équipés d'énormes réservoirs supplémentaires proéminents, et tous chargés à faire péter les essieux. Le premier de cartouches de cigarettes, les deux autres de cartons de whisky *Defender,* le quatrième de cartons de champagne Taittinger Comtes de Champagne, blanc de blancs 1988, et le dernier d'un assortiment d'alcools divers : Cointreau, cognac Gaston de Lagrange XO, vodka, gin.

Le dernier véhicule était un petit camion-citerne. Allongé sur le sol, un des Bédouins buvait à son robinet : un camion d'eau, ce n'était pas inutile dans le désert... Aucun n'avait de plaques. Zahra rejoignit Malko.

– Ils vont en Arabie Saoudite, expliqua-t-elle, et ils viennent de Syrie. A Damas une bouteille de *Defender* coûte dix dollars. A Ryad, cent.

Cela valait la peine de traverser le désert.

– Pour des musulmans... fit Malko en riant.

– Les Bédouins n'y touchent pas. Les chauffeurs sont des chrétiens, ainsi les apparences sont sauves. En Arabie Saoudite, on boit en cachette, mais on boit beaucoup. Ces Cha'alam font tous les trafics. Tenez, venez voir.

Elle entraîna Malko à une centaine de mètres. Assis par terre, un Bédouin avait l'air de gaver, comme une oie, un mouton qui bêlait à fendre l'âme, tenu par un jeune garçon.

– Qu'est-ce qu'il lui fait ? demanda Malko.

– Il le force à avaler des sachets de drogue, expliqua Zahra. Ensuite, ils passeront la frontière d'Israël et les moutons seront éventrés. On récupérera la drogue pour la mafia israélienne.

Le Marché commun israélo-arabe existait déjà...

Malko consulta sa montre : trois heures. Le soleil commençait à descendre sur l'horizon.

– Le cheikh ne nous a pas oubliés ? s'inquiéta-t-il.

– Non, non, fit Zahra en souriant. Les Bédouins ne tiennent aucun compte de l'heure. Et puis, dans le monde arabe, plus on est puissant, plus on fait attendre les gens. Il arrive au roi Fahd d'Arabie Saoudite de faire poireauter des ambassadeurs de pays importants jusqu'à deux heures du matin, pour un rendez-vous fixé à sept heures du soir.

Ils se réinstallèrent dans leur tente. Près de deux heures s'écoulèrent. Malko avait si faim qu'il avait envie de croquer les noyaux des dattes. Enfin, à quatre heures quarante-cinq, le vieux Bédouin réapparut et lança quelques mots.

– Ça y est ! exulta Zahra. Le *mansaf* du cheikh commence.

– C'est-à-dire ?

– Un repas « officiel » où il reçoit différents petits chefs de tribu qui lui expriment leurs doléances. Une sorte de cour de justice. C'est pour cela qu'il vient régulièrement dans le désert. Il tranche les querelles, bénit les mariages, distribue les conseils. Bref, il règne. Cela signifie que je pourrai lui exposer le motif de notre visite. A propos, vous savez manger avec vos doigts ?

– Cela m'est déjà arrivé.

– Tant mieux, dit-elle, ici la fourchette et le couteau sont inconnus.

*
**

– *Ahlan wa Salam !* lança Zahra d'une voix assurée.
– *Ahlan Bikoun.*

La voix de Cheikh Beni Khaled était grave et bien timbrée. Il évoquait un Belzébuth lubrique, avec sa barbiche noire en pointe et son regard luisant de concupiscence qui ne quittait pas Zahra Sirb depuis qu'elle avait pénétré dans la grande tente en compagnie de Malko.

Calé sur des coussins face à l'entrée, il était assis en tailleur devant de grands plateaux en cuivre repoussé chargés de victuailles. Sa robe d'un blanc immaculé tranchait avec les tenues beaucoup moins nettes de la quinzaine de Bédouins installés autour de lui. Aucun ne portait d'arme : signe d'allégeance.

Eux aussi n'avaient d'yeux que pour la jeune femme. Bien qu'elle soit voilée, le corps invisible sous la longue robe verte, ils semblaient réprouver sa présence dans cette assemblée d'hommes. Le fait que leur cheikh lui adresse la parole les choquait, de toute évidence.

Debout à l'entrée de la tente, les yeux baissés, le corps légèrement incliné en avant, Zahra se mit à débiter une longue tirade en arabe, puis attendit la réponse du cheikh. Celui-ci posa son regard sur Malko. Pas vraiment chaleureux. Le teint très sombre, un nez busqué important, des yeux enfoncés, il semblait intelligent et retors. D'une voix basse, il répliqua de quelques mots et leur fit signe de prendre place autour de la « table »... c'est-à-dire la demi-douzaine de plateaux de cuivre supportant des monceaux de nourriture.

Au centre, un mouton entier, mijoté avec des épices et de la cardamome, du lait de brebis caillé. La sauce au yoghourt qui l'accompagnait trônait à part, dans deux grandes saucières. Sur les autres plateaux, des montagnes de riz, de pain pignon et de *khubz* (1). Aux extrémités,

(1) Pain arabe.

des empilements de dattes et de pommes. Partout des bouteilles d'eau minérale et de Coca, mais pas une goutte d'alcool. L'odeur des épices effaçait celle du suri qu'exhalaient les convives.

Cheikh Beni Khaled donna le signal des agapes en prenant de la main droite une poignée de riz à laquelle il incorpora un morceau de mouton, avant d'avaler le tout d'une seule bouchée. En un clin d'œil, les Bédouins se mirent à bâfrer sans un mot, piochant avec allégresse dans les plats, répandant partout du riz, roulant des regards de morts de faim ! Ils en oubliaient la présence de Zahra.

Malko se mit à l'unisson et réussit à confectionner des boulettes très convenables... Rassurés par cette maestria, ses voisins commencèrent à le regarder avec moins d'hostilité. S'il savait manger avec ses doigts, ce n'était pas un sauvage complet.

Le vieux Bédouin-serveur faisait le tour de l'assemblée avec une aiguière et un plateau, versait de l'eau sur les mains couvertes de graisse. On parlait peu. Quelques interjections, des rires lorsque le cheikh daignait énoncer une parabole.

Malko se demandait comment extorquer des informations à des gens aussi frustes et éloignés de son univers... Fugitivement, il imagina que Christopher Angleton l'avait envoyé à sa place pour éviter d'avoir à manger avec ses doigts...

Zahra se pencha vers lui, la bouche pleine.

– Je lui ai dit tout à l'heure que vous étiez venu de Bagdad pour lui demander une faveur. Nous parlerons après les autres...

*
**

Malko avait du mal à garder les yeux ouverts... Sept heures du soir, la nuit était tombée. Dans la chaleur, bercé par le ronronnement guttural des conversations, il somnolait debout, comme un chameau. Heureusement, le *mansaf* se terminait... Les uns après les autres, les Bédouins exposaient leur problème et quittaient ensuite la tente. Il n'en restait plus qu'un. Le vieux repassait inlassablement son café amer et Malko en était à sa sixième tasse ; bien calé sur ses coussins, le cheikh semblait somnoler lui aussi, les yeux mi-clos, égrénant machinalement entre ses doigts les graines de son *mashaba* (1). Une façon de compter le temps...

De temps à autre, il laissait tomber un mot, accompagné d'un geste sec, ou picorait une amande. Zahra souffla à l'oreille de Malko :

– Il en a assez, c'est l'heure où il va rejoindre ses femmes. Avec tout le piment qu'il a avalé, il ne doit plus tenir.

Enfin, le dernier Bédouin se leva et sortit après s'être incliné profondément, la main sur le cœur. Zahra laissa passer quelques instants avant d'attaquer sa supplique. Cette fois, Cheikh Beni Khaled avait ouvert les yeux. Malko désirait retrouver les affaires personnelles de son ami, mort dans le désert. Elles avaient peut-être été récupérées par des Bédouins, que Malko était prêt à récompenser généreusement, expliqua la jeune femme.

– Quand est-il mort ?

La voix du cheikh, âpre et sèche, avait claqué. Aussitôt, Zahra traduisit, tandis que le Bédouin prenait une amande et la décortiquait sans paraître concerné. Zahra répondit en détaillant le lieu et les circonstances de l'accident. Le cheikh l'interrompit d'une voix coupante. Malko vit le sang se retirer du visage de la Jordanienne.

– Qu'est-ce qu'il dit ?

– Que les Bédouins ne sont pas des chacals, qu'ils ne dépouillent pas les morts...

Un ange passa, un grand sabre à la main.

A tout hasard, Malko adressa un grand sourire au cheikh, afin de bien lui montrer que pareille hypothèse ne l'avait jamais effleuré.

(1) Sorte de chapelet de grains d'ambre.

– Précisez bien qu'ils peuvent simplement avoir *trouvé* des objets lui appartenant, demanda-t-il à Zahra.

La nuance parut détendre le cheikh. Il se lança dans un long exposé, que Zahra résuma.

– Le désert est grand, et il y a peu de chances que ses hommes aient trouvé quelque chose... Cependant, parce que tu es son hôte et que je suis une amie, il va se renseigner. Il nous donnera la réponse demain. Nous sommes ses hôtes pour la nuit. S'il sait quelque chose, nous le saurons demain, *Inch' Allah !*

Elle se leva et Malko l'imita. Ils quittèrent la tente. Des milliers d'étoiles brillaient dans le ciel d'une pureté absolue. Pas une lumière : le campement dormait déjà. Ils regagnèrent leur tente. Une femme était en train d'y disposer des couvertures raides de crasse, un broc d'eau et des dattes. Une lampe à pétrole dispensait un peu de lumière.

– Il n'y a rien à faire jusqu'à demain, conclut Zahra. Couchons-nous.

Elle rabattit les pans de la tente et les attacha, de façon à les isoler un peu. Ils s'allongèrent sans se déshabiller sur les couvertures qui sentaient le bouc.

*
**

Le froid réveilla Malko. La température avait bien baissé de quinze degrés ! Il grelottait dans son pantalon de toile et sa chemisette. Zahra dormait à côté de lui, recroquevillée en chien de fusil. Il regarda sa montre : 11 heures. Il allait se rendormir lorsqu'il entendit un froissement à l'entrée de la tente : quelqu'un était en train de défaire les cordons qui la fermaient. Malko se redressa, le pouls à cent cinquante.

Qui venait ainsi en pleine nuit ?

Il secoua Zahra qui se réveilla en sursaut, au moment où une silhouette se glissait dans la tente. Une femme portant un *hidjab* et une longue robe sombre vint s'accroupir près de Zahra. Après un bref chuchotement, celle-ci se tourna vers Malko.

– Le cheikh veut me voir.

– A cette heure-ci ?

– Il n'est pas tard. Il ne s'endort jamais avant trois ou quatre heures du matin. J'y vais.

Elle se leva et se glissa hors de la tente avec la femme voilée.

Malko n'arriva pas à trouver le sommeil. A son tour, il se glissa dehors et fut cueilli par un vent frais. De nuit, les tentes se confondaient avec le désert. Impossible de deviner que des centaines de Bédouins étaient rassemblés là. Il frissonna et regagna sa tente. Pourvu que cette visite nocturne se révèle positive. Il éprouvait pourtant un doute sérieux. Un mongolien de quatre ans se serait posé des questions sur une convocation aussi tardive.

*
**

– *Schway, schway !* (1)

La voix rauque d'excitation de Cheikh Beni Khaled était le seul bruit dans la tente, à part les deux respirations bruyantes. Empalée sur le long sexe du Bédouin, Zahra s'élevait et retombait, tenue solidement aux hanches. Le Bédouin la soulevait jusqu'à ressortir presque d'elle, puis contrôlait sa retombée.

Les yeux clos, il savourait son plaisir, délaissant parfois les hanches de Zahra pour prendre ses seins à pleines mains. Sans douceur, mais c'était sa manière d'être : une femme ne pouvait être qu'un instrument de plaisir.

Dès qu'elle avait pénétré dans la partie de tente servant de chambre, Zahra avait su à quoi s'en tenir. Les yeux gourmands et le sexe lourdement tendu sous la robe blanche, il lui avait fait signe de le rejoindre sur les coussins où il était assis tandis que la servante s'éclipsait.

Une lampe à pétrole dispensait une chiche clarté et une

(1) Doucement !

fumée nauséabonde. Zahra s'était approchée. Le Bédouin avait aussitôt retroussé sa robe, et son pénis avait jailli à l'horizontale. Sans se déplacer, il avait enfoncé la main droite sous la robe de la jeune femme et des doigts fébriles avaient ouvert son ventre.

Puis, lorsqu'il l'avait jugée à point, il l'avait assise sur lui, l'empalant avec précision, poussant son dard aussi loin qu'il le pouvait. Après quelques instants d'immobilité, à savourer sa possession, il avait commencé son va-et-vient.

Pour Zahra cette brutale possession n'était pas désagréable et, de toute façon, elle n'avait pas vraiment le choix. Peu à peu, les parois de son sexe gagnaient en élasticité et, bien lubrifiée, elle commença à éprouver un plaisir violent. Elle ferma les yeux pour mieux imaginer le manche de pioche qui lui forait le ventre et cela l'excita encore plus. Le regard perdu, Cheikh Beni Khaled se mit à psalmodier des compliments.

– Ton sexe est si étroit que même une aiguille le blesserait ! murmura-t-il, mais tu es profonde comme une Tcherkesse. Je sens ton miel couler sur moi, tu vas faire jaillir ma fontaine.

Cet accès poétique ne l'empêchait pas de faire durer le plaisir, en cessant soudain de bouger pour calmer les pulsations désordonnées de son sexe prêt à exploser. Alors, Zahra recourut à son « arme secrète », un truc que lui avait appris une vieille matrone beyrouthine. Contractant ses muscles secrets, elle se mit à « traire » le membre enfoncé en elle.

Cheikh Beni Khaled poussa un feulement de chameau en rut et ses doigts s'enfoncèrent dans les hanches élastiques de la jeune femme, empalée jusqu'aux yeux.

– Tu es un démon, ô Zahra ! gronda le Bédouin, tu aspires ma vie !

Avec un rugissement, il donna un furieux coup de reins à transpercer le ventre qu'il emplissait, puis retomba, secoué de spasmes exquis, le regard vitreux. Zahra, émue par cette violence, sentit le plaisir monter à son tour dans son ventre. Elle cria, la tête rejetée en arrière, puis se tassa, le membre toujours fiché en elle. Il fallut au cheikh plusieurs minutes pour émerger de son nirvana. Sans changer de position, il remarqua :

– Il y a bien longtemps que je ne t'avais vue...

– Je ne voulais pas te déranger, répliqua Zahra, les yeux hypocritement baissés, tu es un homme si puissant...

C'était un hommage à prendre dans les deux sens. Le sexe n'avait pas faibli, enserré dans sa gaine chaude. Cheikh Beni Khaled, de nouveau excité, lui tordit les seins à travers le tissu fin de la robe, sans méchanceté.

– Tu es toujours la bienvenue, ô Zahra.

Profitant de ces bonnes dispositions, Zahra demanda :

– As-tu pensé à la requête de celui qui m'accompagne ?

Les traits rudes du Bédouin s'assombrirent. Il murmura quelques mots inintelligibles, puis repoussa Zahra. Celle-ci pensa qu'il voulait qu'elle parte et se dirigea vers la sortie de la tente.

Elle se trompait. Le cheikh la rattrapa et la courba brutalement sur un gros coffre de cuir, haut de près d'un mètre. Elle le sentit se frotter contre elle par-derrière, puis il retroussa sa longue robe, écarta les globes blancs et tièdes de ses fesses et la sodomisa.

*
**

Malko n'arrivait pas à se rendormir. Zahra était partie depuis plus d'une heure. Le café à la cardamome lui donnait des palpitations. Les yeux ouverts dans l'obscurité, il essayait d'imaginer ce qui se passait dans la tente voisine lorsqu'un crissement de tissu déchiré accéléra les battements de son cœur.

A tâtons, il parvint à allumer la lampe à pétrole. La flamme dansante donna assez de lumière pour qu'il puisse percevoir quelque chose de hautement insolite : la lame d'un poignard dépassait de vingt bons centimètres à l'intérieur de la toile de tente, juste au-dessus de l'endroit où il était couché quelques instants auparavant.

Avec un crissement soyeux, la lame descendit, pratiquant une longue ouverture dans la toile. Bientôt assez grande pour laisser passer un corps humain.

CHAPITRE VI

Le temps que Malko réalise, l'homme qui tenait le poignard avait agrandi la brèche. Il ne pouvait le voir à cause de la très faible lueur de la lampe, et ce dernier ne distinguait qu'une silhouette.

La toile déchirée jusqu'au sol, l'homme bondit dans la tente et, du même geste, abattit son poignard sur l'amas de couvertures où Malko était censé se trouver !

La lame transperça les tissus et le tapis, se planta dans le sol. A cet instant seulement, l'homme s'aperçut de son erreur. Arrachant le poignard du sol, il se redressa, cherchant sa victime. Il aperçut enfin Malko. Celui-ci leva la lampe et distingua un visage très sombre, des sourcils broussailleux, des yeux noirs perçants. Déjà, le Bédouin se ruait en avant, le poignard à l'horizontale.

A toute volée, Malko jeta la lampe à pétrole à la tête de son adversaire. Sous le choc, le keffieh tomba et du pétrole enflammé se répandit sur le visage et les épaules de l'homme. Ce dernier poussa un hurlement de douleur et s'arrêta net, cherchant à éteindre le feu qui commençait à ronger ses vêtements et son visage. Il poussait d'horribles grognements de douleur mais ne lâchait pas son poignard. Malko se baissa et saisit le plateau de cuivre. Comme un disque, il le projeta à l'horizontale et entendit le choc de la bordure du métal contre le crâne de son adversaire.

Il devina, plus qu'il ne vit, le Bédouin s'enfuir par la déchirure de la toile, tout auréolé de flammèches.

Puis l'obscurité retomba.

Malko attendit un moment, mais rien ne se produisit. Il ramassa la lampe et parvint, avec le pétrole qui restait, à la rallumer. L'odeur fade du pétrole s'ajoutait à la puanteur de la tente et il préféra sortir.

L'air frais lui fit du bien. Il essaya de mettre de l'ordre dans ses pensées. On avait essayé de le tuer. Sans les multiples cafés, il aurait dormi à poings fermés et se serait réveillé mort. Décidément, la « convocation » de Zahra par leur hôte semblait encore moins innocente qu'il ne l'avait pensé... Glacé par le vent, il regagna l'abri de la tente. Zahra allait-elle revenir ? Si elle n'avait pas été là, il aurait pris la Cherokee et filé. L'attentat dont il venait d'être la cible n'augurait rien de bon de la suite de ses rapports avec Cheikh Beni Khaled.

*
**

Zahra balançait sa croupe comme une danseuse de harem autour du pieu gonflé qui la ramonait sans douceur. Au début, l'assaut brutal du Bédouin lui avait coupé le souffle de douleur. Mais Cheikh Beni Khaled avait fait preuve d'habileté en la prenant d'abord lentement, pour que son membre dilate l'étroit fourreau où il se mouvait. Et, miracle, Zahra avait progressivement pris goût au supplice. Et maintenant, elle éprouvait un plaisir animal à être pénétrée de cette façon.

Elle se mit à trembler, puis l'orgasme l'emporta, vague de fond qui lui arracha un cri prolongé et déclencha immédiatement le plaisir de son partenaire. Fort comme un jeune homme, le cheikh se déversa en elle longuement. Il se recula, la regardant avec une mâle fierté.

– Je veux que tu restes avec moi ! lança-t-il.

Zahra reprenait ses esprits, appuyée au coffre.

– C'est impossible, fit-elle, je dois retourner à Amman avec celui que j'accompagne.

Elle n'eut pas le temps d'en dire plus. L'air furieux, le Bédouin lui jeta :

– Retourne dans ta tente, je te verrai demain.

Son attitude illustrait parfaitement le proverbe arabe : la femme est comme une paire de chaussures. Tu t'en sers et quand elle est usée, tu la jettes.

Zahra s'éclipsa, espérant qu'il serait de meilleure humeur le lendemain. Il avait pourtant bien profité d'elle...

Dans la tente, elle aperçut sur-le-champ l'estafilade qui fendait un des panneaux.

– Que s'est-il passé ? demanda-t-elle.

Malko le lui expliqua. Assise sur les vieux tapis, Zahra hocha la tête.

– Je ne comprends pas. C'est peut-être l'initiative d'un Bédouin qui n'aime pas les étrangers, mais tu es sous la protection du cheikh...

– Donc c'est lui qui a donné l'ordre de me tuer...

Zahra baissa les yeux.

– Ce n'est pas impossible, avoua-t-elle. Mais est-ce à cause de notre histoire ? Il a été très vexé que je vienne ici avec un homme. Il a peut-être voulu se débarrasser d'un rival. Tout à l'heure, il m'a proposé de rester avec lui quelques jours encore.

– Pourquoi voulait-il te voir ?

Une lueur coquine illumina les yeux verts de Zahra.

– Tu ne t'en doutes pas ? Il a exercé son droit de cuissage...

Malko préféra ne pas lui demander de détails. Il brisa le silence quelques instants plus tard.

– Je crois qu'il vaudrait mieux filer maintenant. Nous ne sommes qu'à une demi-heure de la route.

Zahra secoua la tête.

– Attendons demain matin. Si c'est bien ce que je pense, le cheikh aura à cœur de se faire pardonner : il nous aidera.

Ils s'étendirent tant bien que mal au milieu de la tente, gardant la lampe allumée. Quelques minutes plus tard, Zahra dormait, mais Malko ne put fermer l'œil. Il résista jusqu'à six heures du matin puis se leva et sortit quand des bruits de moteur retentirent. Différents véhicules se déplaçaient à travers le camp. Son regard se porta vers la tente de Cheikh Beni Khaled et son cœur se mit à battre plus vite.

La Rolls-Royce blanche avait disparu.

*
**

Une animation fébrile régnait autour des tentes. Des véhicules faisaient le plein auprès d'une station-service improvisée : une citerne de camion installée sur un socle de béton.

Malko alla réveiller Zahra qui à son tour constata l'absence de la voiture du cheikh.

– On a dû la déplacer, suggéra la jeune femme. Je vais me renseigner.

La tête couverte de son *hidjab*, elle s'éloigna tandis que Malko se demandait comment se raser, sans eau ni savon... Miraculeusement, le vieux Bédouin surgit avec une cuvette en émail, un broc d'eau, du café et des galettes. Quand on n'essayait pas de l'assassiner, l'hospitalité bédouine reprenait le dessus. Torse nu, il entreprit de se raser et terminait sa toilette quand Zahra revint, soucieuse et accompagnée d'un grand Bédouin au profil d'oiseau de proie, le keffieh jusqu'aux sourcils.

– C'est bizarre, dit-elle en anglais. Cet homme, qui s'appelle Abdul Al Ahmar, prétend que le cheikh est parti cette nuit car il avait rendez-vous tôt ce matin en Arabie Saoudite, à Turayf, avec un autre cheikh. Il veut, paraît-il, que vous le retrouviez là-bas, en vous joignant au convoi qui est arrivé hier soir et qui va continuer sa route.

– Et vous ?

– D'après lui, le cheikh veut que je reste ici.

Ils échangèrent un regard éloquent, tandis que le Bédouin fixait obstinément le sol.

– Je n'aime pas du tout cela, fit Malko.

– Moi non plus, avoua Zahra. J'ai essayé de m'approcher de sa tente, mais ses gardes m'ont empêchée d'y entrer. D'un autre côté, les Bédouins sont très fantasques, cette histoire n'est pas absolument invraisemblable.

Sans arme, entouré de gens armés jusqu'aux dents, et après la tentative d'assassinat de la nuit, Malko n'avait pas envie de jouer à la roulette bédouine. Il se donna un petit sursis.

– Dites-lui que nous réfléchissons, proposa-t-il.

Zahra et le Bédouin échangèrent quelques mots et elle précisa à Malko :

– Il dit que le convoi se met en route dans une demi-heure. Et que vous *devez* partir avec eux.

Malko attendit que le Bédouin se soit éloigné pour se diriger vers la Cherokee et vérifier les niveaux. Ensuite, il s'éloigna à pied à travers les tentes. Avant de prendre une décision, il fallait vérifier quelque chose. Il zigzagua entre les tentes marron, les chameaux, les moutons et les pick-up, pour atteindre la partie du campement la plus éloignée de celle du cheikh. Un énorme tourbillon de poussière ocre, poussé par le vent, arrivait droit sur lui. Les Bédouins en train de se préparer se réfugièrent sous leurs tentes. Lui s'abrita tant bien que mal. Le vent violent s'engouffra dans le campement et une tente proche fut presque arrachée de ses piquets. Un pan entier se mit à voler, découvrant une plaque de métal d'un blanc éblouissant : l'arrière de la Rolls-Royce de Cheikh Beni Khaled.

Un Bédouin se précipita pour rattacher la toile, mais Malko était édifié. Il se hâta de regagner sa tente. Zahra discutait âprement avec le dénommé Abdul. Elle se tourna vers Malko, furieuse.

– Il prétend que je ne peux pas venir avec vous parce que les Saoudiens n'acceptent pas les femmes étrangères sur leur territoire.

– Tout cela est dépassé, fit Malko en souriant pour ne pas alarmer Abdul. La Rolls de votre ami est cachée dans le camp. Il est là et me tend un nouveau piège.

– Je viens avec vous dans ce cas.

– Non, on laisse tomber.

Zahra traduisit, interrompue brutalement par Abdul.

– Il dit qu'on ne désobéit pas aux ordres du cheikh. Moi, je lui répète que dans ce cas, je viens avec vous, comme interprète.

Malko sentit son estomac se serrer.

– Vous croyez qu'ils nous empêcheront de quitter le campement ?

– J'en ai peur.

– Donc, ils veulent m'entraîner dans le désert pour me liquider tranquillement. La jalousie de votre cheikh irait jusque-là ?

Elle secoua la tête.

– Je ne sais pas, je ne pense pas.

Abdul jeta une phrase d'un ton furieux et Zahra lui répliqua de la même façon.

– Il dit que je vous retarde.

Malko sourit, le cœur serré.

– Je vais y aller. J'essaierai de m'en sortir. Je suis sûr que le cheikh est toujours là ; vous serez plus utile ici.

Zahra poussa une exclamation furieuse. D'un pas pressé, elle gagna la Cherokee et, avant d'y monter, apostropha Abdul. Lorsque Malko la rejoignit, elle lui lança :

– Il n'est pas question que je vous laisse partir seul !

– Vous m'aviez dit que ce serait dangereux...

– Pas à ce point. Je ne crois pas qu'Abdul me force *physiquement* à rester ici. On va bien voir.

– On va quand même tenter un coup de bluff, suggéra Malko. Attachez votre ceinture.

Elle obéit. Il enclencha la première et amorça un demi-tour. Mais au lieu de se joindre au convoi, il piqua tout droit à travers le campement, afin de rejoindre la piste menant à la route n° 10.

Il n'alla pas loin. Plusieurs Bédouins avaient bondi dans une Range Rover équipée d'une mitrailleuse lourde. Fonçant à travers les tentes, ils parvinrent à leur couper la route.

A quelques mètres de la Cherokee, leur véhicule stoppa. Le canon de la mitrailleuse pivota et, sans hésiter, son servant appuya sur la détente. Malko vit les flammes orange jaillir du frein de bouche et se tassa instinctivement. Les projectiles passèrent au-dessus du toit, mais, aussitôt, le canon s'abaissa, visant le pare-brise.

Le message était clair. La prochaine rafale était pour eux... Zahra dit d'une voix blanche :

– N'insistez pas.

La rage au cœur, Malko fit marche arrière et rejoignit le convoi. Tout cela n'augurait rien de bon. Il se retrouva coincé entre deux Range Rover bourrées de Bédouins armés jusqu'aux dents. Les véhicules transportant les marchandises suivaient.

Presque tous les habitants du *Madarib* étaient sortis de leur tente pour assister au départ de la dizaine de véhicules. Quelques femmes « bâchées » apparaissaient même entre les tentes. Des hommes couraient le long du convoi, vérifiant les derniers préparatifs, chargeant des vivres, des ustensiles. D'autres vérifiaient pneus, radiateurs, arrimage des charges. Un Bédouin nettoyait avec un soin maniaque le canon fileté de sa Douchka.

Les embrassades s'intensifièrent. A la bédouine, les partants embrassaient trois fois ceux qui restaient. Puis, Abdul, le chef de convoi, donna l'ordre du départ : une brève rafale de Kalachnikov tirée en l'air.

Les véhicules s'ébranlèrent lentement, escortés pendant quelques centaines de mètres par des gosses piaillants qui disparurent dans le nuage de poussière. Peu à peu, le convoi accéléra, roulant sur une piste d'assez bonne qualité, allant vers le sud. Les dernières tentes disparurent et ce fut le désert. La Range Rover de tête avait pris une vitesse d'enfer : près de quatre-vingts à l'heure, ce qui était énorme sur une piste quand même assez inégale. Malko la distinguait à peine, dans la poussière ocre qui s'élevait de son sillage. Talonné par la Range suivante, il dut se concentrer pour ne pas perdre l'allure.

A côté de lui, Zahra s'était enveloppée dans son *hidjab* pour se protéger de la poussière.

Le convoi s'étirait sur cinq cents mètres, sous un soleil

de plus en plus brûlant, laissant un long panache ocre dans son sillage. Loin devant eux, la ligne mauve d'un massif montagneux se rapprochait lentement, ou plutôt des collines de rochers rouges qui évoquaient l'Ouest américain. Ils roulèrent ainsi pendant plus de deux heures, dans un paysage à la fois monotone et magnifique. La Range de tête ralentit : la piste devenait beaucoup plus dure et il fallait sans cesse contourner des trous et des pierres. Un des camions creva et ils perdirent presque une heure. Le soleil tapait à la verticale.

– Nous avons atteint l'Arabie Saoudite, annonça Zahra.

Le désert ne changeait guère... Ils s'engagèrent, à dix à l'heure, dans une sorte de défilé sinuant entre deux murailles rocheuses d'une trentaine de mètres de hauteur. Malko ruisselait de sueur, en dépit de la clim.

Ils émergèrent enfin dans une plaine et reprirent un peu de vitesse. Le paysage était grandiose, d'une aridité absolue, saturé de couleurs violentes.

Le véhicule de tête bifurqua vers l'est. Le convoi s'étirait maintenant sur presque un kilomètre, visible de très loin à cause de son panache de poussière, mais les Bédouins contrebandiers ne s'en inquiétaient pas. Cette zone d'Arabie Saoudite était inhabitée, à part quelques nomades. Ryad, la capitale, se trouvait mille cinq cents kilomètres plus au sud. D'ici là, il n'y avait rien, que cet immense désert. Malko préférait ne pas penser. Ici, il était totalement entre les mains de ses ravisseurs. Zahra restait muette.

Ils roulèrent encore une heure, puis stoppèrent le long d'un oued à sec. Il était quatre heures. Le soleil se coucherait deux heures plus tard. Il n'y avait absolument rien autour d'eux.

Malko se gara un peu à l'écart et Zahra sauta à terre.

– Je vais me renseigner, dit-elle.

Malko la vit discuter avec Abdul et revenir.

– Nous allons bivouaquer ici, annonça-t-elle. Nous rejoindrons le cheikh demain matin.

– Ou jamais, conclut Malko, pessimiste.

Soudain, il aperçut Abdul en train de se livrer à un manège étrange. Après avoir sorti un gros attaché-case de sa Range Rover, il le posa sur le capot. Il ouvrit le couvercle et en sortit un long fil électrique qu'il alla brancher sur l'allume-cigare. Il revint ensuite à l'attaché-case et commença à en orienter le couvercle, comme on fait avec un miroir pour attraper un rayon de soleil. Zahra se tourna vers Malko.

– Qu'est-ce qu'il fait ? demanda-t-elle, intriguée.

– Il installe un *Inmarsat*, le modèle « M » le plus récent, expliqua Malko. Un téléphone satellite qui permet de communiquer avec n'importe qui, à partir de n'importe où. Il peut même fonctionner sur ses propres batteries. C'est le couvercle qui sert d'antenne pour « accrocher » un des quatre satellites géostationnaires qui servent à retransmettre les communications.

– Ils doivent contacter leurs acheteurs saoudiens, suggéra la jeune femme.

Malko la regarda.

– Zahra, il faut nous emparer de cet *Inmarsat*. C'est notre seule chance de sauver notre peau.

CHAPITRE VII

Abdul s'était armé d'une boussole pour orienter son couvercle-antenne. Désormais activé, l'*Inmarsat* « M » pouvait émettre. Malko le vit prendre un combiné téléphonique et taper le numéro qu'il appelait. C'était inattendu de trouver un matériel aussi sophistiqué chez ces Bédouins primitifs. En plus, un *Inmarsat* valait soixante-dix mille dollars. Il en fallait, des bouteilles de *Defender*, pour amortir les communications à cent dollars la minute.

Zahra demanda à Malko :

– En admettant que nous parvenions à nous en emparer, qui allons-nous appeler ?

– Christopher Angleton.

– Cela ne servira à rien. Il ne prendra jamais la responsabilité d'intervenir *directement*. Et les services du général Al Kaisi ne bougeront pas avant de savoir exactement de quoi il retourne. D'ici là, nous serons morts.

C'était la première fois que la jeune femme faisait allusion au sort qui les attendait. Elle continua :

– J'ai voulu croire en la parole du cheikh, à une crise de jalousie de sa part. Je me suis trompée. Si on nous a emmenés jusqu'ici, c'est pour nous liquider discrètement au fond du désert saoudien. Là où personne ne découvrira jamais nos corps. La *Desert Police* jordanienne ne vient pas dans ces parages. Quant aux Saoudiens, des étrangers morts chez eux, au cas improbable où ils nous trouveraient, c'est le cadet de leurs soucis.

– Si vous saviez cela, pourquoi avez-vous tant insisté pour venir ?

– *Parce que* je le savais. C'est moi qui vous ai fait prendre ce risque. Et puis, je crois toujours en mon étoile.

– D'après vous, conclut Malko, ce sont bien des Bédouins de cette tribu qui ont assassiné Tadeusz Zirkowski ?

Elle hocha la tête.

– Je le pense. J'ignore qui le leur a ordonné. Notre présence a suffi à les alerter et ils ont décidé de nous liquider pour couper court à toute enquête. De toute façon, ce ne peut être que Cheikh Beni Khaled qui a donné les ordres. Il a beaucoup de relations d'affaires dans tous les pays arabes...

– Tout cela est académique, acquiesça Malko. Pour l'instant, il faut sauver notre peau. Si vous croyez inutile d'appeler Christopher Angleton, à qui pouvons-nous demander de l'aide ?

– A un très grand ami à moi, fit Zahra. Adnan Zabib, le ministre de l'Intérieur. La *Desert Police* dépend de lui. Il dispose d'hélicoptères et c'est un homme d'action.

– Pourquoi interviendrait-il mieux que Christopher Angleton ?

– C'est mon amant, précisa avec simplicité Zahra, et il est très attaché à moi. Bien sûr, si vous étiez seul...

– Il viendrait nous chercher *ici* ?

– Il irait me chercher en enfer, sourit Zahra. C'est un Bédouin lui aussi, et il ne s'embarrasse pas de freins administratifs.

– Parfait, dit Malko, il ne reste plus que le principal.

Là-bas, Abdul avait terminé sa vacation et rangeait l'*Inmarsat* « M » dans la Range. Il alla ensuite rejoindre les autres Bédouins occupés à allumer un feu. Dans une heure, il ferait nuit. Abdul bavarda quelques instants, puis se tourna vers Zahra et Malko et leur fit signe de venir.

– Allons-y, conseilla Malko, et passons près de la Range.

Ils s'approchèrent. La portière du véhicule était demeurée ouverte. Malko, d'un coup d'œil à l'intérieur, vit ce qu'il cherchait : la clé de contact était sur le tableau de bord. Avantage supplémentaire, la Range supportait une Douchka, à l'arrière...

Tous les Bédouins étaient accroupis autour du feu, au-dessus duquel une vieille cafetière cabossée se trouvait en équilibre. Abdul s'adressa à Zahra d'un ton aimable.

– Ils nous invitent à partager leur repas, traduisit-elle.

Ils s'assirent à leur tour, mangèrent des dattes, du pain arabe avec du *homous* et de la purée d'aubergines. Le Coca était tiède et le café abominable. Les Bédouins mangeaient vite, sans un mot. Dès qu'ils avaient fini, ils s'éloignaient pour s'enrouler dans des couvertures, leur arme près d'eux. Bientôt, il ne resta plus qu'Abdul, Malko et Zahra. Les flammes jouaient sur le visage osseux du Bédouin, lui donnant des allures sataniques. Il ne quittait guère Zahra des yeux, l'enveloppant d'un regard brûlant de concupiscence. Il lui dit quelques mots et elle baissa modestement les yeux.

– Que dit-il ? interrogea Malko.

– Que je suis très belle. Que je ne devrais pas fréquenter un incroyant...

Parfois, les yeux de braise du Bédouin se posaient sur Malko, avec une expression nettement différente. Dans sa tête, il l'avait déjà égorgé. A un moment, Zahra tendit sa tasse et il s'empressa de saisir la cafetière pour la servir. Dans ce mouvement, sa manche droite se releva et Malko aperçut quelque chose qui brillait à son poignet.

Une montre en or, d'un modèle plutôt rare. Une montre « squelette » au mécanisme apparent.

Quelques fractions de secondes suffirent, avant que le bijou ne disparaisse sous la toile crasseuse, pour édifier Malko. Cette montre correspondait exactement à celle que portait Tadeusz Zirkowski au moment de sa mort. Il avait devant lui son assassin.

*
**

Tandis que Zahra buvait son café, Abdul avait recommencé à lui parler, d'une voix beaucoup plus douce. Elle se tourna vers Malko :

– Il voudrait que je passe la nuit avec lui, traduisit-elle.

– Vous êtes certaine qu'il ne parle pas anglais ?

– Bien sûr.

– Vous pourriez le vérifier ?

Elle sourit.

– Tout de suite.

Elle se tourna vers son soupirant et lança d'une voix musicale, en anglais :

– Tu n'es qu'un chien, né de l'union d'un porc et de ta mère. Qu'Allah maudisse ta descendance de bouc...

Abdul sourit, béat.

Il ne parlait *pas* anglais.

Peu à peu, les braises s'éteignaient. Abdul et Zahra reprirent leur conversation à voix basse. La jeune femme, profitant de ce que le Bédouin s'éloignait du feu pour satisfaire un besoin naturel, dit à Malko :

– Il insiste pour que je le rejoigne.

– Il veut vous sauver la vie, joindre l'utile à l'agréable.

Zahra lui adressa un sourire plutôt mélancolique.

– Non. Je suis sûre qu'il a reçu du cheikh l'ordre de nous tuer tous les deux. Il ne pourrait d'ailleurs jamais lui avouer qu'il m'a touchée. J'appartiens à Cheikh Beni Khaled. Donc, il doit me tuer pour que je ne révèle pas son comportement... Dans tous les cas...

Abdul revenait. Malko se hâta de dire :

– Faites semblant d'hésiter. Dites-lui seulement que vous viendrez peut-être, mais qu'il doit s'installer à l'écart, afin qu'on ne vous voie pas.

Il se pencha vers le feu pour essayer de le ranimer, tandis que la conversation reprenait entre Zahra et le Bédouin. Finalement, celui-ci se leva, s'inclina devant Malko, la main sur le cœur, et s'éloigna. La nuit étant très claire, ils suivirent facilement sa silhouette. Après avoir été s'entretenir quelques instants avec ses hommes, il revint près de la Range qui renfermait l'*Inmarsat* et la dépassa pour aller s'installer dans un repli de terrain, cinquante mètres plus loin. Invisible, mais incapable lui aussi de voir ce qui se passait de ce côté de la Cherokee.

Zahra et Malko regagnèrent celle-ci et disposèrent des couvertures sur le sol caillouteux. Zahra semblait nerveuse.

– Qu'allons-nous faire ? Ils attendent le milieu de la nuit pour venir nous égorger. Ils savent que nous ne possédons pas d'armes.

– Dans un moment, vous rejoindrez Abdul, dit calmement Malko. Ses compagnons ne s'inquiéteront pas, s'ils ne dorment pas.

– Et ensuite ?

– Vous savez conduire ?

– Oui, bien sûr.

– En vous dirigeant vers Abdul, vous passerez à côté de la Range. La clé est sur le tableau de bord. En quelques secondes, vous pouvez vous mettre en route. Le temps qu'ils comprennent, nous aurons assez d'avance pour fuir. Moi, vous me prenez au passage. Comme Abdul a sûrement prévenu ses compagnons que vous alliez le retrouver, ils ne s'étonneront pas de vous voir circuler.

Le visage de Zahra s'éclaira.

– J'espère que ça va marcher !

– La recette a été éprouvée par une certaine Dalila, répondit Malko. On gagne à lire la Bible, elle contient de très bons conseils.

Depuis que l'homme marchait sur ses pattes de derrière, ses grands ressorts n'avaient guère changé : l'amour, le désir, le pouvoir, la foi.

– Quand ils verront la Range démarrer, ils vont réagir, objecta-t-elle.

Malko eut un geste fataliste.

– *Mektoub !* C'est cela ou se faire égorger. On ne peut pas s'en sortir sans courir le risque.

Ils demeurèrent silencieux. Le feu s'était éteint, mais la nuit était claire, sous les myriades d'étoiles. On distinguait parfaitement la masse sombre de la Range Rover.

Un oiseau de nuit cria. Le vent frais soufflait assez fort, venant de l'est.

Une demi-heure plus tard, Malko murmura à l'oreille de la jeune femme :

– Il faut y aller.

– *Aiwa, ayeté* (1), répondit-elle à voix basse.

*
**

Malko n'entendait plus que les battements de son cœur. Il suivait sans mal la progression de Zahra. Celle-ci venait d'arriver à la hauteur de la Range, après avoir parcouru sans encombre la première partie du chemin. Machinalement, il bloqua sa respiration. Zahra se confondait avec la masse sombre du 4 x 4.

Le grincement aigu du démarreur fit l'effet d'un coup de tonnerre, et dans la seconde, le grondement du moteur qui avait démarré au quart de tour lui succéda ! Comme dans un rêve, il vit la Range faire un bond en avant, puis accélérer dans sa direction. Il se mit à courir, de toutes ses forces.

Le premier coup de feu claqua alors qu'il était encore à une dizaine de mètres du véhicule. Zahra n'avait pas allumé ses phares. Malko, au moment où il s'accrochait à la portière, perçut des appels, puis une courte rafale de Kalachnikov. Il plongea sur la banquette.

– Continuez ! cria-t-il.

Il se faufila entre les sièges pour gagner l'arrière ; la Douchka se découpait sur le ciel. Il agrippa les deux poignées, ramena lc tube à l'horizontale, actionna inutilement le levier d'armement, éjectant une cartouche. Il le laissa claquer en avant, puis appuya sur la détente. Plusieurs silhouettes s'agitaient dans la pénombre. Il tira au-dessus de leur tête et eut la satisfaction de les voir plonger sur le sol.

Le bruit de la mitrailleuse lourde était impressionnant.

(1) Oui, chéri.

Il lâcha encore une rafale, puis le campement disparut, avalé par un repli de terrain, et il regagna l'avant. Un choc terrible le projeta contre le pare-brise. Zahra poussa un cri de terreur. Les roues avant venaient de heurter un gros rocher. Elle lâcha le volant.

– Conduisez ! J'ai trop peur.

Malko se glissa au volant et alluma les phares. Impossible de continuer dans l'obscurité sans se planter. Le faisceau lumineux éclaira un terrain plutôt plat, mais hérissé d'énormes rochers et de profondes ornières qu'il fallait contourner sous peine de s'y enliser. A sa droite, se devinait la masse noire du massif montagneux qu'ils avaient traversé pour venir de Jordanie.

Pendant cinq minutes, il ne se passa rien. Puis Zahra poussa un cri.

– Ils sont derrière nous !

Malko avait vu les phares dans le rétroviseur. La seconde Range se trouvait à environ un kilomètre derrière eux. Après avoir mémorisé le paysage, il éteignit les phares et braqua à droite, en direction des montagnes. En terrain plat, ils feraient une cible trop parfaite.

Il dut cependant remettre les phares. Le sol montait et il avait l'impression de faire face à un mur impénétrable d'énormes rochers. Puis, le faisceau lumineux éclaira une brèche, un petit canyon s'enfonçant entre les rocs. Il s'y engouffra.

Les phares balayaient des bosses, des creux, un sentier dont plusieurs branches se perdaient dans le massif. Il déboucha finalement dans un canyon si étroit qu'il se demanda s'il passerait ! Il y parvint, raclant les parois au ralenti ; derrière, la pente grimpait à près de trente pour cent ! Le sol était semé de grosses pierres et ils étaient secoués comme des pruniers. Sans les quatre roues motrices, ils ne seraient jamais passés.

Soudain, les phares éclairèrent le vide. Malko n'eut que le temps d'écraser le frein. Le sentier se terminait par un à-pic d'une dizaine de mètres !

Malko éteignit les phares et coupa le moteur, puis sauta

dehors et tendit l'oreille. Il lui sembla entendre dans le lointain un bruit de moteur qui diminua, revint et s'évanouit à nouveau. Avec l'écho, impossible de localiser sa source.

– Essayons de joindre votre ami le ministre, dit-il. Nous allons attendre l'aube.

De toute façon, même débarrassé de leurs poursuivants, il lui était impossible de se guider de nuit, dans ce dédale rocheux. Si Abdul et ses hommes déboulaient, il les entendrait venir et le sentier était si étroit qu'avec la Douchka, il pourrait soutenir un siège.

Il trouva l'*Inmarsat* sous le siège avant de la Range et l'installa sur le capot. En fouillant dans la boîte à gants il sentit sous ses doigts une forme oblongue : un briquet Zippo. Parfait, car il ne voulait pas allumer les phares.

Après avoir ouvert le couvercle de la valise *Inmarsat*, il inspecta l'appareil grâce à la lueur du Zippo, trouvant le fil d'alimentation qu'il brancha sur l'allume-cigare. Dans l'attaché-case se trouvait une feuille de papier répertoriant la position des satellites à utiliser, selon celle de l'émetteur. Là où il se trouvait, il allait travailler avec celui de l'océan Indien.

Il lui fallut cinq minutes pour orienter convenablement l'antenne-couvercle à cinquante degrés environ. Il activa le boîtier de contrôle qui comportait quatre carrés de cristaux verdâtres. Au fur et à mesure qu'il déplaçait l'antenne les carreaux s'allumaient. A deux et demi, il bloqua l'antenne : c'était suffisant pour émettre.

Il tapa 09, puis la touche #, obtenant un bip-bip-bip régulier. Quelques instants plus tard, celui-ci fit place à un son continu : la ligne était ouverte, il n'avait plus qu'à composer son numéro.

Il tapa 00 puis 763, le code de la Jordanie, enfin 6 pour Amman et tendit l'appareil à Zahra.

– Vous n'avez plus qu'à faire le numéro.

C'était beau le progrès ! De ce coin perdu du désert saoudien, il pouvait communiquer avec le monde entier.

Avec application, Zahra tapa son numéro et ils attendirent tous les deux, le cœur battant. Une dizaine de secondes plus tard, ils entendirent une sonnerie. Celle d'un téléphone britannique. Une voix s'y substitua très vite.

– *Aiwa ?*

Zahra aussitôt parla d'une voix pressée. Malko n'entendait que des onomatopées, de la part du correspondant invisible qu'elle venait de réveiller. La conversation dura plusieurs minutes. Lorsqu'elle raccrocha, Zahra était radieuse.

– Il prévient la *Desert Police* d'As Safawi. Ils vont envoyer des véhicules et un hélicoptère, dès qu'il fera jour.

– Mais il ne sait pas où nous sommes !

– Je lui ai expliqué, il connaît très bien le désert. Il pense que nous sommes dans le massif d'Ash Mafur, à cheval sur la frontière saoudienne. Pour en sortir, il faut nous diriger vers l'ouest et vers le nord. Nous déboucherons entre Al Ruwayshid et As Safawi. Comme il y a beaucoup de pistes, ses hommes tireront tous les quarts d'heure des fusées de détresse. Ensuite, l'hélico devrait nous repérer facilement.

– Combien de temps faut-il aux véhicules de la *Desert Police* pour atteindre l'endroit où nous sommes ?

– Entre deux et trois heures.

Malko désactiva l'*Inmarsat*. Décidément, le ciel était de leur côté. Il épia le silence. Rien. Leurs adversaires devaient comme eux attendre le jour. Il se tourna vers Zahra.

– Il n'a pas été étonné ?

Elle sourit.

– Si, bien sûr, mais il a une grande confiance en moi. Les explications seront pour plus tard. Il n'aime pas beaucoup les Cha'alam qu'il considère comme des bandits. Ils lui ont déjà tué plusieurs policiers.

Malko rangea l'*Inmarsat* dans la Range, afin de pouvoir partir rapidement. Puis, ils s'installèrent tant bien que mal dans le véhicule pour attendre l'aube. Gelés, car il ne faisait guère que quinze degrés.

*
**

Le soleil leur révéla un spectacle féerique : des rochers de toutes les couleurs parsemaient un paysage lunaire et accidenté. Malko se demandait comment ils avaient pu arriver jusque-là. Il était obligé de revenir sur ses pas : en contrebas, c'était le lit d'un oued à sec, impraticable même pour un 4 x 4.

N'ayant guère fermé l'œil, il était épuisé mais il se remit au volant. Ses yeux tombèrent alors sur le Zippo, posé sur le siège voisin, qui lui avait servi à s'éclairer. Le briquet était orné d'une gravure en couleurs de Marilyn Monroe.

C'était celui de Tadeusz Zirkowski !

Il le regarda longuement avant de le mettre dans sa poche. S'il avait encore eu des doutes...

A petite vitesse, il reprit le canyon en sens inverse. C'était beaucoup plus escarpé qu'il ne l'avait cru de nuit... Se guidant au soleil, il se dirigea tant bien que mal vers le nord. La Range tanguait comme un bateau ivre.

Sans repérer aucune trace de leurs poursuivants, ils roulèrent presque une heure, prenant systématiquement vers le nord ou l'ouest. La visibilité n'allait jamais au-delà de quelques centaines de mètres, dans ce labyrinthe de pistes aux dénivellations incroyables. A plusieurs reprises, Malko dut escalader des sortes d'escaliers naturels taillés par l'érosion dans le basalte. Heureusement, les énormes réservoirs supplémentaires de la Range ne leur faisaient pas craindre la panne d'essence... Il avait l'impression qu'ils n'en sortiraient jamais.

Les reins moulus, la sueur lui coulant dans les yeux, il finissait par redouter de tourner en rond dans cette fournaise rougeâtre jusqu'à épuisement de leur carburant, quand brutalement le paysage changea. Au sortir d'un éboulis rocheux particulièrement impressionnant, ils débouchèrent soudain dans une trouée donnant sur un espace plat qui se prolongeait jusqu'à l'horizon. Cependant, ils ignoraient totalement où ils se trouvaient !

Malko s'orienta : le soleil se trouvait sur leur droite. Donc, en prenant tout droit, vers le nord, ils devaient retrouver la route n° 10.

Il roulait depuis cinq minutes à peine dans cette direction quand un point brillant apparut pendant une fraction de seconde loin devant lui, sur sa gauche, réfléchissant le soleil comme un miroir. Avant qu'il ait compris de quoi il s'agissait, un rocher se pulvérisa à quelques mètres d'eux. Le bruit sourd de la détonation ne leur parvint que plusieurs secondes plus tard.

Le miroir était le départ d'un coup de mitrailleuse lourde ! Il réfléchit à toute vitesse. Les Bédouins connaissaient la région comme leur poche et s'étaient mis en position à la sortie du labyrinthe... Un second éclair. Cette fois, une traceuse vint mourir gracieusement à trois mètres d'eux. Il n'y avait que deux issues, mauvaises l'une et l'autre. Soit retourner dans l'abri du massif montagneux et risquer d'y errer jusqu'à l'hallali. Soit se lancer dans le désert, en terrain plat, en espérant rencontrer la *Desert Police* avant de se faire tuer.

Il se tourna vers Zahra :

– Prenez le volant, je m'occupe de la Douchka.

Il se glissa à l'arrière et se sentit mieux en empoignant les grosses poignées de bois. Son attention se reporta sur le désert environnant. Grâce aux tourbillons de poussière qui les accompagnaient, il repéra alors deux autres véhicules, venant du nord et de l'est.

Accrochée au volant, Zahra fonçait en évitant les gros obstacles. Malko se cala bien et visa la Range qui les poursuivait. Il lâcha une courte rafale dans sa direction.

Ce véhicule-là ne l'inquiétait pas trop, ils allaient à la même vitesse. En revanche, les deux autres allaient bientôt lui couper la route et cela se terminerait par un duel à la mitrailleuse lourde, à deux contre un.

L'issue en était facile à prévoir.

*
**

La Range filait droit vers le nord-ouest, comme un canard à la tête coupée. Un projectile de 12,7 mm fit jaillir un tourbillon de sable quelques mètres devant eux, tiré par une des deux Range qui convergeaient sur eux.

Leurs trajectoires se croiseraient dans cinq ou six minutes. Affreusement cahoté, Malko lâchait à intervalles réguliers une brève rafale en direction d'un de ses trois adversaires. Sans trop d'espoir, car les projectiles se dispersaient dans toutes les directions au gré des cahots. Comme ceux de leurs adversaires, heureusement.

Mais parvenus à une centaine de mètres les uns des autres, ce serait autre chose...

Il scruta le ciel, cherchant les fameuses fusées rouges.

Rien. Evidemment, de loin, il était impossible de distinguer les bons des méchants.

Soudain, Zahra poussa un hurlement.

– Un hélico !

Malko suivit la direction de son bras tendu, vers le nord-ouest, et découvrit un point noir volant à très basse altitude au-dessus du désert. Il se dirigeait plus à l'ouest, mais pendant que Malko le fixait, il infléchit sa course, venant sur eux.

– Je crois que nous sommes sauvés ! lança-t-il à Zahra. Stoppez.

Au même moment, il aperçut une colonne de poussière, venant aussi de l'ouest. Des véhicules se déplaçaient à vive allure. Trois. Il ralentit. Quelques minutes plus tard, l'hélico, un Bell 212 peint aux couleurs du désert, se mettait en vol stationnaire au-dessus de lui. Une mitrailleuse était installée dans ses portes latérales. A l'intérieur, il distingua plusieurs soldats. Derrière lui, la Range qui les poursuivait venait de faire demi-tour, filant vers l'Arabie Saoudite.

Gracieusement, le Bell 212 perdit de l'altitude et se posa à quelques mètres d'eux sans arrêter son rotor. Dans un nuage de poussière ocre en descendit un capitaine, reconnaissable aux deux étoiles sur ses épaules. Il courut vers la Range et ils allèrent à sa rencontre.

Après une brève conversation, Zahra se tourna vers Malko, et cria pour dominer le bruit des turbines :

– C'est Adnan qui les a envoyés ! Il y a trois Range avec des soldats, là-bas.

– J'aimerais bien mettre la main sur Abdul, dit Malko. Et récupérer la Cherokee.

La conversation entre Zahra et le capitaine reprit, puis la jeune femme lança :

– Nous allons poursuivre la Range qui est partie vers le sud. La *Desert Police* va s'occuper des deux autres.

Ils coururent jusqu'au Bell 212 dont les pales tournaient toujours et s'installèrent sur les sièges arrière. L'appareil redécolla aussitôt. Les deux véhicules qui avaient convergé vers eux s'étaient arrêtés. Le troisième fuyait toujours en direction de l'Arabie Saoudite.

A deux cent trente à l'heure, il ne fallut pas longtemps pour le rattraper... Malko vit le Bédouin accroché à la Douchka diriger le canon de son arme vers l'hélicoptère et son estomac se contracta.

– Attention ! lança-t-il impulsivement.

Le capitaine se retourna avec un sourire confiant.

– Non, dit-il en anglais, nous représentons le gouvernement, ils n'oseront pas. Ce serait très grave pour eux...

Volant en rase-mottes, ils dépassèrent la Range. Le Bell s'immobilisa cinq cents mètres en avant, en travers. Le bruit d'une rafale fit sursauter Malko. Un des mitrailleurs des portes latérales avait tiré plusieurs projectiles à une vingtaine de mètres devant la Range.

Tir d'avertissement...

Le conducteur n'insista pas et stoppa net. L'hélico s'immobilisa en vol stationnaire et un haut-parleur cracha un ordre en arabe. Tous les occupants de la Range descendirent, laissant leurs armes à l'intérieur. Ils étaient cinq en tout. Le conducteur était Abdul, l'assassin probable de Tadeusz Zirkowski.

*
**

Le visage fermé, les cinq Bédouins étaient accroupis sur le sol, en demi-cercle, face aux militaires de la *Desert Police*. Les autres Range du poste d'As Safawi avaient abandonnté leur poursuite et rejoint l'hélico.

A l'euphorie du début s'était substitué un sentiment de malaise. Avec la plus mauvaise foi, Abdul soutenait que Zahra et Malko leur avaient volé une Range et qu'ils les avaient poursuivis pour la récupérer. Lorsque le capitaine leur demandait *pourquoi* le couple aurait volé une Range alors qu'il possédait une Cherokee, ils ne répondaient pas, et pour cause...

La situation était bloquée.

Visiblement, le fringant capitaine ne tenait pas à embarquer les cinq Bédouins pour des motifs plus que légers... Après tout, personne n'avait été égorgé et s'il était persuadé que les Bédouins mentaient, il n'oubliait pas que Cheikh Beni Khaled était son voisin, dans le désert. Il leva la main, puis se tourna vers Malko.

– Si vous récupérez votre voiture, les choses peuvent-elles s'arranger ?

Malko, lui aussi, avait évalué la situation : ils n'allaient pas cuire toute la journée dans le désert.

– Oui, dit-il, à une condition. Cet homme – il désignait Abdul – porte la montre d'un de mes amis qui a été assassiné sur la route n° 10. Je veux savoir comment il l'a eue.

Traduction. Abdul baissa la tête, muet. Il fallut que deux soldats retroussent sa manche pour faire apparaître la montre en or. Impressionné, le capitaine se tourna vers Malko.

– C'est celle-là ?

– Oui. Elle porte l'inscription T. Z. Vérifiez.

Après une discussion aigre-douce en arabe, Abdul ôta de mauvaise grâce sa montre et la tendit au capitaine qui l'examina et reconnut :

– C'est vrai.

– Demandez-lui *maintenant* où il l'a trouvée ?

Le ton monta. Puis Abdul, acculé, lâcha une réponse qui parut satisfaire le capitaine.

– Il dit qu'il l'a achetée à Al Ruwayshid, à un camionneur. Pour vingt dinars.

Malko scrutait le visage hermétique du Bédouin. C'était lui le maillon faible ; il n'avait pas de son propre chef assassiné Tadeusz Zirkowski. Lui savait d'où venaient les ordres. Sentant de nouveaux nuages s'amonceler, le capitaine tendit spontanément la montre à Malko.

– Je la confisque. Vous la transmettrez à la famille de votre ami.

– Vous ne pouvez pas l'arrêter, l'emmener à Amman ?

L'officier sourit, embarrassé.

– Ce n'est pas très facile, nous n'avons rien de grave à lui reprocher...

Poursuivre les gens à la mitrailleuse lourde n'était qu'un divertissement sans conséquence. Visiblement, le capitaine n'avait plus qu'une idée : rentrer à sa base.

– Très bien, accepta Malko, je veux juste jeter un coup d'œil à la Range.

Sans attendre l'accord du capitaine, il se dirigea vers le véhicule avec lequel ils avaient fui et ouvrit le hayon arrière sous l'œil noir d'Abdul. Lorsqu'il eut noté ce qu'il cherchait, il rejoignit Zahra et leur sauveur.

– On va vous ramener à votre voiture, annonça celui-ci. Elle se trouve à une heure d'ici.

Malko récupéra la clé de la Cherokee, et prit place avec Zahra dans une des Range de la *Desert Police*, alors que l'hélicoptère redécollait.

Tandis qu'ils roulaient Malko demanda à Zahra :

– Pourquoi le capitaine semblait-il gêné ?

– La tribu des Cha'alam compte près de vingt mille membres. Ils sont très vindicatifs et bien armés. La *Desert Police* a l'ordre de ne pas entraver leurs activités de contrebande. Chaque fois que le roi a eu besoin d'eux, ils sont montés sur Amman comme un seul homme. Ils sont mieux équipés que ceux qui les poursuivent, aussi, le capitaine ne veut pas créer de contentieux. Vous n'êtes pas trop déçu ?

Malko sourit.

– On n'est jamais déçu d'être vivant quand on devrait être mort.

– Qu'êtes-vous allé faire dans la Range ?

– Relever le numéro de l'*Inmarsat*. L'ordre de tuer Tadeusz Zirkowski a pu transiter par là. Ce serait intéressant de savoir *qui* a appelé.

*
**

La montre squelette et le Zippo à l'effigie de Marilyn Monroe étaient posés sur le bureau du chef de station de la CIA.

– Ces deux objets appartenaient incontestablement à Tadeusz Zirkowski, annonça Christopher Angleton. Vous avez accompli un boulot formidable.

– Merci, fit laconiquement Malko. Sans Zahra, on ne nous aurait *jamais* retrouvés.

– Je m'en doute, reconnut l'Américain. Je n'aurais jamais pensé que ce salaud de Cheikh Beni Khaled se conduise ainsi.

Le récit de Malko l'avait effaré ; y compris le pouvoir de Zahra sur le ministre de l'Intérieur.

– Quand saurez-vous, pour l'*Inmarsat* ? interrogea Malko.

– Demain matin, j'aurai la liste de tous les numéros appelés ou reçus pendant les deux jours qui nous intéressent.

*
**

Quand le téléphone sonna dans la chambre de l'*Intercontinental*, Malko dormait encore à poings fermés, épuisé par les émotions des deux jours précédents. La voix pleine d'excitation de Christopher Angleton l'arracha brutalement au sommeil.

– Je crois que vous avez tapé dans le mille, annonça l'Américain. Venez vite à mon bureau.

Malko regarda sa montre : onze heures. Il ne se rasa même pas et fonça vers le djebel Abdoun. Christopher Angleton, l'œil plus bleu que jamais, l'accueillit avec une évidente euphorie. Sur le papier qu'il tendit immédiatement à Malko, six numéros étaient notés. Deux avaient été appelés par l'*Inmarsat*, quatre correspondaient à des appels reçus. Chacun portait des annotations que commenta l'Américain.

– Ces deux-ci ne nous intéressent pas, expliqua-t-il. Ce sont des numéros saoudiens, probablement des trafiquants. Les deux appels donnés par l'*Inmarsat* sont plus intéressants. Surtout l'un d'eux, celui qui a été donné le jeudi de treize heures sept à treize heures neuf.

– C'est bref, remarqua Malko.

– Effectivement et il s'agit d'un numéro à Amman : 641273.

– Vous savez à quoi il correspond ?

– Pas encore, mais il y a mieux. Le même jour, à six heures cinquante-trois, l'*Inmarsat* a reçu un appel de ce même numéro. Jusqu'à sept heures douze.

– Autrement dit, conclut Malko, la même personne aurait demandé l'exécution de Tadeusz Zirkowski et on lui aurait rendu compte ensuite...

– Cela y ressemble.

– Mais pourquoi de Amman ? Cela devrait venir d'Irak.

Christopher eut un geste d'impuissance.

– Je n'en sais rien. En tout cas, il est plus facile d'exploiter une piste à Amman qu'à Bagdad... Les services irakiens ont des antennes en Jordanie, donc rien n'est impossible.

– Il faut identifier le propriétaire de ce numéro...

Le regard bleu se posa sur Malko avec un brin d'ironie.

– J'ai invité Adnan Zabib ce soir au *Il Castello*. Pour le remercier. Si d'ici-là nous n'avons eu aucune idée, on lui posera la question. Mais je pense que Zahra a un moyen plus discret d'avancer. Elle vous attend à son bureau.

*
**

– Ça sonne !

Zahra n'avait pas mis longtemps à proposer la façon la plus simple d'identifier le numéro qui avait appelé l'*Inmarsat* d'Abdul. A la quatrième sonnerie, on décrocha et Zahra dit quelques mots en arabe, passant aussitôt à l'anglais avant de raccrocher.

– C'est une Philippine qui m'a répondu, annonça-t-elle. Une bonne. Ce qui signifie qu'il s'agit de gens aisés. Je n'ai pas voulu la questionner.

– On va demander à Adnan Zabib, suggéra Malko.

La jeune femme griffonnait sur la feuille où elle avait noté le numéro.

– C'est bizarre, remarqua-t-elle, pensive. Ce numéro me dit quelque chose.

– Vous savez à quoi il correspond ?

– Non, pas comme ça. Mais *it's ring a bell*... Je vais éplucher mon carnet d'adresses d'ici ce soir. Maintenant, je dois vous abandonner, j'ai une conférence de presse au palais dans un quart d'heure.

– A ce soir.

– A propos, ne laissez rien transparaître de nos relations, le ministre est *très* jaloux. Sa femme est « bâchée », elle ne sort jamais, alors il en profite. Ne vous formalisez pas s'il me propose de me raccompagner.

Adnan Zabib avait envie de se payer sur la bête.

– Comptez sur moi, promit Malko, mais si vos recherches ont donné quelque chose, ne le mentionnez pas devant lui. C'est un ami, certes, il l'a prouvé, mais il vaut mieux garder nos petits secrets.

– *Wahiet Allah !* fit Zahra en souriant. Je serai muette comme une esclave.

Sur le pas de la porte, elle se pressa fugitivement contre Malko, une lueur coquine dans ses yeux vert d'eau.

– Ce soir, si Adnan me laisse en paix, je vous interpréterai une danse bédouine.

*
**

Il Castello, le dernier restaurant en vogue d'Amman, ressemblait à un décor de film historique. Le propriétaire avait carrément construit une esquisse de château fort, deux tours rondes hautes d'une vingtaine de mètres entourant une arène où se trouvaient les tables. Rien n'y manquait, même pas une armure en fer-blanc menant au piano-bar. Cela faisait un peu carton-pâte, mais c'était gai. Tous les gens riches d'Amman tenaient à s'y montrer. Malko laissa errer son regard dans la salle : les femmes étaient aussi élégantes qu'à Paris, on voyait plus de jambes gainées de nylon noir que de *hidjab*... A côté de lui, une brune pulpeuse aux formes mises en valeur par un tailleur présidait, hiératique, une table de cinq hommes.

Malko et Christopher Angleton étaient arrivés les premiers. Aucun n'avait encore touché à la bouteille de Taittinger Comtes de Champagne, blanc de blancs 1988, qui attendait dans son seau. Pour patienter, le chef de station de la CIA s'était fait servir un *long drink*, du Gaston de Lagrange VSOP avec du Perrier.

Zahra surgit, vêtue du tailleur blanc que Malko connaissait déjà. Maquillée comme la reine de Saba, les cheveux cascadant sur les épaules, elle fendit la foule des dîneurs jusqu'à eux. Christopher Angleton battit Malko d'une fraction de seconde pour se lever et se pencher sur sa main, plus britannique que le major Thompson. Zahra rayonnait. Elle coula à Malko un regard qui lui alluma le ventre et s'assit à côté de lui.

– J'ai du nouveau ! leur confia-t-elle aussitôt.

Les deux hommes retinrent leur souffle. Malicieusement, Zahra prit le temps d'allumer une cigarette avec son Zippo orné du « Z » en diamant et de tirer lentement une première bouffée. Aux deux hommes suspendus à ses lèvres, elle annonça, ravie :

– J'ai retrouvé le nom de l'abonné qui correspond au numéro...

CHAPITRE VIII

Zahra Sirb semblait au bord du fou rire... Intrigué, Malko lui demanda :

– Qu'est-ce qu'il y a de si drôle ?

– Ce sont des gens que je connais.

Christopher Angleton sursauta.

– Non ! Qui ?

– Randa et Fadel Asfour, un couple de Palestiniens qui vient de se faire construire une magnifique villa sur le djebel Abdoun, dans Al Cairo Street. Lui a fait fortune dans l'immobilier. Il est très « nouveau riche ». Il a acheté une fortune, un petit numéro pour sa Mercedes 600 : 3. Elle est très belle, grande, rousse grâce au henné, très mondaine. Elle conduit une BMW grise avec des glaces teintées et va s'habiller à Beyrouth. Tous les mois, elle donne un gigantesque *mensam* avec orchestre, fleurs dans la piscine, alcool à gogo. Une occasion de montrer ses derniers bijoux ! Elle est aussi snob que lui et se vante d'être allée chercher un grand architecte d'intérieur parisien, Claude Dalle, pour décorer sa maison.

– Vous ne semblez pas la porter dans votre cœur ? remarqua Christopher Angleton.

Zahra sourit modestement.

– Disons que nous avons été parfois en concurrence à propos d'histoires de cœur. Elle mène une vie très libre et sa spécialité est de piquer les amants de ses copines...

Quand elle n'y parvient pas, elle leur en veut. Alors, quand je me rends à ses dîners, j'y vais seule...

– Pourquoi la voyez-vous, dans ce cas ?

– Oh, Amman est petit ! Elle est charmante et reçoit très bien. Et puis, elle m'invite systématiquement, afin que je parle de ses réceptions.

Christopher Angleton et Malko échangèrent un regard perplexe. Ce n'était pas le profil d'agents irakiens.

– Elle ne fait pas de politique ? Son mari non plus ? demanda Malko.

– Pas à ma connaissance. Elle déteste les Israéliens, bien sûr, car elle est originaire de Jaffa et il y a peu de chance qu'elle y retourne. Quant à son mari...

Elle laissa sa phrase en suspens.

– Quoi ? insista Malko.

Zahra fit la moue.

– C'est un sale type... Pas sympathique. On dit qu'il a fait fortune en « important » des Philippines et des Sri Lankais. Il est consul honoraire du Sri Lanka et possède des relations à l'Al Aman Al Aaum (1)... Il obtient des visas à quatre cents dinars pièce et « place » les filles, contre plusieurs mois de salaire. On dit qu'il s'en sert au passage. Il vend des bébés aussi. Les Philippines qui accouchent en Jordanie n'ont pas le droit de garder leur enfant, alors il le leur rachète pour mille dollars, et le revend vingt fois plus à des couples stériles jordaniens qui déclarent le bébé sous leur nom. C'est avec cet argent qu'il a pu se lancer dans l'immobilier à la belle époque...

Un ange passa et s'enfuit en se bouchant les narines...

– Attention, voilà Adnan, fit à voix basse Christopher Angleton.

Ils se levèrent tous, y compris Zahra, pour accueillir le ministre de l'Intérieur, un Bédouin massif et souriant, la peau très mate, avec un nez d'aigle et un regard aigu.

Il serra longuement la main des deux hommes, s'installa et commanda immédiatement un *Defender Classic Pale*.

(1) Sécurité générale.

Avec lui, la *charia* (1) n'avait qu'à bien se tenir. Son regard vif se posa sur Zahra et il demanda en parfait anglais :

– Votre promenade dans le désert s'est bien terminée ?

– Grâce à vous, précisa Malko.

Le Jordanien eut un haussement d'épaules plein d'indulgence.

– Oh, ces Bédouins ne sont pas méchants, seulement un peu frustes. Vous avez récupéré la montre de votre ami, c'est le principal... C'était un souvenir, n'est-ce pas ?

Ou il faisait l'imbécile ou il se moquait d'eux.

– En quelque sorte, confirma Christopher Angleton.

– Notre *Desert Police* est très efficace, affirma le Jordanien. Mais ils ont, hélas, des moyens limités. Vous savez que l'aide de votre pays pour toute l'année se monte seulement à *dix* millions de dollars...

Christopher Angleton piqua un fard comme s'il était responsable de ce fâcheux état de choses. Les Etats-Unis continuaient à « punir » la Jordanie pour son soutien à l'Irak durant la guerre du Golfe, alors qu'ils couvraient de dollars tous ses voisins, souvent beaucoup moins recommandables...

Malko se hâta de faire diversion.

– Qui est donc ce Cheikh Beni Khaled ?

Le ministre glissa un sourire en coin à Zahra.

– Il faut demander des détails à notre amie ! Moi, je n'ai même jamais mis les pieds dans sa maison à Amman. Je sais qu'il y vit très bien, entouré de femmes. Des Jordaniennes et des Philippines. Il a beaucoup d'argent et, comme c'est un fidèle soutien de Sa Majesté, on lui passe ses petits caprices.

Comme de faire assassiner un agent de la CIA par ses hommes, songea Malko.

L'atmosphère se relâcha pour la commande. Une nuée de serveurs, attirés par le ministre, s'enquirent de leurs désirs. Malko ruminait la révélation de Zahra. Ces Pales-

(1) Loi coranique.

tiniens nantis et Abdul le Bédouin étaient à des années-lumière les uns des autres. Pourtant, le relevé de communications de l'*Inmarsat* ne pouvait pas mentir. Ils s'étaient parlés, le jour du meurtre de Tadeusz Zirkowski.

Le garçon ouvrit la bouteille de Taittinger Comtes de Champagne, blanc de blancs 1988 qu'on fit goûter à Christopher Angleton.

– Parfait, approuva l'Américain.

Des gens comme le ministre de l'Intérieur méritaient tous les sacrifices financiers...

Ils portèrent d'abord un toast au roi, puis à la Jordanie, puis aux Etats-Unis. On en était déjà à la seconde bouteille de Taittinger Comtes de Champagne. Décontracté par les bulles du blanc de blancs 1988, Adnan Zabib contemplait Zahra avec l'affection d'un matou affamé devant une souris bien grasse. La tête de côté, un sourire plein de diplomatie aux lèvres, Christopher Angleton demanda d'un ton léger :

– Et le protégé de Sa Majesté, que devient-il ? Son Excellence le prince Hassan m'a dit qu'il ne se montrait guère.

Le ministre de l'Intérieur lui adressa un regard de connivence.

– Son Excellence a raison. Le général Hussein Kemal ne bouge pas du palais Achemieh que Sa Majesté a mis à sa disposition. Il peut y demeurer aussi longtemps qu'il le souhaite, puisque c'est le désir de Sa Majesté.

L'Américain entama son carpaccio et poursuivit :

– Je croyais qu'il devait se retirer en Autriche ?

Le ministre lui jeta un regard sincèrement surpris.

– Je n'en ai pas entendu parler. Je pense que sa présence est bonne pour Sa Majesté. Elle montre clairement que nous avons changé d'attitude envers Saddam Hussein. Nos amis du Golfe vont certainement apprécier. D'ailleurs, le roi Fahd a envoyé à Sa Majesté une reproduction en ivoire de La Mecque. C'est un message clair. Il souhaite l'y recevoir bientôt.

Les yeux bleus de Christopher Angleton brillaient

comme des petits phares. Grâce à ses matchs de polo avec le prince héritier, il avait accès à des informations que même le ministre de l'Intérieur ne possédait pas.

Ce dernier nettoya son assiette à la vitesse d'un vautour affamé et lança d'un ton léger :

– Je me demande si Hussein Kemal n'a pas l'intention de rester longtemps dans le royaume. Il a reçu un virement de deux millions de dollars à la Arab Land Bank d'Amman.

Il fallut à Christopher Angleton toute sa maîtrise pour ne pas avaler de travers. C'est d'un ton d'une exquise courtoisie qu'il s'enquit :

– D'où cette somme venait-elle ?

Le ministre de l'Intérieur fronça les sourcils.

– D'un endroit bizarre, les Bermudes, je crois.

Comme si ce n'était pas la première chose qu'il avait demandée... Christopher Angleton commanda séance tenante une troisième bouteille de Taittinger Comtes de Champagne. Il fallait maintenir Adnan Zabib dans de bonnes dispositions. Une telle information valait *plusieurs* caisses de champagne...

– Comment interprétez-vous cela ? reprit l'Américain.

Adnan Zabib lança en riant :

– Cela prouve déjà que Hussein Kemal a beaucoup volé, mais tout le monde le sait... Et qu'il n'a pas l'intention de revenir en Irak... Je ne pensais pas que vous vous intéressiez encore à lui...

– Oh, pas vraiment ! affirma Christopher Angleton avec une admirable hypocrisie... Nous sommes plus concernés par la paix entre Israël et les pays arabes. Là où Sa Majesté joue un rôle si positif...

La conversation bascula, au grand plaisir du ministre qui se trouvait là en terrain solide. Le roi Hussein de Jordanie avait donné un sacré coup de main à la Maison-Blanche en signant l'accord de paix avec Israël, à la grande fureur des Syriens.

L'arrivée des pâtes fit régner le silence.

*
**

Presque tous les clients étaient partis, car on se couchait tôt à Amman. Le ministre de l'Intérieur finissait de savourer son Gaston de Lagrange XO. Un séjour en France lui avait appris la civilisation. Il jeta un coup d'œil à sa montre et soupira.

– Je me lève tôt demain, je vais à Aqaba.

Zahra posa son verre.

– Pourriez-vous me déposer, monsieur le Ministre, je n'ai pas pris ma voiture.

Les yeux baissés, elle était parfaite. Adnan Zabib réussit à ne pas lui sauter dessus sur-le-champ.

– Ce sera avec plaisir, fit-il en se levant.

Malko sentit les doigts de Zahra presser fugitivement sa cuisse sous la table. Elle termina son verre de Cointreau-caïpirinha, ne laissant que les citrons verts, et se leva. Avec elle, on ne mesurait jamais la part du service commandé et celle du plaisir... Christopher Angleton les regarda partir, une lueur amusée dans ses yeux bleus.

– Voilà un homme heureux ! soupira-t-il. Vous reprendrez un peu de café ?

Lui aussi semblait euphorique. Et ce n'était pas seulement le Taittinger Comtes de Champagne, blanc de blancs 1988.

– J'ai eu l'impression que ce brave ministre se préoccupe au moins autant que nous du sort de Hussein Kemal, remarqua Malko. Pourquoi ?

Petit rire sec. L'Américain expliqua :

– Il sait que nous nous posons des questions. Si l'on découvrait que la défection d'Hussein Kemal n'est qu'un coup monté par Saddam Hussein, ce serait un coup terrible pour le roi. Les monarchies du Golfe comme l'Arabie Saoudite le regardent encore avec suspicion. Le fait qu'il accueille ouvertement un ennemi de Saddam Hussein et le protège est un bon point... Si jamais le général Hussein Kemal s'avérait être un *faux* défecteur, toute la manip se retournerait contre le roi. Avec des conséquences politiques désastreuses. Même si les Jordaniens ont toujours le cœur qui penche vers Saddam Hussein et ses rodomontades.

– Il sait que vous vous posez des questions.

Christopher Angleton acheva son Gaston de Lagrange XO avec une satisfaction de chat.

– Oui. Mais il n'en sait pas plus. Du moins, c'était le cas jusqu'à l'incident avec les Bédouins. Il sait *au moins* que vous êtes en Jordanie pour une mission liée à la mort de Tadeusz Zirkowski. Comme il n'est pas idiot... il va vous surveiller.

– Sans plus ?

L'Américain leva la tête vers le ciel étoilé.

– Je l'espère. Sinon, la situation deviendrait encore plus délicate... Cependant je vous rappelle que pour l'instant, nous ne possédons rien.

– Vous croyez Saddam Hussein assez fort pour monter une manip aussi vicieuse ?

– Oui, répliqua sans hésiter l'Américain. Il est fruste, brutal, mais *très très* malin.

– Et cette histoire de virement...

Le chef de station de la CIA sourit.

– C'est une *véritable* information. Nous l'aurions apprise de toute façon par nos réseaux, mais il nous fait gagner du temps. Il doit être sûr que c'est « neutre » pour son pays, sinon il ne nous l'aurait pas donnée. Je vais vérifier, mais les circuits financiers internationaux des Irakiens sont impénétrables. On va se heurter à des douzaines d'écrans infranchissables.

Il se leva et conclut :

– Faites attention, désormais. Les gens du général Al Kaisi ne vous lâcheront pas. Je vais voir si j'ai quelque chose sur ce couple palestinien. On va faire tourner les ordinateurs...

Cinq minutes plus tard, il déposait Malko à l'*Intercontinental*... Ce dernier allait s'endormir quand le téléphone sonna.

– Je te réveille ? demanda la voix mutine de Zahra.

C'était la première fois qu'elle le tutoyait. Peut-être pour se faire pardonner son écart de la veille.

– Presque, avoua Malko.

– Je n'ai pas pu faire autrement... Il *voulait* sa récompense...

– Et il l'a eue.

Rire complice.

– Oui, bien sûr, mais j'ai pensé à toi tout le temps. Tu ne veux pas venir ?

– Une autre fois. Mais penses-tu pouvoir me faire rencontrer cette Randa Asfour, puisque tu la connais ? Sans éveiller les soupçons, ça va de soi.

– Bien sûr, approuva Zarah. Je vais l'appeler. Je te présente comme quoi ?

– Un journaliste autrichien. Tu as pu me connaître à Beyrouth. Je fais une enquête sur les Palestiniens de la diaspora...

– Ça devrait marcher.

– A propos, où habitent-ils, ces gens ?

– Sur Al Cairo Street, une grande maison tout en bas sur la gauche. Avec des colonnes partout. C'est la plus luxueuse de la rue.

Malko raccrocha ; sans regret : il n'avait pas envie de passer après un Bédouin, même sympathique.

*
**

Al Cairo Street était la principale artère du djebel Abdoun ; des villas toutes plus luxueuses les unes que les autres s'y succédaient, séparées par des terrains vagues. Au volant de la Cherokee, Malko la descendait lentement, examinant les maisons. Il ralentit. La villa des Asfour ne pouvait pas se rater... Un croisement de temple grec, de pyramide et de temple maya... Du marbre, du granit rose, un grand mur dans le vide, du style sculpture art moderne. Un monstre architectural de la taille d'un château flambant neuf. Derrière la grille séparant le parking de la rue, il aperçut plusieurs voitures dont une Mercedes 600 avec le numéro 3.

Il fit demi-tour au rond-point terminant Al Cairo Street et remonta en direction de l'ambassade américaine, située un peu plus haut sur le djebel Abdoun, au milieu d'un *no man's land* impressionnant.

Après avoir passé le portail magnétique et garé la Cherokee dans la cour de gauche, il fut escorté jusqu'à l'ascenseur par l'inévitable civil au crâne rasé. Ils contournèrent une colossale antenne satellite placée sur le sol. L'ambassade était un monde capable de vivre en autarcie, avec ses réserves de vivres, d'eau, de munitions, ainsi que des capacités de communication importantes...

Christopher Angleton l'attendait sur le seuil de son bureau, impeccable dans un costume de flanelle grise égayé par une cravate qui semblait avoir été découpée dans du gazon anglais. Sur la table basse trônait l'inévitable thé au lait.

L'Américain tira sur le pli de son pantalon. En dépit de son flegme, Malko sentait qu'il avait quelque chose à dire.

Une tension imperceptible... Après avoir versé le thé et allumé une *gauloise blonde légère* avec le Zippo offert par le prince héritier, Christopher Angleton tendit à Malko un télégramme fraîchement décrypté.

– Le ministre de l'Intérieur ne s'est pas moqué de nous, commenta-t-il.

Le document signalait un transfert de deux millions de dollars au profit de Hussein Kemal, à Amman. L'argent venait d'une banque britannique des Bermudes. Un commentaire bref annonçait que la piste s'arrêtait là et qu'il s'agissait d'un compte non encore repéré par les services financiers de la CIA.

– Ce n'est pas très encourageant, remarqua Malko.

Christopher Angleton ne se troubla pas.

– En effet... Mais j'ai également obtenu autre chose. Beaucoup plus intéressant. Au sujet des époux Asfour. Tenez.

Il tendit à Malko deux feuilles de papier.

La première était intitulée : FADEL ASFOUR AL WAYAT. Malko lut : « Palestinien, né à Jaffa, en 1943 (date précise inconnue). Emigre d'abord à Gaza, puis en Jordanie. Grâce à un emprunt familial, se lance dans l'immobilier en 1978. Y amasse une fortune considérable... Soupçonné de se livrer au trafic de permis de séjour, grâce à son titre de consul honoraire du Sri Lanka. Possède des amitiés sérieuses à la Sécurité générale. »

Suivaient plusieurs noms d'officiers jordaniens de cet organisme. Malko parcourut le texte rapidement, jusqu'à un paragraphe qui le fit bondir :

« Une des filles de Fadel Asfour, Amina, étudiante en art dentaire à Beyrouth, a fait la connaissance du terroriste CARLOS en 1992, à Amman. Ce dernier habitait dans un appartement appartenant à son père. Après une cour assidue, il finit par l'épouser sous l'identité de son passeport diplomatique *irakien*. Document dont on n'a jamais connu la véritable origine. Après l'arrestation de Carlos au Soudan, en août 1994, Amina est revenue en Jordanie. »

Malko leva les yeux.

– C'est intéressant, certes, mais sans lien avec notre histoire. L'affaire Carlos est terminée. Il ne semble pas que le père de cette jeune fille ait été au courant de sa véritable identité...

Christopher Angleton eut un sourire sceptique.

– Carlos parle très bien arabe... Mais les Irakiens ont un accent particulier. D'après ce que je sais, il parlait plutôt avec l'accent libanais. Je suis étonné que personne ne s'en soit aperçu... Mais continuez, il y a plus intéressant.

Malko prit la seconde feuille. Dès la première ligne, un mot lui sauta aux yeux.

« Randa Nabulsi, née le 2 juillet 1956, à Bagdad. »

– Elle est irakienne ?

– Plus maintenant, elle a pris la nationalité jordanienne. Mais lisez la suite.

« Randa Nabulsi, fille d'un diplomate irakien, a passé

toute sa jeunesse à Moscou où elle a appris le russe qu'elle parle parfaitement. Les anciens du KGB disent qu'elle travaillait pour le Directorate des Renseignements généraux irakiens, section des Affaires politiques. Cette section est chargée, entre autres, de la liquidation physique des opposants au régime.

« Son père se trouve actuellement en Grande-Bretagne et sa mère est morte d'un cancer en 1988. En Jordanie, on ne lui connaît aucune activité politique, ouverte ou clandestine. Les services jordaniens ne l'ont même pas fichée. Elle n'a pas mis les pieds en Irak depuis un an et demi. »

Malko posa le rapport sur la table basse.

– C'est évidemment une coïncidence troublante, avoua-t-il. Qu'en pensez-vous ?

Christopher Angleton sourit.

– Il n'y a pas de coïncidences dans notre métier. Randa Asfour a le profil classique d'un agent « dormant ».

– Comment a-t-elle connu son mari ?

– Elle l'a rencontré ici, où elle représentait une maison d'import-export. Il a divorcé de sa première femme et l'a épousée. C'était il y a sept ans. Elle a pris la nationalité jordanienne en se mariant.

– Et les services jordaniens n'ont rien vu ?

L'Américain eut un geste d'impuissance.

– Il y a trois cent mille Irakiens en Jordanie. Elle n'a jamais eu aucune activité suspecte.

– Elle pourrait très bien avoir fait la liaison entre Bagdad et Abdul le Bédouin, suggéra Malko. Les Irakiens peuvent l'avoir prévenue par l'intermédiaire d'un pays tiers, afin qu'elle répercute leur « commande ».

– Bien sûr, approuva Christopher Angleton. Il faudrait savoir si elle a un lien avec Cheikh Beni Khaled.

– Zahra va peut-être m'éclairer.

– En tout cas, soyez sur vos gardes, prévint l'Américain. Les Jordaniens détesteraient qu'on démolisse le beau conte de fées de leur défecteur... Si on peut le démolir.

– On verra, conclut Malko. J'ai demandé à Zahra de me faire rencontrer son amie Randa Asfour...

*
**

Zahra, cigarette au bec, en était déjà à sa sixième *gauloise blonde* de la journée. Le seul moyen efficace d'atténuer le stress causé par son travail. Vêtue d'un pull et d'une courte jupe noire qui découvrait ses jambes magnifiques, elle installa Malko en face d'elle. Les meubles de son bureau étaient couverts de photos d'elle en compagnie de différents hommes, du roi lui-même à d'illustres inconnus.

– Ce sont tous tes amants ? demanda Malko.

Zahra éclata d'un rire plein de santé.

– Non, heureusement ! Il y en a beaucoup d'autres. Ceux-là sont seulement les plus récents.

Elle se leva pour gagner un petit bar et se confectionner un Margarita, en mélangeant du Cointreau et de la tequila avec du citron vert. Elle revint s'asseoir.

– Alors, quelles nouvelles ?

Malko la mit au courant des découvertes de Christopher Angleton, tandis qu'elle l'écoutait en fumant...

– C'est bizarre, conclut-elle, Randa ne m'a jamais paru préoccupée de politique. J'ignorais même qu'elle était irakienne. Elle passe le plus clair de son temps à courir les couturiers, à organiser ses soirées et... à draguer de nouveaux amants.

– Elle en a beaucoup ?

Zahra eut un sourire entendu.

– Pas mal.

– Le cheikh Beni Khaled ?

– Je ne sais pas, je peux me renseigner. J'ai une copine « bâchée » qui me raconte toutes ses coucheries.

Une sonnerie stridente jaillit d'un télex. Zahra se leva et la fit taire.

– Il faut que je te laisse ! soupira-t-elle.

Elle s'approcha de lui. Rapidement, malgré la porte entrouverte, elle glissa une langue ardente dans la bouche de Malko, son pubis collé au sien.

– Tu m'en veux pour hier soir ? Je *savais* qu'Adnan désirait me sauter. Je n'ai pas voulu le mettre en position de demandeur.

– Je ne t'en veux pas, assura Malko.

– Sûr ?

– Certain.

Pour que Zahra en soit bien persuadée, il glissa une main sous la courte jupe et trouva très vite une humidité pleine de promesses. La jeune femme ferma les yeux et dit d'une voix mourante :

– Arrête ! Tu vas me faire crier...

– Vraiment ? demanda Malko, avec une incrédulité parfaitement feinte.

Ses doigts contournèrent la fragile barrière de nylon, s'emparant habilement de la jeune femme. Zahra se cabra, commença à haleter, et, en moins d'une minute, exhala un petit cri aigu, comme un chaton qui a faim. Elle s'accrocha au cou de Malko, le regard noyé, effondrée de plaisir.

– Va-t'en ! souffla-t-elle, ou je te viole.

– Tu ne devais pas appeler ton amie Randa Asfour ? demanda-t-il d'une voix volontairement détachée.

Zahra eut un sursaut de tout son corps.

– Salaud ! Si tu la touches, je t'arrache...

– Pourquoi ne l'as-tu pas appelée ce matin ?

– C'était trop tôt, elle dort jusqu'à onze heures. Je le fais tout de suite.

Elle regagna son bureau et composa un numéro. Malko l'entendit échanger quelques mots en arabe avant de raccrocher.

– Randa n'est pas à Amman, annonça-t-elle. Son maître d'hôtel me dit qu'elle rentrera aujourd'hui. J'ai laissé un message pour qu'elle rappelle. Tu es content ?

– Oui, mais pas pour les raisons que tu soupçonnes, précisa Malko. Ton amie Randa fera peut-être avancer mon enquête.

– Je pense qu'on pourra arranger ça pour demain, promit Zahra.

CHAPITRE IX

Flor Balagan se redressa, les reins moulus. Le nettoyage du pourtour de l'énorme piscine lui avait pris tout l'après-midi. A quatre pattes, elle avait frotté le marbre, dalle après dalle. Sa maîtresse ne supportait pas le moindre grain de sable sous ses pieds nus. Comme le vent du désert soufflait pratiquement sans arrêt, c'était un travail sans fin, qui s'ajoutait à ses autres tâches ménagères. Epuisée, la Philippine alla s'allonger dans le cagibi attenant à la cuisine qui lui servait de chambre. Recroquevillée en boule, elle se mit à rêver.

Jamais elle n'avait pensé, en venant en Jordanie, avoir une vie aussi triste. N'étant pas musulmane, elle était traitée un peu moins bien qu'un chien. Son travail commençait avec le soleil et se terminait parfois à minuit, lorsqu'il y avait une réception. Elle mangeait les restes, dormait dans ce trou à rat et n'avait de liberté que le dimanche jusqu'à quatorze heures. Le tout pour un salaire mensuel de cent cinquante dollars, avec la crainte permanente de ne pas voir son visa renouvelé... Plus les backchichs obligatoires aux fonctionnaires de l'immigration et les caprices de son patron. De temps en temps, il surgissait dans son cagibi et, sans un mot, descendait la fermeture Eclair de son pantalon. La première fois, elle avait fait semblant de ne pas comprendre. Il l'avait giflée à plusieurs reprises et elle avait dû s'excuser. Flor Balagan ne s'expliquait pas la raison de ces pulsions : la femme de Fadel

Asfour était superbe. Mais il ne devait pas pouvoir se servir d'elle comme d'une esclave.

Son patron l'avait menacée, si elle se plaignait, de la livrer à ses copains de la Sécurité générale, qui la mettraient en prison et l'expulseraient ensuite.

Terrifiée, Flor Balagan se taisait et comptait les mois qui la séparaient de son retour aux Philippines.

Elle réalisa soudain que sa patronne était absente, et qu'elle avait le temps de prendre une douche.

Elle s'était bricolé une douche improvisée dans la penderie à côté de la cuisine, avec un tuyau de caoutchouc branché sur l'évier. Enfermée dans ce réduit, elle se détendait sous les jets d'eau tiède. C'était sa seule joie.

Flor se leva. En un clin d'œil, elle se dépouilla de ses vêtements et se mit sous le jet avec un soupir de satisfaction. Sa patronne était absente, elle savait qu'elle n'avait rien à craindre. Le mari ne revenait jamais avant neuf heures du soir, les rares fois où il n'avait pas de dîner en ville. Et il ne réclamait que Jamal, le maître d'hôtel, qui devait toujours tenir prêt une bouteille de *Defender Classic Pale* et de la glace. Quant au cuisinier jordanien, il avait profité de l'absence de la maîtresse de maison pour prendre un jour de congé.

L'eau chassait le sable, c'était délicieux. Flor ferma les yeux et dirigea le jet sur le maigre buisson noir qui ornait le haut de ses cuisses... Elle colla peu à peu le tuyau contre son ventre, l'inondant à bout portant. La jeune fille sentit ses jambes se dérober sous elle. A vingt-deux ans, elle refoulait sans cesse ses besoins sexuels et se caressait fréquemment, dans le secret de son cagibi.

Elle ferma les yeux, se laissant aller à la sensation grisante. Peu à peu, sous la caresse de l'eau tiède elle sentait monter le plaisir. Flor gémit et, quelques instants plus tard, fut secouée par un orgasme violent qui lui coupa les jambes. Un peu honteuse, elle se sécha et se rhabilla. Il n'était que six heures et demie et, en l'absence de sa patronne, elle n'avait plus rien à faire.

Elle enfila un chemisier, laissant libre sa poitrine si

incroyablement développée qu'elle semblait rapportée sur son torse mince, et une jupe. Elle lissa ses cheveux mouillés et se dit qu'un bon coup de vent les sécherait. Pour se remonter le moral, elle déboucha une bouteille de *Defender* de son patron et en but une longue gorgée au goulot. Puis, quittant la cuisine, elle traversa le jardin et ouvrit une petite porte donnant sur l'extérieur. La villa énorme donnait à la fois sur Al Cairo Street et sur une impasse. Une maison était en construction, juste en face. Les alentours de la rue Al Cairo étaient chaotiques, un patchwork de villas et de terrains non encore construits. Pas une boutique. Le centre était à plusieurs kilomètres et il n'y avait pas de transports en commun.

Comme d'habitude, le vent soufflait, Flor se dit que ses cheveux seraient vite secs. Elle fit quelques pas dans la rue sans nom qui se terminait en impasse dans le désert. Dans la villa en construction, les travaux avaient cessé et les ouvriers qui habitaient sur le chantier, dans une construction provisoire, étaient en train de manger. De pauvres bougres égyptiens qui tentaient d'échapper à la misère. Eux aussi étaient des immigrés, mal payés et travaillant comme des bêtes. Les entrepreneurs jordaniens les pressaient comme des citrons.

Flor longea le bâtiment et y jeta un coup d'œil. Ils écoutaient la radio, discutaient, lisaient des journaux. L'un d'eux l'aperçut, se précipita sur le trottoir et la héla. A part les putes voilées qui tapinaient en face du Théâtre romain, dans la Ville Basse, on ne voyait jamais de femme seule ! Dans ce quartier, les riches circulaient en voiture et les domestiques ne sortaient pas. La Ville Basse se trouvait très loin, les ouvriers n'y allaient jamais, même si les taxis les y emmenaient pour quelques fils (1). Tout leur argent partait chez eux pour nourrir des familles qui se reproduisaient comme des lapins.

Effrayée par les appels de l'ouvrier égyptien, Flor hâta le pas, le cœur battant, vers le bout de la rue. Elle s'arrêta

(1) 100 fils = 1 dinar = 7 francs.

en face du terrain vague. De là, elle apercevait le profond canyon séparant le djebel Abdoun du djebel Amman, avec sa voie à grande circulation. Des pentes nues, piquetées de lumières. Eblouie, elle contemplait le spectacle lorsqu'elle entendit un bruit derrière elle. Elle se retourna, le cœur dans la gorge.

L'homme qui l'avait hélée l'avait rejointe et la contemplait avec des yeux de braise. Son regard descendit jusqu'à la grosse poitrine et devint encore plus brillant.

Un beau garçon aux cheveux ondulés, mal rasé, en chemise et jean. Ils se contemplèrent quelques instants sans un mot. Ce qu'elle lisait dans les yeux de l'Egyptien était aveuglant. Il montra sa poitrine et dit :

– Mahmoud !

Paniquée, elle fit un pas en avant avec l'intention de regagner la villa. L'Egyptien lui barra la route avec un sourire, et elle se jeta pratiquement dans ses bras ! Lorsqu'elle sentit sa taille emprisonnée par une main puissante, Flor Balagan manqua défaillir : un mélange de panique, de stupéfaction et aussi un sentiment plus trouble. Il y avait si longtemps qu'un homme ne l'avait pas tenue dans ses bras.

L'Egyptien ne perdait pas de temps. De la main gauche, il malaxait les seins lourds, libres sous le chemisier, tandis que, maintenant Flor collée à lui par ses bras pressés autour de sa taille, il se frottait contre elle à toute vitesse. La Philippine se débattait, mais il était infiniment plus fort qu'elle. De sentir un sexe gonfler contre son ventre lui ôta toutes ses forces. Elle se contenta de gémir.

– *Please ! Let me go.*

Apparemment, il ne comprenait pas l'anglais car, au lieu de la lâcher, il s'excita de plus belle ! Abandonnant sa poitrine, il tenta d'arracher la culotte de la jeune bonne. Les gros doigts frôlant son sexe faillirent déclencher l'orgasme de Flor. Elle sentit ses jambes se dérober sous elle. C'était exquis et atroce en même temps. Sentant sa résistance faiblir, l'ouvrier recommença à lui tripoter les seins, accroissant encore son trouble. Heureusement, la nuit était complètement tombée et ils étaient invisibles dans l'obscurité.

Brutalement, l'Egyptien recula. Flor Balagan entendit le crissement d'un zip et son cœur chavira. Elle baissa les yeux et vit un long membre congestionné émerger du vieux jean... Son prétendant n'y allait pas par quatre chemins. Une fraction de seconde plus tard, il était de nouveau collé à elle. Cette fois, le contact du membre brûlant sous sa jupe lui fit l'effet d'un fer rouge. Son cerveau ne fonctionnait plus. Elle était partagée entre la panique et un plaisir violent, viscéral. De force, l'Egyptien lui prit la main et la posa sur son gros sexe. Flor ne l'ôta pas, comme si elle y était collée par une glu invisible... Il lui prit le poignet, le remuant de haut en bas afin de lui faire comprendre ce qu'il souhaitait.

Elle l'aurait volontiers masturbé, mais son corps était paralysé. Elle ne pensait qu'à une chose : si on les surprenait là ! Avec un cri étranglé, elle arriva à le repousser et courut en direction de la villa, sans se retourner... Elle mettait la clé dans la serrure de la petite porte du jardin lorsque l'Egyptien la rejoignit. Fou de désir, il se colla à elle par-derrière, donnant des coups de reins comme un chien en chaleur. Flor ne pensait qu'à fuir. Elle poussa le battant et se rua dans le jardin. Hélas, elle ne fut pas assez rapide pour refermer. Mahmoud se faufila à sa suite.

Machinalement, Flor Balagan referma la porte et mit la clé dans sa poche, sans réaliser qu'elle enfermait l'homme dans le jardin ! Elle lui fit face, son cœur cognant fortement dans sa poitrine. A l'idée de ce qui se passerait si ses patrons la surprenaient là avec l'Egyptien, elle en avait le vertige.

– *Go ! Go !* supplia-t-elle.

Même s'il en avait eu l'intention, l'ouvrier ne pouvait plus. Pour toute réponse, il la bouscula contre le mur, et cette fois, n'hésita pas à fouiller sous sa jupe. Comme elle résistait, il recula et se mit à se masturber à toute vitesse, sous le regard fasciné de Flor Balagan. Celle-ci avait l'impression qu'un court-circuit paralysait son cerveau...

D'abord, elle n'avait jamais imaginé un sexe de cette taille. Rien que ce spectacle la transformait en fontaine. Ensuite, le plaisir fugace éprouvé une heure plus tôt avait réveillé ses sens endormis par la fatigue et la tristesse.

Comme un lapin paralysé par un cobra, elle regarda Mahmoud s'approcher d'elle. Il avait deviné son changement d'attitude. Ils se trouvaient sous une tonnelle encombrée de divers objets. Cessant de se masturber, il poussa Flor contre une table de ping-pong et l'y fit basculer. En un clin d'œil, il lui arracha sa culotte et la renversa à plat dos sur la table. Terrifiée, la Philippine n'osait pas crier. Elle sentit l'extrémité brûlante du gros sexe peser sur le sien.

L'Egyptien donna un violent coup de reins. Se propulsant en avant de toutes ses forces, il embrocha la Philippine jusqu'à la garde de son membre raide comme une barre de fer. Flor Balagan poussa un cri étranglé. Elle avait la sensation d'être transpercée jusqu'à l'estomac par un pieu brûlant. L'ouvrier égyptien ne perdit pas de temps. La saisissant par les cuisses, il les releva à la verticale et se déchaîna avec de furieux coups de boutoir. La table de ping-pong grinçait, tanguait et menaçait de s'écrouler.

En moins d'une minute, il explosa au fond du ventre de Flor et se retira aussitôt. Soulagé.

Flor Balagan laissa retomber mollement ses jambes et se remit debout en titubant. Elle avait l'impression qu'un rouleau compresseur lui était passé dessus...

Machinalement, elle ramassa sa culotte. La semence de son agresseur dégoulinait le long de ses cuisses.

Un cri la fit sursauter, venant de la maison.

– Flor ! *Where are you ?*

La voix de sa patronne !

La Philippine se liquéfia. Oubliant son éphémère amant, elle courut comme une folle jusqu'à la cuisine où elle décrocha le téléphone intérieur qui sonnait. La voix furieuse de Randa Asfour éclata à son oreille.

– Où étais-tu ?

– Je dormais, balbutia la Philippine, hors d'haleine.

– Comme si c'était le moment ! coupa la Palestinienne. Fais-moi du thé et monte-le dans ma chambre. Ceylan avec du lait.

Flor se retourna après avoir raccroché et manqua se trouver mal. L'Egyptien se trouvait sur le pas de la porte ! Elle réalisa alors qu'elle avait refermé à clé la porte du jardin, et qu'il était enfermé... Comme une somnambule, elle mit de l'eau à chauffer. Comment à la fois se débarrasser de l'Egyptien et préparer le thé avant que sa patronne ne débarque dans la cuisine ?

Soudain, elle entrevit une solution, la porte principale. Prenant Mahmoud par la main, elle l'amena à l'entrée de l'immense living-room tarabiscoté et lui désigna l'entrée, au fond à droite.

– *Go ! Go !* supplia-t-elle.

Lui non plus n'avait pas envie de s'éterniser... Il fonça sur la pointe des pieds pour traverser le living.

Cinq minutes plus tard, Flor Balagan montait son thé à sa patronne. Celle-ci était au téléphone et lui fit signe de le poser sur le lit. Au ton de sa voix, la Philippine comprit qu'elle parlait à un homme. Pour une fois, elle n'en fut pas jalouse. Sa patronne n'avait sûrement jamais été emmanchée par un membre aussi puissant que celui de Mahmoud, l'Egyptien...

Au moment où elle se retirait, Randa Asfour interrompit sa conversation pour lui lancer :

– Va me chercher mon sac, j'ai dû le poser dans l'entrée...

Flor Balagan redescendit à toute vitesse, explora le living et l'entrée sans rien trouver. Elle remonta.

– Il n'est pas en bas, Madame !

– Mais si ! insista Randa Asfour, regarde mieux ! tu sais bien, mon sac Hermès en crocodile vert...

Flor Balagan ignorait qui était Hermès mais voyait ce que sa patronne voulait dire. Elle redescendit, fouilla les recoins les plus inattendus, sans rien trouver. Un peu inquiète, elle remonta et entra timidement dans la chambre. En la voyant les mains vides, Randa Asfour explosa.

– Idiote ! On ne peut rien te demander.

Elle se leva comme une furie, allongea au passage une gifle à Flor qui, habituée aux emportements de sa patronne, esquiva, et fonça dans l'escalier. Penchée au-dessus de la rampe, la Philippine la vit fouiller partout et revenir comme un taureau qui charge. Prudente, elle s'esquiva.

Quelques instants plus tard, un hurlement furieux envoya son pouls à des hauteurs insoupçonnées.

– Flor !

La Philippine arriva en rasant les murs.

– Va voir dans ma voiture ! lança sa patronne en lui jetant les clés.

Flor Balagan se hâta vers le garage et inspecta la BMW, regardant même dessous. Elle en conclut que sa patronne, distraite, avait dû oublier son sac à l'aéroport. Elle revint, mais n'eut pas le temps d'annoncer la mauvaise nouvelle.

– Voleuse ! Tu m'as volé mon sac !

L'insulte la frappa comme une gifle ! Elle qui remettait même les pièces de 10 fils dans le vide-poches.

– *But,* Madame... commença-t-elle.

Randa Asfour était déjà sur elle. La prenant par l'épaule, elle la secoua, lui assena quelques gifles. Comme elle avait trente centimètres de plus que la Philippine, c'était facile. Enfin, ivre de fureur, elle la prit à la gorge et éructa :

– J'avais mon sac quand je suis rentrée ! Il n'y a que toi ici, j'ai envoyé Jamal faire une course et Nabil n'est pas là. Je te donne cinq minutes pour me rendre mon sac. Sinon, tu le regretteras toute ta vie...

Flor Balagan tomba à genoux, suppliante.

– Mais Madame, je n'ai rien fait. Je vous le jure. J'étais dans la cuisine.

Les yeux hors de la tête, Randa Asfour lui expédia un coup de pied, la frappant au ventre avec la pointe de son escarpin. Elle s'acharna ensuite sur elle, la tirant par les cheveux jusqu'au palier. Là se trouvait un cagibi où on enfermait Rambo, le pitbull de la maison, quand il y avait des invités. Randa Asfour y jeta Flor et avant de refermer lui cria :

– Si tu ne me rends pas ce sac, je te tue !

Flor Balagan se retrouva dans le noir, terrifiée, incommodée par l'odeur de chien, accablée. Il lui fallut encore un bon moment pour réaliser qu'une seule personne pouvait avoir volé le sac : son fugitif amant, l'ouvrier égyptien. Elle se mit à claquer des dents. Si elle avouait qu'elle avait fait entrer un type comme ça dans la maison et en plus qu'il l'avait sautée, sa patronne la battrait à mort. Il fallait tenir, ne rien dire, supporter les coups et les insultes. Dès qu'elle le pourrait, elle se sauverait.

*
**

Randa Asfour fumait nerveusement, assise sur son lit, un téléphone coincé contre son oreille. Elle venait de passer en revue tous les services de l'aéroport *Queen Alia*, de l'immigration aux porteurs. On se souvenait parfaitement de son sac. Un très beau sac, qu'on ne pouvait pas ne pas remarquer.

Elle raccrocha, partagée entre la fureur et une vague crainte qui commençait à lui comprimer le diaphragme.

Il *fallait* qu'elle retrouve ce sac. A tout prix.

Quand Fadel, son mari, arriva une heure plus tard, il la trouva dans le living, un Cointreau-caïpirinha à la main, jouant nerveusement avec le capot de son Zippo qu'elle avait fait gainer par Hermès de crocodile de la même couleur que le sac disparu.

– Tu as un problème ? demanda-t-il en caressant sa cuisse gainée de nylon noir.

Il adorait faire l'amour avec elle à ses retours de voyage, en imaginant qu'elle l'avait trompé, ce qui le faisait fantasmer comme un fou.

Randa Asfour écarta sa main d'un geste agacé.

– J'ai un problème grave ! annonça-t-elle.

Elle le mit au courant de la disparition du sac et de son contenu. Fadel Asfour blêmit, mesurant immédiatement les conséquences possibles de cette perte, si le sac tombait en de mauvaises mains. Plus pragmatique que sa femme, il remarqua :

– Ça m'étonnerait quand même qu'elle te l'ait volé...

– Et alors, qui ? aboya Randa Asfour, toutes griffes dehors.

– Elle reçoit souvent des copines... Mais rassure-toi, je vais lui faire cracher la vérité et on va le retrouver ton sac ! Je...

Le téléphone l'interrompit. Randa Asfour décrocha et, instantanément, le timbre de sa voix changea.

– Zahra ! *Kifak ?* (1) Je rentre tout juste.

*
**

Fadel Asfour ouvrit le cagibi où Flor était recroquevillée.

– Où est ce sac ? aboya-t-il.

– *Mister,* je ne sais pas ! gémit la Philippine. *I swear...*

– Tu vas dire ça à Rambo ! fit-il avec un sourire mauvais.

Rambo était le pitbull qui servait de chien de garde. Un animal d'une férocité sans limites, habitué à attaquer sur l'injonction de son maître. Flor en avait une peur panique. Une fois, il l'avait à peine effleurée de ses crocs et elle en avait encore la marque sur son mollet. Elle se dressa à genoux, les mains jointes, et supplia :

– *No, mister, we go to the police !*

Il la regarda en ricanant.

– *No police ! Rambo is better.*

Il referma la porte et siffla entre ses dents. Le chien, c'était parfait. Il la blesserait sans la tuer et Flor finirait par avouer où était le sac. Il y avait déjà eu des vols de ce genre à Amman, et on avait toujours trouvé les voleurs qui avaient été sévèrement punis. Un de ses amis avait emmené son domestique sri lankais dans le désert et

(1) Comment ça va ?

l'avait traîné derrière son 4 x 4 jusqu'à ce que le voleur ne soit plus qu'une loque sanglante.

La *charia,* qui recommandait de couper la main aux voleurs, c'était bien, mais avec les non-musulmans, il fallait être un peu plus sévère.

Rambo arriva, bavant, remuant la queue, la gueule ouverte.

– *Yallah !* (1) fit Fadel Asfour en ouvrant la porte du cagibi.

(1) Allons-y !

CHAPITRE X

– Ça y est ! Nous sommes invités à dîner demain chez les Asfour. Un grand *mensam* bédouin.

La voix de Zahra vibrait de triomphe.

– Comment m'as-tu présenté ? s'inquiéta Malko.

– Comme prévu. Un ami journaliste de Beyrouth, de passage à Amman. Elle m'a tout de suite demandé à quoi tu ressemblais... Je ne sais pas ce que tu pourras en tirer.

– Moi non plus ! avoua Malko. Mais il faut bien commencer par quelque part. A moins de repartir dans le désert à la recherche d'Abdul.

Après avoir raccroché, il décida de voir si on s'intéressait à lui... Il prit sa Cherokee, et partit un peu au hasard. Après vingt virages, il avait acquis la certitude qu'il était suivi. Dans l'obscurité, impossible de voir par qui. Apparemment, les Jordaniens prenaient au sérieux l'affaire Tadeusz Zirkowski.

Lorsqu'il revint à l'hôtel, le concierge lui tendit un pli en même temps que sa clé. Il l'ouvrit. « Venez à l'hôtel *Forte Grande*. Au *Jiggler*. A partir de onze heures. Demandez la table n° 4. C'est important. »

Pas de signature, le mot était rédigé en anglais, sans faute. Plutôt que de téléphoner, il prit la direction du djebel Abdoun. Christopher Angleton aurait peut-être une opinion sur ce mystérieux rendez-vous.

*
**

– Attaque, Rambo ! *Yallah !*

Fadel Asfour lâcha la laisse du pitbull qui se rua en avant. Flor Balagan poussa un cri perçant. Coincée contre le mur du cagibi, elle protégea instinctivement son ventre. Elle sentit avec dégoût les babines pleines de salive du molosse frôler ses cuisses nues, puis une douleur horrible la traversa : les crocs de l'animal venaient de s'enfoncer dans sa chair.

Elle crut défaillir, sa jambe se déroba sous elle et elle tomba, sans que le chien lâche prise. Au contraire, il enfonça davantage ses crocs dans sa cuisse. Flor se mit à hurler de toute la force de ses poumons, des cris de sirène, affolés, horribles. Les bras croisés, Fadel Asfour regardait le chien s'acharner sur sa victime. Soudain, Randa surgit derrière lui, furieuse.

– Va faire ça ailleurs ! intima-t-elle, je suis au téléphone ! On entend tout ! Il y a de la place dans la cuisine.

Docile, Fadel Asfour agrippa le pitbull par son collier et lui tapa sur le museau en lui ordonnant de lâcher prise. Le pitbull consentit enfin à desserrer ses crocs. Flor Balagan demeura recroquevillée à terre comme un tas de chiffons. Sa résolution initiale n'était plus tenable, elle allait être obligée d'avouer. D'une voix mourante, elle dit :

– *Mister !* Je vais vous dire la vérité...

– Et comment ! fit le Palestinien. Viens.

Il la prit par les cheveux et l'arracha au cagibi pour lui faire descendre l'escalier à coups de pied. Flor Balagan roulait sur les marches, paniquée. Sa cuisse saignait, elle tremblait de tous ses membres. Au rez-de-chaussée, Jamal, le maître d'hôtel, lui lança un regard méprisant. Elle n'avait jamais voulu coucher avec lui.

– Ne reste pas là, lui lança Fadel Asfour, bougon.

Jamal s'empressa de filer à l'autre bout de la maison. Les histoires de vol, cela ne sentait pas bon, mieux valait ne rien savoir. Sitôt dans la cuisine, Fadel Asfour releva Flor en la tirant par les cheveux. Il referma sa main gauche entre ses cuisses, les doigts en crochet, serrant pour faire mal.

– Je vais dire à Rambo de commencer à te bouffer par *là !* dit-il. Ça t'ôtera l'envie de voler.

Flor poussa un cri sauvage. En une fraction de seconde, la terreur la rendit « amok », folle. Elle ne raisonnait plus, ne calculait plus. Une seule idée occupait son cerveau : fuir. Echapper au chien et à son patron. Sous la menace de ce dernier, elle aurait avoué. Elle se pencha et mordit le poignet de son patron, au sang. Fadel Asfour retira sa main avec un cri de douleur... D'un bond, Flor se jeta sur le ratelier à couteaux, et en arracha un long couteau à découper, aiguisé comme un rasoir.

– Rambo ! Attaque ! cria Fadel Asfour, ivre de rage.

Le pitbull bondit en grondant, la gueule grande ouverte. Il vint littéralement s'embrocher sur la lame acérée brandie par Flor. Le couteau lui transperça la poitrine de part en part, ressortant sur l'échine !

Flor Balagan recula, sans lâcher le couteau. Le pitbull s'effondra sur le carrelage dans un flot de sang. Couché sur le côté, il agonisait, les yeux hors de la tête. Fadel Asfour vit alors Flor foncer sur lui, le couteau à la main. Dans son état second, sa langue natale revenait au galop.

– *Patyion ta ka !* (1) hurla-t-elle.

Incrédule, et pétrifié de terreur, Fadel Asfour vit la longue lame s'enfoncer dans son flanc, en même temps qu'il ressentait une horrible brûlure. Il poussa un cri étranglé et essaya de désarmer la Philippine. Celle-ci, les yeux exorbités, recula et fit un moulinet de son bras armé.

La lame sanguinolente entailla profondément son patron au bras.

Le Palestinien tomba sur le côté, près du pitbull qui ne bougeait plus. Il comprimait son flanc ruisselant de sang. Aussitôt, Flor fonça dans le living. Randa arrivait, attirée par les cris. Elle s'arrêta net. Flor passa devant elle sans la voir. La Philippine, oubliant sa douleur à la cuisse, se

(1) Je vais te tuer !

précipita sur la porte, l'ouvrit à la volée et disparut dans l'obscurité.

Dans la cuisine, Fadel Asfour hurlait comme un porc qu'on égorge. Randa, en le voyant couvert de sang à côté du cadavre de leur chien, joignit ses cris aux siens. Jamal surgit et avec son aide, elle étendit le blessé sur un superbe canapé qui faisait partie des meubles fournis par son architecte d'intérieur Claude Dalle à prix d'or. Son cuir blanc fut très vite inondé de sang.

Folle d'angoisse, Randa appelait un de leurs amis médecins, tandis que son mari continuait à répandre son sang en gémissant qu'il allait mourir.

Quand le médecin arriva, une demi-heure plus tard, l'hémorragie avait presque cessé. La lame du couteau n'avait tranché que du gras. Avec quelques points de suture et une piqûre antitétanique, Fadel Asfour en serait quitte pour la peur. Il avait déjà avalé un grand verre de *Defender* sans eau ni glace et la douleur s'estompait. Le toubib ne posa aucune question, persuadé que les coups de couteau lui avaient été donnés par Randa dans une crise de jalousie...

Recousu, pansé, couché, Fadel Asfour alluma une *gauloise blonde* et regarda Randa.

– Où est cette petite salope ? brailla-t-il. Elle a filé ?

Randa acquiesça. Elle ne pensait qu'au sac.

– Oui. Je l'ai vue. Elle n'avait pas le sac. Il doit être quelque part ici, se rassura-t-elle. Je vais fouiller la maison moi-même, de fond en comble, et on le retrouvera. Quant à elle, elle ne perd rien pour attendre...

Randa fut de retour une heure plus tard, hagarde, poussiéreuse et les traits tirés par l'angoisse.

– Il n'est nulle part, annonça-t-elle. J'ai même regardé au fond de la piscine.

Un peu revenu de son choc, Fadel Asfour s'était remis à réfléchir.

– Ce n'est pas elle qui l'a volé, conclut-il. Elle n'est pas idiote. Jamal était sorti, les deux femmes de ménage n'étaient plus là depuis cinq heures, et Nabil avait pris un jour de congé.

– Alors, qui l'a volé ?

– Elle a dû recevoir une copine, conclut-il. Il y a au moins cinquante Philippines qui travaillent dans le quartier. Ces filles-là se font des coups entre elles. Elle s'est dit que Flor serait accusée.

Un lourd silence accueillit la conclusion de Fadel Asfour. Ils ne pouvaient quand même pas interroger toutes les Philippines travaillant dans les villas du djebel Abdoun. D'autant qu'ils ne voulaient *à aucun prix* ébruiter le vol du sac.

– Qu'est-ce qu'on va faire ? interrogea Randa, encore plus abattue.

Pour calmer son angoisse, elle se versa une généreuse rasade de Gaston de Lagrange XO dans un ballon et commença à le boire à petites lampées.

– Prends ta voiture, suggéra Fadel, et fais le tour du quartier. Elle n'a peut-être pas été loin. Elle était comme folle, mais elle a dû se calmer. Peut-être qu'elle traîne dans les rues, sans oser revenir ici.

C'était du *wishful thinking*. Les taxis pullulaient à Amman, même dans ce quartier résidentiel. Si Flor avait pu atteindre la Ville Basse, on n'était pas près de la revoir. Et le sac encore moins. Même si elle ne l'avait pas volé, elle connaissait la coupable.

Randa monta dans sa chambre et redescendit avec un Walther PPK qui reposait toujours chargé dans sa table de nuit et le glissa dans sa pochette.

– Si je la trouve, je commence par lui tirer une balle dans son ventre de salope.

– Ne fais pas l'idiote, grommela son mari. Si tu la retrouves, tu la ramènes. On lui foutra une balle dans le ventre *après*.

*
**

Christopher Angleton tourna et retourna entre ses doigts le bristol blanc portant le message adressé à Malko. Perplexe, il conclut :

– Je ne vois vraiment pas ce que c'est ! Il faut y aller, vous ne risquez rien là-bas, c'est truffé de *moukhabarat* jordaniens. Israël a installé son ambassade au *Forte Grande* ; ce qui n'empêche pas les Saoudiens et les Irakiens de le fréquenter... Repassez ici ensuite, je suis curieux de savoir qui vous a donné rendez-vous...

– Un ami d'Abdul ?

L'Américain eut un rire poli.

– Les Bédouins ne fréquentent pas les boîtes de nuit. *Take care...*

Il fallut à Malko une vingtaine de minutes pour atteindre le *Forte Grande,* avenue de la Reine Noor. L'énorme construction comportait deux parties séparées par un cinéma, le Royal. A droite se trouvait l'hôtel, à gauche des bureaux. Malko se gara dans un parking complètement vide, à l'arrière.

Le hall de l'hôtel était également désert et il suivit les flèches indiquant le *Jiggler.* La boîte se trouvait en sous-sol. Au milieu de l'escalier, il perçut la musique syncopée et bruyante d'un orchestre arabe. Il pénétra dans une salle plongée dans l'obscurité, à l'exception d'une estrade où une opulente danseuse orientale ondulait comme un cobra en mal d'amour.

Un garçon surgit de la pénombre.

– *You want a table, sir ?*

Une demi-douzaine de tables entourant la scène étaient occupées. Parmi les spectateurs, des femmes « bâchées », apparemment enchantées par ce spectacle sulfureux. En Arabie Saoudite, on décapitait les danseuses du ventre. Au nom d'Allah.

– Table n° 4, indiqua Malko.

– *Yes, sir !*

Le garçon le conduisit jusqu'à une table assez éloignée de la scène, bien que la salle soit aux trois quarts vide. Un seul homme s'y tenait, le visage dans l'ombre. Des traits réguliers, la peau sombre, vêtu à l'européenne, en chemise blanche sans cravate, il se leva pour accueillir Malko et lui tendit une main longue et fine.

– Merci d'être venu.

Sur un signe discret, le garçon sortit de son seau une bouteille de Taittinger Comtes de Champagne, blanc de blancs 1988 et en remplit une coupe pour Malko. Ce dernier se pencha vers son voisin :

– Je ne crois pas que nous ayons eu le plaisir de nous rencontrer...

– C'est exact, reconnut l'inconnu, mais je sais qui vous êtes et je connais votre brillante réputation. Je suis le prince Al Fayçal Al Rahman Saoud. Un des adjoints du prince Turki.

– Vous êtes donc saoudien ?

Léger sourire.

– En effet.

Il parlait l'anglais avec l'accent d'Oxford et, sans son teint mat, aurait pu passer pour un Américain ou un Britannique. Le prince Turki était le responsable des services spéciaux saoudiens. En prise directe avec les Américains, il était accouru à Amman dès l'annonce de la défection d'Hussein Kemal. Malko le savait. Il savoura son champagne quelques instants avant de demander :

– Je suppose que cette rencontre a un autre objet que de contempler ce spectacle agréable.

Sur la scène, la danseuse continuait à se démener devant le parterre impassible.

– C'est vrai, confirma le prince saoudien. Je ne souhaitais pas une rencontre, disons « officielle ». J'ai un message à vous transmettre de la part du prince Turki qui se trouve en ce moment à Ryad.

– Ah bon ! fit Malko, étonné.

Le Saoudien sourit à nouveau dans la pénombre.

– Ne soyez pas surpris. Amman est une toute petite ville, et j'ai appris la raison de votre présence ici.

– Quelle est-elle, d'après vous ?

– Vous assurer que la défection du général Hussein

Kemal n'est pas une manœuvre du président Saddam Hussein.

Il était bien renseigné. Malko encaissa.

– Puisque vous semblez très au courant, se contenta-t-il de dire, vous n'ignorez pas que mon enquête n'a jusqu'ici rien donné...

– C'est exact, reconnut le Saoudien. Mais cela peut changer. Le message que je suis chargé de vous transmettre est le suivant : si, *Inch' Allah,* vous découvrez une preuve de manipulation dans cette affaire, mon gouvernement apprécierait énormément que vous lui en fassiez part...

Malko le fixa, stupéfait.

– Etant donné vos rapports avec la CIA, je ne pense pas que l'on vous cache beaucoup de choses, remarqua-t-il. D'autre part, je ne travaille pas pour vos Services.

Le Saoudien approuva d'un sourire poli.

– Certes, mais je ne fais pas toujours confiance à nos alliés américains. Ils mènent leur propre jeu. Quant aux Jordaniens, s'ils découvraient quelque chose de ce genre, nous serions les derniers à qui ils en parleraient. Je comprends vos scrupules. Aussi, je suis autorisé à vous faire une proposition... Si vos recherches sont couronnées de succès et que nous obtenons, par votre intermédiaire, des éléments permettant de confondre Saddam Hussein, nous serons extrêmement heureux de contribuer à la restauration de votre château, à hauteur de vingt millions de dollars.

Un ange passa, les ailes scintillantes de pierres précieuses. Vingt millions de dollars ! De quoi achever la réfection de Liezen et vivre ensuite paisiblement sans risquer sa vie aux quatre coins du monde... Décidément, le diable le tentait beaucoup, ces derniers temps. Il avait déjà refusé de partager dix-huit millions de dollars avec une pulpeuse aventurière, quelques mois plus tôt (1), et voilà qu'on lui

(1) Voir SAS n° 120, *Ramenez-moi la tête d'El Coyote.*

faisait une offre inattendue... Le prince saoudien se pencha vers lui.

– Il ne s'agit de rien de déshonorant. Nous vous estimons beaucoup et si vous aimez la chasse au faucon, je me ferai un plaisir de vous inviter à la plus belle du monde. Nous apprécions les gens qui comme vous ont gardé certaines valeurs et traditions.

Comme Malko demeurait silencieux, il ajouta :

– Cette somme peut vous sembler importante, mais nous avons calculé que si Saddam Hussein parvenait à faire lever l'embargo pétrolier grâce à ses manœuvres, cela coûterait à mon pays près de *dix milliards* de dollars par an, du fait de la chute des prix.

Un ange croulant sous les dollars traversa la boîte et s'enfuit en direction de La Mecque.

Le prince Al Fayçal Al Rahman Saoud posa sur la table une carte de visite et se leva.

– Je vous laisse regarder la fin du spectacle, je dois aller me coucher car je pars pour Ryad demain matin très tôt, *Inch' Allah !* Vous pouvez me joindre n'importe où et n'importe quand, à ces numéros. Bonsoir, prince Malko.

*
**

Christopher Angleton avait du mal à maîtriser sa fureur. Il tirait à petits coups sur sa *gauloise blonde légère*, en jouant avec son Zippo princier.

– Ils ont un culot monstre, ces Saoudiens ! lâcha-t-il d'un ton pincé. Toujours morts de peur... Vingt millions de dollars !

Malko le rassura d'un sourire paisible.

– Vous savez bien que mon éthique m'interdit ce genre de marché.

Le premier choc passé, Christopher Angleton s'était remis à réfléchir.

– Cela prouve une chose, conclut-il : quelqu'un a renseigné les Saoudiens. Peut-être un membre des services jordaniens... Par exemple, notre cher ministre de l'Intérieur...

– C'est déjà arrivé ?

– Vingt-quatre heures après la défection d'Hussein Kemal, le prince Turki en personne a débarqué à Amman dans son jet privé. Il a été reçu par le roi et le général Al Kaisi. Officiellement. Mais il a dû aussi prendre contact avec d'autres personnes qui préservent leur avenir...

Malko se leva.

– Soyez serein : pour le moment, je n'ai rien à échanger contre vingt millions de dollars. Après mon dîner de demain, qui sait... ?

*
**

Randa Asfour examinait les messages téléphoniques reçus en son absence. L'un d'eux l'intriguait, l'inquiétait même. Malheureusement, elle n'avait aucun moyen de joindre son correspondant. Une mauvaise nouvelle n'arrive jamais seule...

Elle avait voulu ne plus penser à son sac... mais c'était une véritable bombe à retardement. Elle devait coûte que coûte le retrouver. Elle prit un *hidjab* dans sa garde-robe et descendit. Vingt minutes plus tard, elle se garait devant l'hôtel *Palestine*, le siège du Al Amun Al Aaum, ainsi surnommé à cause du nombre élevé de Palestiniens qui y avaient été détenus. Au cœur des avenues Istiqal et Khaled Al Waled, les petits bâtiments jaunes de deux étages abritaient les annexes de la Sécurité générale. Randa Asfour se dirigea vers l'un d'eux, tenant son voile contre son visage de façon à ne laisser voir que ses yeux.

– Le capitaine Hakim Al Tahrir, demanda-t-elle à la sentinelle.

– Il vous attend ?

– Oui. Prévenez-le que Leila veut le voir...

Le soldat s'exécuta et annonça presque aussitôt avec un sourire ambigu :

– Vous pouvez monter.

Le capitaine Hakim Al Tahrir, responsable du service des étrangers, était connu comme un dragueur effréné. Marchant au café de six heures du matin à six heures du soir, et ensuite au *Defender* dont il avait toujours des stocks dans son bureau, il avait pour principal souci les femmes : authentique érotomane, il se jetait sur tout ce qui passait à sa portée. Grâce à son poste, cela ne le ruinait pas. Dans son pays, un coup de tampon valait souvent très cher.

Il accueillit Randa Asfour à la porte de son bureau, tout de vert vêtu : chemisette rayée et pantalon. Le cheveu court et brillant, le regard gourmand, il arborait avec ostentation une grosse chevalière en pavage de diamants qui scintillait à son doigt. Certains visas valaient *très* cher...

Il s'inclina profondément devant Randa Asfour et la fit pénétrer dans son bureau. A peine entrée, la Palestinienne se débarrassa de son *hidjab,* découvrant un maquillage qui fit chavirer le cœur du capitaine Al Tahrir.

Lorsqu'elle s'assit, les jambes croisées, il se mit à saliver de plus belle. Depuis toujours, il rêvait de culbuter Randa sur un coin de bureau. Mais, en dépit de la réputation sulfureuse de la jeune femme, il n'osait pas... Il entretenait avec Fadel Asfour des relations de business suivies, extrêmement profitables pour les deux et ne voulait pas risquer de tuer la poule aux œufs d'or. Connaissant ses goûts européens, il alla chercher une bouteille de Cointreau récupérée dans une saisie douanière, remplit deux verres et y ajouta des glaçons et du citron vert.

– Que puis-je pour toi, ô Randa ? demanda-t-il, sacrifiant au lyrisme arabe classique.

Hélas, Randa Asfour demeura de marbre.

– Me rendre un *très* grand service, Hakim, répondit-elle sans aucune emphase.

L'histoire qu'elle lui raconta était vraisemblable, à quelques détails près. Elle ne voulait *aucune* enquête officielle, mais seulement retrouver son sac et son contenu. Comme il était fermé par un cadenas, il n'avait peut-être pas été forcé. Hakim Al Tahrir nota le nom de la Philippine, qui devait d'ailleurs se trouver dans un dossier.

– Je vais faire tout mon possible, promit-il.

– Si tu me rapportes mon sac, insista Randa Asfour, je te donne cinq cents dinars.

Ils étaient face à face, debout à quelques centimètres l'un de l'autre, et il pouvait respirer son parfum. Rien que cela lui donna une érection. Voyant l'expression de son regard, la Palestinienne se laissa aller imperceptiblement en avant, jusqu'à le frôler, et murmura d'une voix pleine de promesses :

– Et peut-être même un peu plus.

En la raccompagnant, Hakim Al Tahrir posa la main sur sa hanche ronde et l'y laissa un instant. Un petit acompte.

Randa Asfour parcourut le couloir la tête haute, sous les regards curieux des secrétaires « bâchées » qui se demandaient qui était la nouvelle conquête de leur chef de service.

Après avoir repris sa voiture, elle se dirigea vers le quartier de Shmeisani et s'arrêta devant une villa entourée de hauts murs, gardée par deux Bédouins. La demeure de Cheikh Beni Khaled.

On ne la fit pas attendre et elle s'engouffra dans le portail, vérifiant d'un coup d'œil que personne ne l'avait suivie.

*
**

– Tu ne sais pas la meilleure ! Randa Asfour a failli tuer son mari dans une crise de jalousie ! Il ne participera pas au dîner de ce soir.

Zahra en salivait de bonheur, au volant de sa Honda en route pour le djebel Abdoun.

– Comment sais-tu cela ? demanda Malko.

– Un copain médecin qui a recousu Fadel ! Elle l'avait lardé de coups de couteau...

– Elle est coutumière du fait ?

– Pas vraiment ! Je ne sais pas ce qui s'est passé. Elle a dû le trouver en train de sauter une de ses bonnes. Ces petites salopes philippines font les putes pour arrondir leur salaire.

Ils descendaient Al Cairo Street. Des projecteurs éclairaient la façade de la villa des Asfour, la faisant ressembler encore plus à un temple grec croisé avec un amphithéâtre romain.

– A toi de jouer, dit Zahra après s'être garée dans une impasse perpendiculaire à Al Cairo Street.

CHAPITRE XI

On se serait cru au fond du désert ! La « salle à manger bédouine » de Randa Asfour était la réplique exacte d'une tente ! Une grande toile marron tendue sous le plafond complétait l'illusion. Les invités étaient installés sur des banquettes très basses, rembourrées de coussins, devant des plateaux de cuivre servant de tables. Mais ici, l'alcool coulait à flots : vins libanais et champagne de France – Taittinger Comtes de Champagne, blanc de blancs 1988, servis par des maîtres d'hôtel en gants blancs.

La vingtaine d'invités se gavaient des habituels mézés et d'un agneau entier garni de monceaux de riz. Occupée à modeler une boule de riz, Randa Asfour, la maîtresse de maison, installée à la gauche de Malko, se tourna vers celui-ci :

– C'est la première fois que vous venez à Amman ?

– Absolument, mentit froidement Malko. J'espère que ce ne sera pas la dernière. C'est très gentil de m'avoir invité avec Zahra à ce somptueux festin...

Randa Asfour eut un rire de gorge.

– Oh, Zahra est une femme merveilleuse. Elle connaît la terre entière, une foule de gens intéressants, comme vous... Ce n'est qu'un petit dîner bédouin. Comme dans le désert.

Avec une demi-douzaine de maîtres d'hôtel, deux orchestres arabes, des éclairages dignes d'un son et lumière et des bouquets de fleurs dans la piscine...

Randa Asfour arborait une longue robe bleue transparente dont le décolleté carré brodé de fils d'or laissait apparaître la moitié de ses seins bronzés. Des bijoux, partout où on pouvait en mettre, un véritable arbre de Noël. Rien que le diamant rose à son annulaire droit valait un siècle de gages d'une bonne philippine.

– Vous recevez merveilleusement, la complimenta Malko.

Randa fit palpiter ses longs faux cils.

– Vous trouvez ! J'ai peur d'être ridicule avec ce déguisement...

– Vous êtes absolument superbe ! affirma Malko.

Leurs regards se croisèrent. Les prunelles noires de Randa Asfour demeurèrent rivées dans les siennes un bon moment. Elle se déplaça un peu et sous le plateau de cuivre, leurs genoux se rencontrèrent, sans qu'elle batte en retraite. Malko prit une poignée de riz, se demandant si ce dîner allait *vraiment* faire avancer son enquête.

De l'autre bout de la table, Zahra demanda :

– Et Fadel, il va mieux ?

Randa Asfour prit une mine de circonstance.

– Le pauvre ! Il a souffert le martyre. Les coliques néphrétiques, c'est horrible. Il se roulait par terre et me suppliait de le tuer...

– Et tu as pu te retenir ? s'étonna Zahra, vipérine.

La maîtresse de maison éclata d'un rire un peu forcé.

– Oh, Zahra ! Tu es un monstre... Maintenant, il va mieux, il reviendra à la maison dans quelques jours. Il est encore hospitalisé.

Ils se turent, assourdis par un nouveau trio – chanteur, tambourins et flûte – sûrement payé au décibel... Malko se dit que Randa était parfaitement *lisse*, une jolie rousse mondaine pas trop farouche, ne sachant comment dépenser son argent.

Toutefois, l'expérience lui avait appris que les agents dormants ont toujours des couvertures en béton... Les communications reçues et données par l'*Inmarsat* valaient preuve. Mais, même s'il était certain que Randa Asfour collaborait toujours avec les services irakiens, cela ne lui disait pas ce que Tadeusz Zirkowski avait découvert à Bagdad.

Randa Asfour le délaissa pour bavarder avec un général d'aviation jordanien, bel homme au profil d'aigle et aux traits émaciés.

Le dîner touchait à sa fin. Zahra mit ses mains en porte-voix et lança :

– Danse, Randa ! Danse !

La maîtresse de maison refusa avec énergie, jusqu'à ce que Zahra vienne la prendre par la main et la force à se lever.

– Je ne peux pas danser dans cette tenue, protesta-t-elle.

– Dis à Flor d'aller te chercher des vêtements.

– Flor n'est plus là.

– Eh bien, va te changer...

Randa disparut en minaudant.

Quand elle revint, des applaudissements s'élevèrent de la foule des invités. Elle portait un soutien-gorge rouge brodé, rehaussant ses seins lourds, et une jupe ample fendue jusqu'à mi-cuisses. De gros bracelets d'argent tintaient à ses chevilles. Elle commença à danser, pieds nus, devant Malko. Elle se déhanchait avec sensualité sous les hurlements de joie de ses invités qui tapaient dans leurs mains pour accompagner l'orchestre. Zahra se leva à son tour et nouant un foulard autour de sa taille, rejoignit Randa. Là, ce fut du délire.

Les deux femmes faisaient assaut de sensualité... C'était à qui se déhancherait de la façon la plus provocante.

Enfin, Randa se laissa tomber en riant à côté de Malko.

– Vous avez raté votre vocation ! remarqua-t-il.

– Vraiment ? fit-elle, le regard allumé. Vous savez, la technique est très simple. Il suffit de penser qu'on danse pour un homme qu'on a envie de séduire.

– Et pour qui dansiez-vous ?

Elle rit sans répondre et but d'un trait sa coupe de Taittinger Comtes de Champagne rosé 1986.

L'orchestre continua à jouer en sourdine, tandis qu'on servait le café bédouin. Puis, les invités se levèrent. En dix minutes, ils étaient tous partis. Malko et Zahra restèrent parmi les derniers.

– J'espère que vous ne vous êtes pas trop ennuyé, demanda Randa à Malko. Vous êtes à l'*Intercontinental*, n'est-ce pas ?

– Oui, pour quelques jours encore.

Elle les raccompagna. Il lui baisa la main et Zahra et Malko s'éloignèrent vers leur voiture.

Malko fit la moue.

– Je ne suis guère plus avancé. Si Randa Asfour travaille toujours pour les Irakiens, elle n'allait tout de même pas me l'avouer dans une conversation mondaine. Tu as pu vérifier si elle connaissait Cheikh Beni Khaled ?

– Pas encore.

Ils étaient arrivés dans Zahran Street. Zahra sourit à Malko.

– A gauche ou à droite ?

A gauche, c'était la direction de son appartement, à droite, celle de l'*Intercontinental*.

– Comme il te plaira...

Elle tourna à gauche.

*
**

Randa Asfour gagna sa chambre et alluma une *gauloise blonde*. Sa gaieté factice retombée, une angoisse sourde l'habitait à nouveau. Le vol commis par cette Philippine faisait planer sur sa tête une menace inouïe.

Elle avait envisagé toutes les hypothèses. La villa n'ayant aucun accès non fermé de l'intérieur, le sac n'avait pu être volé que par Flor ou une amie de celle-ci, venue lui rendre visite, ce qui arrivait assez souvent. De toute façon, la Philippine détenait la clé du mystère. Or, la présence chez elle de Zahra en compagnie de son soi-disant journaliste allumait tous les clignotants. Depuis sa visite à Cheikh Beni Khaled, elle savait à quoi s'en tenir...

Ecrasant sa cigarette dans le cendrier, elle se changea rapidement et alla prendre sa voiture au garage. Tout le long du trajet jusqu'à Shmeisani, elle retourna dans sa tête les éléments du problème. Ils étaient très simples. Tant qu'elle n'aurait pas retrouvé ce maudit sac, elle devait faire en sorte d'écarter d'elle tout ce qui ressemblait à une menace.

*
**

Zahra Sirb venait d'arriver dans son bureau lorsque la secrétaire lui dit à l'interphone que le capitaine Hakim Al Tahrir lui rapportait les passeports de ses collaborateurs en partance pour Israël et qu'il souhaitait la saluer.

– Qu'il entre, fit Zahra.

L'officier de la Sécurité générale lui servait parfois d'informateur et facilitait pas mal de démarches administratives. Bien sûr, il lui faisait une cour pressante, comme à toutes les femmes qu'il croisait... Il entra, très élégant dans sa chemise verte, la moustache cirée, l'œil déjà allumé. Il remit les passeports dûment visés et s'assit, tout sourire.

Ils n'avaient pas grand-chose à dire et ce fut vite réglé. Zahra Sirb guignait son ordinateur, se demandant pourquoi l'officier s'incrustait. Voyant qu'elle allait le mettre à la porte, le capitaine Al Tahrir s'enhardit.

– J'ai un petit problème, dit-il. Je sais que vous connaissez beaucoup de gens. Vous pourriez peut-être m'aider ?

– Avec plaisir. De quoi s'agit-il ?

– Je cherche à retrouver la trace d'une Philippine qui a quitté la maison où elle travaillait...

Zahra Sirb éclata de rire.

– Mais vous êtes mieux équipé que moi, avec tous vos policiers... vos fichiers.

Le capitaine Hakim Al Tahrir baissa la voix :

– Ce n'est pas *officiel*, précisa-t-il. C'est pour rendre service. Cette femme a quitté son employeur en volant un objet de valeur. Elle va sûrement essayer de quitter le pays. Une fois, vous m'avez dit que vous connaissiez une femme qui vendait de faux visas.

Brutalement, Zahra n'eut plus envie de le virer.

– Je peux voir, dit-elle sans s'engager. Comment s'appelle cette Philippine ?

Il lui tendit un bout de papier où elle lut : « Flor Balagan, née le 3.9.74 à Mindanao. » Il y avait aussi une mauvaise photo d'identité : une fille assez jolie au regard mort.

– C'est la photo de son dossier de visa, dit l'officier. Bien entendu, je n'ai pas son adresse actuelle.

– Chez qui travaillait-elle ? demanda Zahra Sirb d'un ton détaché.

Le capitaine Al Tahrir prit l'air contrit.

– Ah ça, je n'ai pas le droit de le dire. Son employeur souhaite seulement récupérer discrètement son bien...

– Bon... Je vais voir, conclut Zahra. Je vous téléphone.

– *Choukran ! Choukran !* (1)

Le capitaine battit en retraite, dégoulinant de gratitude.

Restée seule, Zahra regarda pensivement son papier. Le nom, la photo... c'était justement la Philippine qui travaillait chez Randa Asfour que Al Tahrir recherchait.

Elle appela sa secrétaire et lui dit :

– Tu vas prendre un accent étranger et appeler ce numéro. Tu demandes à parler à Flor.

La secrétaire s'exécuta et raccrocha presque immédiatement.

– Flor ne travaille plus là, annonça-t-elle.

Zahra alluma une nouvelle *gauloise blonde* et s'étira. Que la bonne de Randa Asfour se soit sauvée après une dispute, c'était banal. Qu'elle ait volé, ça l'était déjà moins : toutes ces filles étaient terrorisées à l'idée d'être expulsées et de retourner dans un pays où le salaire moyen était de cinquante dollars par mois. Ajoutée à cela la prétendue maladie de Fadel Asfour, c'était plus que bizarre.

(1) Merci. Merci.

Pourquoi Randa refusait-elle de porter plainte *officiellement* ? Il y avait anguille sous roche. De quoi intéresser Malko.

*
**

– Vous êtes rentré très tard hier soir, pourtant il n'y a pas grand-chose à faire à Amman.

La voix de Randa Asfour laissait transparaître une pointe de jalousie. Elle avait appelé au moment où Malko allait rejoindre Zahra pour déjeuner. Ainsi, elle avait cherché à le joindre pendant qu'il se trouvait chez Zahra. Randa s'en doutait, mais en gentleman, il noya le poisson.

– Oh, c'est vrai, je ne suis pas remonté tout de suite, dit-il. Je suis allé boire un verre au *Forte Grande*, au *Jiggler*. Vous m'aviez donné envie de danse orientale. Zahra n'a pas voulu m'accompagner, elle travaillait tôt aujourd'hui.

Randa Asfour eut un rire troublé.

– Je ne pensais pas vous avoir fait un tel effet... Je n'arrivais pas à dormir, hier soir. Trop de champagne... Alors, j'ai eu envie de bavarder un peu. Je m'ennuie, en ce moment, sans mon mari.

C'était une perche grosse comme un baobab. Malko la saisit.

– Puis-je vous inviter à dîner ce soir ? proposa-t-il. A *Il Castello* ?

Il y eut un blanc, puis Randa répondit :

– Je n'aime pas beaucoup sortir sans mon mari. Amman est une petite ville... Pourquoi ne dînerions-nous pas à la maison ?

C'était inattendu, mais Malko aurait eu mauvaise grâce à refuser. Il promit d'être là à neuf heures et alla ensuite retrouver Zahra au *Romero*, le plus ancien restaurant d'Amman, dans une ruelle en face de l'*Intercontinental*. La jeune femme sourit en apprenant la démarche de Randa Asfour.

– Cette salope a appelé aussi chez moi ! J'ai trouvé deux messages blancs sur le répondeur.

– Qu'est-ce que cela signifie, à ton avis ?

Zahra lui lança une œillade coquine.

– Qu'elle fait comme d'habitude. Elle adore piquer les amants de ses copines. Rassure-toi, je ne suis pas jalouse... A propos, j'ai appris un truc bizarre.

Entre deux mézés, elle lui relata la visite du capitaine Al Tahrir.

– Etrange, en effet, reconnut Malko, mais qu'est-ce que cette Philippine peut avoir à faire avec notre histoire ? A moins qu'elle n'ait été témoin d'une scène compromettante. Ou que ce sac ne contienne quelque chose d'intéressant, lié au meurtre de Tadeusz Zirkowski. Pourquoi Al Tahrir est-il venu te voir, *toi* ?

– Il sait très bien que j'ai une copine, Mona, qui se spécialise dans la fabrication de faux visas. Quand on veut sortir du pays clandestinement, c'est à elle qu'on s'adresse. On va aller la voir.

*
**

Le salon de coiffure *World of Beauty*, dans Bayoniyai Street, une petite rue commerçante du djebel Hussein, ne payait pas de mine. Zahra poussa la porte et s'adressa à une jeune employée.

– *Mona is here ?*

La coiffeuse disparut dans l'arrière-boutique et revint avec une Arabe accompagnée d'une jeune femme aux traits marqués et aux cheveux rouges de henné. Son visage s'illumina en reconnaissant Zahra. Elle ne parlait qu'arabe et Malko dut se contenter d'écouter leur conversation. Ce fut bref.

– Mona n'a pas entendu parler de cette fille, annonça Zahra. Si elle voulait sortir de Jordanie, elle se serait adressée à elle. Elle peut fournir des visas pour la Slovaquie ou des visas de transit pour l'Espagne. Mais Mona pense que si Flor Balagan est recherchée, elle ne cherchera pas à quitter le pays. C'est trop dangereux.

Zahra remercia Mona et ils ressortirent. L'enquête tournait court...

– Je vais réfléchir, proposa Zahra.

Elle déposa Malko à son hôtel et continua vers son bureau. Il commençait à broyer du noir. Si la mort de Tadeusz Zirkowski était élucidée, il n'avait pas avancé d'un millimètre à propos de la manip attribuée à Saddam Hussein. Même l'identification presque certaine d'un « agent dormant » comme Randa Asfour ne menait nulle part. Sa mission consistait à trouver une *preuve* du double jeu de Saddam Hussein, pas à faire le ménage pour le compte des services jordaniens.

*
**

Malko descendit sans se presser Al Cairo Street, jetant au passage un coup d'œil à la villa des Asfour d'où ne filtrait aucune lumière, fit le tour du rond-point et remonta jusqu'à l'impasse s'ouvrant à droite, juste en face de la villa. Il s'y engagea et se gara en face de l'immeuble en construction, revenant sur ses pas pour gagner l'entrée principale de la villa, située sur Al Cairo Street.

Il était exactement neuf heures et il espérait que Randa aurait reçu les roses qu'il lui avait fait envoyer.

Entendant un bruit de pas derrière lui, il se retourna.

Un homme surgit de l'ombre, coiffé d'un keffieh et vêtu d'une longue robe bédouine de couleur sombre. Il avait dû se dissimuler dans le chantier de l'autre côté de la rue.

Malko s'immobilisa, sur ses gardes.

L'homme approchait. Soudain, alors qu'il n'était plus qu'à deux mètres de Malko, il sortit la main droite de sa poche. Il tenait un énorme marteau, un outil de charpentier qu'il brandit tout à coup au-dessus de sa tête avec un grognement sauvage, avant de l'abattre de toutes ses forces sur la tête de Malko.

CHAPITRE XII

Le marteau s'abattit, mais ne frappa que le vide : Malko avait eu le réflexe de faire un saut de côté. Son cerveau fonctionnait à toute vitesse. On ne se bat pas contre un fou armé d'un marteau. Il fallait fuir. Cependant, l'homme au marteau se trouvait entre lui et Al Cairo Street. Se réfugier dans la voiture était une folie, les glaces de la Cherokee ne le protégeraient pas de cette vraie masse d'armes.

Tenant celle-ci à deux mains, l'homme fonça de nouveau, essayant cette fois de frapper à l'horizontale. Malko esquiva d'un bond et la masse frappa la grille de la villa Asfour avec un bruit sourd. Déjà, le tueur revenait à la charge. Cette fois, Malko n'eut d'autre ressource que d'avancer, pour tenter de le désarmer. Son adversaire fut plus rapide, le marteau s'abattit, visant la tête de Malko. Par miracle, l'homme emporté par son élan alla trop loin et le manche seul atteignit Malko, à l'épaule.

D'une violente bourrade, il repoussa son adversaire et, profitant de l'espace libéré, fonça vers la rue. Il n'alla pas loin. Un choc violent au creux du genou gauche le déséquilibra. Il tomba en avant. Le fou lui avait lancé son marteau dans les jambes ! Du coin de l'œil, il le vit se pencher et le ramasser. Là, Malko craqua et hurla de toute la force de ses poumons :

– *Help ! Help !*

Il était encore à quatre pattes lorsque l'autre arriva sur

lui, le marteau brandi, prêt à lui fracasser le crâne comme un mouton à l'abattoir. Tout ce qu'il put faire fut de rouler sur le côté. Il enregistra alors deux silhouettes qui surgissaient d'Al Cairo Street. Un coup de feu claqua. Le marteau fendit l'air à quelques centimètres de son visage et son agresseur s'effondra à côté de lui, sans lâcher son arme.

Les deux hommes s'approchèrent en courant, interpellant Malko en arabe. Il se releva face à un moustachu en blouson, pistolet au poing. Le second était en train de retourner, avec le bout de sa basket, le corps de son agresseur. Ce dernier avait été tué sur le coup. Malko vit, à la lueur d'une torche électrique, un visage émacié, mal rasé, des yeux enfoncés, des dents en or. Et un flot de sang jaillissant de la gorge perforée.

– Qu'est-ce qui s'est passé ? demanda en anglais, avec un fort accent, le moustachu.

– J'ai été attaqué par cet homme ! expliqua Malko. Je ne comprends pas pourquoi.

L'autre se mit à parler dans un portable. Malko remarqua alors une Volvo arrêtée un peu plus loin. Il n'eut pas le temps de réfléchir : une voiture de police surgit, gyropharc tournant. Plusieurs policiers en descendirent, entourèrent Malko et le cadavre. Un gradé s'adressa poliment à Malko :

– Vous n'êtes pas blessé ?

– Non, sauf quelques bleus. Mais qui est cet homme ?

Le policier hocha la tête.

– Un fou dangereux. Nous l'appelons Abu Chakouch (1). Il a déjà attaqué plusieurs personnes pour les voler. Jusqu'ici, on n'avait jamais pu le prendre sur le fait. Vous avez eu de la chance.

Malko ne répondit pas, troublé. Les policiers qui l'avaient sauvé n'avaient pas surgi du néant. Ils le suivaient. D'ailleurs, ils ne semblaient pas pressés de lui poser des questions. On lui demanda tout juste son pas-

(1) Le fou du marteau.

seport. Une ambulance arriva et embarqua la dépouille du tueur, abattu d'une balle qui avait dû lui sectionner l'aorte.

– Vous pouvez rentrer à votre hôtel, conclut le policier. Passez demain au commissariat d'Islamic Scientific College Street. C'est à côté de l'*Intercontinental*.

Trois minutes plus tard, il se retrouvait seul dans l'impasse ! Il regarda sa montre. A peine une demi-heure s'était écoulée depuis qu'il avait garé sa voiture. Il regarda, hésitant, la façade sombre de la villa Asfour. Les policiers semblaient connaître son agresseur, et le marteau n'est pas vraiment une arme de tueur professionnel. Pourquoi Randa Asfour aurait-elle voulu le faire assassiner ? Il y avait *aussi* des coïncidences dans la vie des gens normaux.

Son épaule lui faisait mal, il boitillait, mais son goût de la vie se manifestait toujours de la même façon : il lui fallait une femme. Il poussa la grille, gagna la porte vitrée de la villa et frappa un coup léger. Il recommença à plusieurs reprises, étonné que Randa n'ouvre pas. Il aurait parfaitement pu avoir une demi-heure de retard pour une raison *normale*. Le coup de feu n'avait guère troublé le calme de ce quartier paisible.

Il tâta son épaule endolorie. C'était un miracle que sa clavicule n'ait pas été brisée. Et un second miracle qu'il se soit retourné, avant que l'homme au marteau lui défonce le crâne par-derrière.

Trouvant la sonnette, il appuya dessus. Quelques instants plus tard, il vit enfin, à travers la glace dépolie de la porte, le hall s'allumer. Une voix cria quelque chose en arabe.

– C'est moi, Malko, répondit-il en anglais.

Il y eut un silence qui lui parut interminable, des bruits de verrou et le battant s'entrouvrit sur Randa Asfour en longue robe de chambre en soie blanche, démaquillée, les pieds chaussés de babouches. Aveuglante, la vérité s'imposa à Malko. Si elle s'était déshabillée, c'est qu'elle *savait* qu'il ne viendrait pas la rejoindre. Donc, Abu Chakouch ne se trouvait pas là par hasard.

Leurs regards se croisèrent et ce qu'il lut dans celui de la Jordanienne acheva de l'édifier. Un mélange de panique et de stupéfaction. Elle regardait Malko comme si c'était un spectre. Elle réussit à plaquer un sourire sur son visage puis bredouilla d'une voix blanche :

– J'ai cru que vous ne viendriez plus. J'ai attendu, puis je me suis couchée. Qu'est-ce...

Sa voix sonnait faux, son regard fuyait. Malko, écœuré, faillit lui claquer la porte au nez. Mais une violente pulsion sexuelle l'en empêcha. Après tout, il n'avait qu'un moyen de se venger. Après chaque flirt avec la mort, il éprouvait toujours la même envie sexuelle aveugle, viscérale, primitive. Un désir de soudard. Randa vit son regard envelopper son corps et, en bonne femelle, devina ce qui se passait dans sa tête.

Elle déglutit péniblement et suggéra avec un sourire forcé :

– J'ai pris un somnifère, nous pourrions nous voir demain...

L'expression de Malko la glaça.

– Pourquoi demain ? J'ai été un peu retardé par un incident imprévu, mais cela n'empêche rien.

Il entra, claqua la porte derrière lui et la rejoignit. Sans même l'embrasser, il écarta la soie blanche, découvrant une nuisette de dentelle verte transparente qui s'arrêtait en haut des cuisses. Ses mains se refermèrent sur les seins de la jeune femme et il la poussa en arrière, jusqu'à ce qu'elle tombe sur une large banquette de velours. Il s'abattit sur elle, relevant la nuisette sur le ventre, ouvrant brutalement les cuisses. Randa se défendait mollement et le contact de sa chair tiède procura instantanément à Malko une violente érection. En un clin d'œil, il se libéra et se guida sans douceur en elle. Randa poussa un cri, sincère celui-là.

– Arrêtez ! Vous me faites mal !

Malko venait de s'enfoncer brutalement dans un sexe étroit et sec, sans se préoccuper des protestations de Randa. Il se mit à la pistonner sans douceur, mais plus lentement, quand il sentit les muqueuses retrouver progressivement leur élasticité. Pourtant, Randa continuait à se plaindre :

– Non, s'il vous plaît ! J'ai trop mal ! Ça brûle !

Chacun de ses mots augmentait le plaisir de Malko. Sous la violence de ses coups de reins, Randa glissa en arrière et ses cheveux roux se répandirent sur le sol. Malko explosa alors en elle avec une intensité rare.

Il se redressa sans plus d'égard. Déséquilibrée, Randa Asfour glissa sur le sol. Malko se rajusta. Ce n'était plus la peine de jouer la comédie. Sans un mot, tandis qu'elle se relevait, il gagna la porte, l'ouvrit et la claqua derrière lui.

*
**

Le bras en écharpe, penché sur la rambarde du palier, en pyjama et les cheveux ébouriffés, Fadel Asfour regardait sa femme monter les premières marches de l'escalier. Il l'apostropha d'une voix vibrante de colère :

– Salope ! J'ai tout vu. Il t'a baisée !

Il en était hystérique. Randa lui fit face avec un rictus de colère.

– Et alors ! Tu as bien vu, il m'a violée...

– Violée !

Il s'en étranglait ! Randa haussa les épaules et lui décocha un regard furibond.

– Ce n'est pas la première fois que je me fais baiser par un autre homme et ce n'est pas la dernière ! Seulement, d'habitude, tu ne regardes pas... Ce n'était pas prévu, tu le sais bien. Cet imbécile d'Abu Chakouch a raté son coup.

Ça, c'était beaucoup plus important pour Randa que le « viol». Parce que cela signifiait que les ennuis allaient s'accumuler sur sa tête. Elle s'assit au bord du lit et alluma une *gauloise blonde* avec son Zippo gainé de crocodile vert.

A cause de cette petite voleuse de Philippine, elle avait

commis une imprudence grave. Elle ne se faisait aucune illusion : si l'agent de la CIA avait eu des soupçons, maintenant, il possédait une certitude. Elle ne pouvait même pas fuir en Irak avant d'avoir remis la main sur son sac, ou pris une mesure de remplacement. Elle était coincée à Amman comme une chèvre à son piquet, pour les intérêts supérieurs de son pays, l'Irak.

Elle leva les yeux. Son mari la contemplait avec un air bizarre. Son regard descendit et elle remarqua la boursouflure du pantalon de son pyjama.

– Si tu veux me baiser, fit-elle d'un ton indifférent, ne te gêne pas.

Fadel s'approcha, l'air mauvais.

– Ce n'est pas te baiser que je veux ! Puisque tu es une putain, conduis-toi comme une putain...

Il avait déjà défait la cordelière du pyjama. De sa main valide, il saisit Randa par les cheveux et la força à s'agenouiller devant lui.

*
**

– C'est le général Al Kaisi qui vous a sauvé la vie, annonça Christopher Angleton.

Il était déjà au courant de l'incident d'Abu Chakouch, lorsque Malko avait débarqué dans son bureau. De sa mésaventure, il ne restait à celui-ci qu'un gros hématome sur l'épaule et une douleur lancinante dans le genou gauche.

– Comment le savez-vous ? demanda-t-il.

– Il m'a appelé à sept heures ce matin. Ses hommes vous suivaient depuis plusieurs jours déjà. Vous ne les aviez pas remarqués ? Vous avez eu *beaucoup* de chance. Ils allaient lever la filature en vous voyant rejoindre Randa Asfour chez elle. L'un d'eux a voulu vérifier que vous n'alliez pas ensuite autre part... Ils ont vu ce type vous attaquer et sont intervenus.

– Vous remercierez le général Al Kaisi, dit Malko. Mais à quoi rime cette agression ? C'est de toute évidence

Randa Asfour qui l'a manigancée. Mais pourquoi ? Je ne présente aucun danger *direct* pour elle. On ne peut l'impliquer dans le meurtre de Tadeusz Zirkowski. Et encore moins la relier à la défection du général Hussein Kemal. Donc, il ne reste que cette histoire de bonne disparue et de sac volé...

Christopher Angleton arbora un des sourires mondains dont il avait le secret.

– Je ne vous le fais pas dire ! A mon avis, il y a dans ce sac quelque chose de *très* compromettant pour Randa Asfour. Heureusement, nous n'avons pas le monopole des imbéciles. Randa, ou quelqu'un d'autre, a pris peur en vous voyant rôder autour d'elle. On a voulu vous éliminer. Une erreur tactique.

– Vous pensez vraiment qu'il y a un rapport avec la défection de Hussein Kemal ?

Les yeux bleus du chef de station pétillèrent.

– Oui, assena-t-il. Je ne vous ai pas encore tout dit. Cet Abu Chakouch est très connu de la police. Il a déjà commis plusieurs agressions et tué quatre personnes. C'est une sorte de fou. Un Bédouin, sous la protection de Cheikh Beni Khaled. C'est un de ses jardiniers et il habite chez lui. Il a déjà été arrêté une fois, et le cheikh l'a fait relâcher.

Un ange passa, un marteau sous chaque aile. Cela changeait tout...

– Cela signifie que Cheikh Beni Khaled travaille avec les Irakiens, conclut Malko.

L'Américain eut un geste désinvolte.

– Pourquoi pas ? Irakiens et Jordaniens ont toujours été en excellents termes. N'oubliez pas que le roi Hussein a pris le parti de Saddam Hussein pendant la guerre du Golfe.

– Vous pensez qu'Al Kaisi pourrait savoir qui est réellement Randa Asfour ?

– Pas impossible, laissa tomber Christopher Angleton, mais il ne l'avouera *jamais*. Vous n'avez plus qu'une chose à faire : retrouver cette Philippine. Je crois que

Zahra peut vous y aider. Soyez sur vos gardes : les gens d'Al Kaisi sont à vos basques.

– Ils ne sont pas les seuls, remarqua Malko. Je me sens un peu nu...

Christopher Angleton hésita quelques instants puis ouvrit un tiroir et en sortit un long pistolet noir à l'allure inhabituelle, qui rappela à Malko le pistolet extraplat qu'il ne pouvait plus emporter à cause des contrôles dans les aéroports.

– Prenez ça, dit l'Américain ; c'est un cadeau de mon homologue du Mossad. C'est du 22 LR Magnum. Il peut percer un éléphant de part en part et ne fait pas trop de bruit. Mais je vous en supplie, ne vous en servez qu'en dernière extrémité.

– Juré, dit Malko en glissant l'arme dans sa ceinture. J'attendrai d'être mort.

*
**

– Une seule personne peut t'aider, affirma Zahra. Le père Moussa. Un prêtre catholique qui dit la messe en anglais à l'église de la paroisse du Rosaire. Toutes les Philippines le fréquentent. Le père Moussa est très proche d'elles et leur sert un peu d'assistante sociale. Il s'occupe aussi des Irakiens en exil. C'est un type très sympa.

– Qu'est-ce que je vais lui raconter ? s'inquiéta Malko.

– Que tu es journaliste. Prétends que tu désires écrire une histoire sur la situation des Philippines en Jordanie. Je vais lui téléphoner.

– Parfait, approuva Malko. Et tu peux ajouter que tu m'as parlé d'une Philippine qui a dû s'enfuir de chez ses employeurs, accusée à tort d'un vol.

– Mais elle n'est pas poursuivie *à tort*, objecta Zahra.

Malko sourit.

– Non. Mais si ce prêtre retrouve Flor Balagan, il lui transmettra cette information et cela la mettra en confiance...

– Je l'appelle tout de suite, fit Zahra avec un sourire.

Je comprends pourquoi la CIA t'offre un château tout neuf.

*
**

Bien que s'occupant des miséreux, le père Moussa avait la bedaine et le teint fleuri d'un bon vivant. Malko l'avait trouvé dans son bureau, derrière l'église du Rosaire, face au collège du même nom, dans une petite rue toute proche du Premier Cercle, au cœur du djebel Amman.

Malko lui avait débité son couplet. Sans cesse interrompu par le téléphone, le prêtre l'écoutait distraitement. Malko conclut :

– Zahra Sirb m'a parlé d'une Philippine, Flor Balagan, qui s'est enfuie de chez ses employeurs jordaniens, accusée à tort d'un vol.

– Je n'en ai pas entendu parler, remarqua le père Moussa, mais je peux me renseigner.

– J'aimerais beaucoup interviewer cette fille, insista Malko. C'est curieux qu'elle ne se soit pas présentée à la police.

Il avait touché la corde sensible.

– La police ! s'exclama le père Moussa. Mais elle considère toutes ces filles comme des putains, des moins que rien ; même celles qui sont musulmanes. Et les non-musulmanes, c'est pire encore... Non, cette malheureuse doit se terrer quelque part, de peur d'être jetée en prison.

– Ses employeurs ne la défendraient pas ? demanda perfidement Malko.

Le père Moussa lui jeta un regard désabusé.

– Ils l'ont sûrement exploitée comme les autres. Ces filles sont traitées horriblement mal. Comme des animaux ! gronda-t-il. Je reçois des plaintes tout le temps. Ils les battent, les paient mal et parfois même, les violent. Venez demain dimanche vers onze heures, elles sont toutes là. J'essaierai d'apprendre quelque chose.

Quand Malko quitta son bureau, une demi-douzaine de

réfugiés irakiens faméliques faisaient la queue pour obtenir des médicaments gratuits.

Il retourna auprès de Zahra Sirb et lui résuma son entrevue.

– C'est le seul qui puisse t'aider, conclut la journaliste. Les Philippines ont confiance en lui. Il les connaît toutes.

– Je voudrais bien savoir ce qui s'est passé avec cette Flor Balagan, dit Malko.

Zahra s'arrêta d'écrire.

– Je viens d'appeler Randa pour la remercier de son dîner, annonça-t-elle. Elle était absente et je suis tombé sur Jamal, le maître d'hôtel. Je l'ai fait bavarder et il m'a appris que la Philippine, après avoir volé le sac, est devenue folle, a blessé le mari de Randa à coups de couteau et tué le pitbull. C'est Jamal qui a enterré le chien.

– Bizarre ! Bizarre ! fit Malko. Pourquoi avoir prétendu que son mari souffrait de coliques néphrétiques, s'il a été blessé par cette bonne ? Tout tourne autour d'elle. On ne peut rien faire avant demain ?

Zahra fit claquer le capot de son Zippo orné du « Z » en diamant d'un geste définitif.

– Rien.

Il n'y avait plus qu'à compter les heures en priant pour que Flor Balagan ne tombe pas entre les mains de Randa Asfour avant qu'ils ne l'aient retrouvée.

Décidément, les voies de la CIA étaient, comme les voies du Seigneur, impénétrables. Malko n'aurait jamais pensé, en venant à Amman, que sa mission consisterait à retrouver une bonne philippine voleuse de sac.

CHAPITRE XIII

Le capitaine Hakim Al Tahrir gara sa Volvo banalisée sur un emplacement interdit de Al Hashimi Street, juste en face de la poste, et se mêla à la foule qui grouillait dans l'artère commerçante de la Ville Basse. Il était presque six heures du soir et d'interminables queues s'allongeaient sur la grande esplanade occupée par les stations de taxis collectifs et de bus. Il tourna à droite, gagnant une sorte de forum jouxtant le Théâtre romain, un espace découvert cerné par des dizaines de cafés en plein air dont les clients – tous des hommes – regardaient la télé en tétant leur narguilé. D'autres étaient assis sur le mur de pierre bordant l'esplanade ornée d'une grande horloge carrée, et bayaient aux corneilles. Hakim Al Tahrir repéra une grande femme brune solitaire, un *hidjab* sur la tête, mais le visage découvert. Il s'approcha avec un sourire engageant.

– Saja ! Kifak ?

Il avait adopté un ton chaleureux, mais la femme leva sur lui un regard éteint.

– *Chouaia, chouaia* (1), fit-elle sans sourire.

Il s'assit sur le rebord de pierre à côté d'elle et lui offrit une cigarette.

Saja Rashid était arrivée d'Irak quatorze mois plus tôt. Son mari avait été tué durant la guerre du Koweit et elle

(1) A peu près.

n'arrivait plus à vivre. Elle avait payé son visa de sortie d'Irak avec ses derniers sous et survivait en se prostituant en Ville Basse, avec tous les célibataires travailleurs immigrés. Depuis deux mois, son visa de séjour était expiré et elle n'avait pas les quatre cents dinars (1) pour le renouveler. Donc, elle était passible d'une expulsion, ce qui signifiait retourner en Irak. La venue du capitaine Al Tahrir n'était pas de bon augure.

Il se pencha à son oreille.

– J'ai une offre à te faire, Saja, dit-il. Si tu me rends un service, je peux te donner un visa d'un an avec un permis de travail.

Le regard de Saja s'éclaira. Avec un permis de travail, elle pouvait être femme de ménage, vendeuse même, n'importe quoi de décent. Mais il y avait sûrement un piège.

– Qu'est-ce que tu veux ? demanda-t-elle, méfiante.

Le capitaine Al Tahrir sortit une photo de sa poche et la lui mit dans la main.

– Trouve cette fille. C'est une Philippine. Elle s'appelle Flor Balagan. Elle a quitté ses employeurs. Tu connais beaucoup de ces filles. J'ai seulement besoin de connaître l'endroit où elle vit. Personne ne saura rien.

Saja refoula le scrupule qui allait la faire refuser. C'était toujours triste de trahir une compagne de misère. Si le capitaine Al Tahrir recherchait cette Philippine, ce n'était pas avec de bonnes intentions. Il savait que toutes celles qui galéraient à Amman se connaissaient ou, au moins, se croisaient parfois. Elles aussi se prostituaient du côté du Théâtre romain, pour cinq ou dix dinars.

– C'est tout ce que tu sais d'elle ? demanda l'Irakienne, résignée.

Le capitaine Al Tahrir ajouta :

– Elle cherche peut-être à vendre un très beau sac en crocodile.

(1) Deux mille huit cents francs.

Saja se leva. Depuis un moment, un jeune homme de ses clients tournait autour d'eux. Pas question de le perdre.

– Je vais voir, promit-elle.

Ils s'éloignèrent chacun de leur côté. Hakim Al Tahrir, euphorique, se dit que pour un visa, il allait peut-être gagner des centaines de dinars et, en prime, la pulpeuse Randa Asfour... En bon flic, il ne s'était pas contenté de rendre visite à Zahra Sirb, explorant toutes les autres pistes possibles. Le lendemain, il avait encore un hameçon à jeter.

Euphorique, il décida d'aller s'offrir un *Defender* au bar du *City Hotel*, là où traînaient toujours les plus belles call-girls d'Amman.

*
**

– *Gloria in Exelsis Deo !*

– *Gloria in Exelsis Deo !* répétèrent des centaines de voix fluettes dans la nef de l'église du Rosaire.

Le spectacle était étonnant. L'église était bourrée à craquer, uniquement par des Philippines ! Une douzaine d'hommes à peine, Philippins eux aussi, y étaient visibles.

Malko, présent avant l'office, les avait vues arriver, les unes en taxi, les autres à pied, et certaines déposées en voiture par leurs employeurs. Venant des quatre coins d'Amman, elles se reconnaissaient, s'embrassaient, s'étreignaient avant de pénétrer dans la nef. Leur seul moment de détente dans leur vie d'esclaves était la messe dominicale.

Zahra était restée dans la Cherokee garée un peu plus loin. Malko regardait la mer des visages asiatiques. Celle qu'il cherchait était-elle là ? A ses yeux, elles se ressemblaient toutes, et la photo confiée à Zahra par le capitaine Al Tahrir n'était pas fameuse.

La messe touchait à sa fin. En refluant sur le parvis, Malko repéra deux hommes à l'allure gênée qui, en le voyant, s'éloignèrent et montèrent dans une voiture. Mais ils ne démarrèrent pas.

Le *Moukhabarat Al-Amat* était toujours à ses trousses. Ses suiveurs devaient se demander ce qu'il faisait là !

Brusquement, le flot des Philippines le noya. Caquetant, riant, s'agglutinant par groupes, elles lui jetaient des regards étonnés. Avec ses cheveux blonds et son allure, il ne ressemblait pas à un Arabe, ni même à un Circassien... Fendant la foule, il rejoignit le père Moussa dans son presbytère. Le prêtre était en train de se débarrasser de sa chasuble. Il lui fit face, le visage fermé.

– J'ai reçu une visite désagréable tout à l'heure, annonça-t-il.

– Qui ?

– Venez voir.

Il entraîna Malko sur le seuil du presbytère et désigna un homme en chemisette verte, en train de fumer à côté de la grille séparant le parvis de la rue.

– Cet homme cherche la même chose que vous, annonça le prêtre.

– Qui est-ce ?

– Un capitaine du *Moukhabarat* de la Sécurité générale. Il m'a montré sa carte. Il recherche une certaine Flor Balagan qui s'est rendu coupable d'un vol, paraît-il.

C'était l'homme qui avait rendu visite à Zahra et les avait, involontairement, mis sur la piste de la Philippine. Malko rentra dans le presbytère.

– Que lui avez-vous dit ?

Le prêtre le fusilla du regard.

– Que j'étais né à Jarash et bon citoyen jordanien, même si je n'étais pas musulman et que, si j'entendais parler de cette fille, je la lui signalerais immédiatement.

Il eut un bon sourire.

– Ce n'est pas vrai, bien sûr ! Même si cette malheureuse a volé, elle a des excuses. Et ils n'ont pas besoin de moi pour la retrouver.

– Vous savez où elle se trouve ?

Le prêtre secoua la tête.

– Honnêtement, non. Mais je vais vous aider. Plusieurs de ces jeunes filles m'attendent. Elles m'ont demandé un entretien. Je leur rends beaucoup de petits services, je les conseille. Parmi elles, il y en a une que j'ai convoquée après votre visite hier. A Amman depuis huit ans, elle connaît *tout le monde* et a la chance de travailler dans une ambassade où on la traite bien. Vous lui raconterez votre histoire. Peut-être pourra-t-elle vous renseigner. En attendant, je vais vous demander de passer dans la pièce à côté, afin de ne pas attirer l'attention de ce *moukhabarat*. Je la vois au milieu des autres, il doit ignorer qui elle est.

Il écarta un rideau et désigna une chaise à Malko.

– Attendez là.

*
**

Le rideau s'écarta sur le père Moussa et son bon sourire.

– Venez.

Malko pénétra dans le petit bureau. En face du prêtre se tenait une Philippine « géante » de près d'un mètre soixante, plutôt mignonne, avec son visage rond et sa bouche charnue, vêtue d'un T-shirt à fleurs, d'un jean et qui portait un faux sac Chanel. Elle était bien maquillée. Elle dévisagea Malko sans dissimuler sa méfiance.

– Voilà Rebecca, annonça le père Moussa. Je lui ai parlé de votre histoire. Elle va vous répondre.

– Je connais Flor, la fille dont vous avez parlé, annonça la Philippine d'une voix fluette. Elle est très gentille, très douce. Normalement, elle vient tous les dimanches à la messe. Elle n'est pas venue aujourd'hui parce qu'elle a peur.

– Que lui est-il arrivé ?

Rebecca marqua une hésitation, puis, encouragée par un regard du père Moussa, se lança :

– Une histoire terrible. Elle a été accusée d'un vol qu'elle n'avait pas commis. Ses patrons l'ont battue, ils ont voulu la faire dévorer par un chien ! Alors, elle s'est enfuie.

– Pourquoi n'est-elle pas allée voir la police ?

La Philippine baissa les yeux.

– Ici, la police est toujours du côté des Arabes. On l'aurait mise en prison.

Malko se dit qu'il avait un peu avancé.

– Comment a-t-elle pu se sauver ?

– Elle est devenue « amok », expliqua la Philippine. Folle de terreur. Alors, elle a pris un couteau et tué le chien avant de s'enfuir...

– C'est tout ? insista Malko.

– Je crois qu'elle a également menacé son patron avec le couteau...

Tout se recoupait, sauf la disparition du sac. Si Flor ne l'avait pas, à quoi bon la retrouver ? Il continua quand même :

– On l'a accusée d'avoir volé quoi ? De l'argent ?

– Non. Un sac, expliqua Rebecca. Le sac de sa patronne, un très beau sac en crocodile. Elle rentrait de voyage et elle l'avait déposé quelque part dans la maison. Il a disparu et on a dit que Flor l'avait volé.

– Et ce n'est pas elle ?

– Non, bien sûr ! fit avec une indignation non feinte la Philippine qui commençait à montrer des signes de nervosité.

Grâce à Zahra, Malko savait que Randa Asfour était persuadée que Flor Balagan avait volé son sac. Or, cette version-là était radicalement différente. Où était la vérité ?

– Que contenait ce sac ? demanda-t-il.

– Je ne sais pas, répondit Rebecca. Sa patronne revenait de voyage. Peut-être beaucoup d'argent.

Elle se leva, prête à partir.

– Il faut que je voie Flor Balagan, dit Malko.

Le visage de son interlocutrice se ferma.

– C'est impossible, elle se cache. Elle a trop peur.

– Je peux l'aider.

– Comment ?

Il chercha une réponse plausible... Comment expliquer à cette employée de maison qu'il enquêtait sur un général irakien, vrai ou faux défecteur ! C'était au-delà de sa compréhension.

– Mon journal peut la prendre sous sa protection, proposa-t-il. C'est un grand journal. Regardez ce qui est arrivé dans les Emirats ! La presse mondiale a sauvé d'une exécution capitale une jeune Philippine.

L'argument sembla ébranler Rebecca.

– Laissez-moi votre numéro de téléphone, suggéra-t-elle. Je lui parlerai et peut-être vous appellera-t-elle. Maintenant, je dois m'en aller. Il faut que je retourne à l'ambassade.

A peine fut-elle partie que le père Moussa demanda à Malko :

– Vous êtes satisfait ? C'est tout ce que je pouvais faire. Elles sont très prudentes. Je les comprends. Mais il y a d'autres cas intéressants, vous savez, si celle-là refuse de vous voir.

Malko ne pouvait pas lui expliquer que les autres cas de Philippines maltraitées ne l'intéressaient pas vraiment. Le père Moussa le raccompagna jusqu'à la porte et le quitta sur une chaleureuse poignée de main. Le parvis était pratiquement vide. Il ne restait qu'un groupe d'une dizaine de Philippines qui bavardaient avec de grands rires.

Le capitaine Al Tahrir, toujours appuyé à la grille, les observait avec intérêt. Il ne sembla pas prêter attention à Malko qui, passant devant l'officier du *Moukhabarat*, regagna la Cherokee.

– Ça s'est bien passé ? demanda Zahra.

– L'avenir le dira ! fit Malko.

*
**

La nuit était tombée depuis longtemps, allumant sur chaque minaret un œil de néon vert.

Malko étudiait un horaire d'Air France, pour un éventuel retour par Le Caire, lorsque le téléphone sonna. Avec ses cent soixante escales de par le monde, la compagnie française offrait des possibilités illimitées à des voyageurs comme eux. Il décrocha. Une voix presque inaudible prononça quelques mots incompréhensibles. Il lui fallut plusieurs secondes pour réaliser qu'il s'agissait de son nom, écorché par un accent épouvantable.

– *Yes, it's Malko Linge,* confirma-t-il.

– *This is Flor, Mister,* annonça une voix fluette.

Son pouls monta vertigineusement. Huit heures à peine s'étaient écoulées depuis la sortie de la messe.

– *Where are you ?*

– Dans une cabine, King Talal Street. Pourquoi voulez-vous me voir ?

– Pour vous aider, affirma aussitôt Malko. Je suis journaliste.

Le silence se prolongea si longtemps qu'il crut que Flor Balagan avait raccroché. Puis elle répondit enfin :

– Vous pouvez venir ici ? Au coin de Al Hashimi Street. Il n'y a qu'une cabine. Je porte un *hidjab.*

– J'arrive, dit Malko, je suis dans une grosse voiture blanche. Restez surtout à côté de cette cabine.

A peine eut-il raccroché qu'il dégringola les étages et fonça vers le parking. Mais, comme il tournait autour du rond-point du Troisième Cercle, sa joie tomba d'un seul coup. Une voiture était sortie en même temps que lui du parking de l'*Intercontinental* et le suivait.

CHAPITRE XIV

Malko effectua deux tours complets du rond-point afin de se donner le temps de réfléchir. Une Honda de couleur sombre, avec deux hommes à bord, effectua la même manœuvre. Si c'étaient les gens du général Al Kaisi, ils ignoraient tout de Flor Balagan, mais ne tarderaient pas à s'y intéresser. Si c'étaient les amis du capitaine Al Tahrir, c'était encore pire. Malko ne disposait pas de beaucoup de temps : Flor ne l'attendrait pas indéfiniment près de la cabine téléphonique et il n'avait aucun autre moyen de la retrouver.

Il se souvint soudain d'une particularité topographique, à quelques mètres de là. Il s'engouffra dans Zahran Street, la grande artère résidentielle montant vers l'ouest, que bordaient des ambassades, le palais de la reine mère et des villas cossues.

Zahran Street montait, rectiligne, sur plus d'un kilomètre. Assuré de ne pas le perdre de vue, le conducteur de la voiture suiveuse leva le pied, laissant Malko prendre un peu d'avance. Celui-ci guettait, du côté gauche de la rue, l'ambassade de France. Deux cents mètres plus loin, un passage interdit par une barrière de bois communiquait avec une petite rue parallèle à Zahran Street. Malko se souvenait que la barrière n'obstruait pas totalement le passage. En montant sur le trottoir, on pouvait s'y faufiler.

La barrière était en vue, la voiture suiveuse à une centaine de mètres. Malko ralentit et passa le crabot afin de ne pas caler en escaladant le haut trottoir. La chance était avec lui : une voiture descendait Zahran Street, face à lui, et il avait juste le temps de passer.

Il enclencha la première et braqua en même temps. La Cherokee bondit sur le trottoir, frôla la barrière et s'engouffra dans le passage. Dans le rétroviseur, Malko aperçut la voiture suiveuse immobilisée au milieu de la chaussée, obligée d'attendre pour ne pas couper la route au véhicule qui descendait.

Il ôta le crabot et écrasa l'accélérateur. Lorsqu'il émergea du passage, ses poursuivants s'engageaient tout juste dedans. La rue devant lui était à sens unique, vers l'ouest. Il la prit en contresens sur une centaine de mètres, puis vira à droite dans une ruelle, elle aussi en sens unique. Il rejoignit une troisième rue, elle aussi parallèle à Zahran Street.

Personne derrière lui. En quelques instants, il atteignit Abd Al Mumim Street, une grande artère qui descendait vers le fond du *wadi* (1) séparant le djebel Amman du djebel Al Akhdar. Là, il put accélérer à fond, se mêlant à la circulation assez intense. Tout en conduisant, il consulta sa carte d'Amman. Il fallait rejoindre Ibn Talib Street, qui contournait le djebel Amman, pour rejoindre la Ville Basse par Al Hashimi Street, où l'attendait Flor Balagan.

Un feu passait au rouge ; il inspecta le croisement et passa. Quand il se retourna, cinquante mètres plus loin, il était *certain* de ne plus être suivi.

Un kilomètre plus loin à l'entrée d'Al Hashimi Street, où de nombreuses boutiques étaient encore ouvertes, il repéra tout de suite, au coin de King Tahal Street, la cabine téléphonique. Elle était vide, mais un petite silhouette se tenait en face, appuyée au mur. Malko arrêta la Cherokee et sauta à terre. Il marcha vers la Philippine et la salua en souriant.

– *Mabuhay !* (2)

(1) Canyon.
(2) Bonjour !

Un éclair de joie passa dans les yeux sombres émergeant du *hidjab*.

– *You speak tagalog ?* (1)

– Non, corrigea Malko, mais je connais bien votre pays. Venez.

Ne rien négliger pour la mettre en confiance... Il l'aida à monter dans le gros 4 x 4. Flor Balagan était si petite qu'on la voyait à peine de l'extérieur ! Sa tête dépassait tout juste du pare-brise. Malko démarra et choisit de traverser la Ville Basse.

Où aller ? L'*Intercontinental*, il n'en était pas question, c'était un lieu public. Il ne restait qu'un endroit tranquille où il pourrait se garer, le parking d'un hôtel. Il tourna à gauche avant d'arriver aux palais royaux, montant vers le djebel Hussein.

– Où allons-nous ? demanda timidement Flor Balagan.

– Dans un endroit sûr, la rassura Malko ; n'ayez pas peur.

Flor n'ouvrit plus la bouche jusqu'au parking de l'hôtel *Jerusalem,* dans Al Jamira Street, très loin au nord-ouest. Une vingtaine de voitures s'y trouvaient, la plupart arborant des plaques blanches saoudiennes. Pas de gardien à l'entrée et un éclairage modeste. Malko se gara au fond, le capot tourné vers la sortie. Au cas où, le pistolet israélien prêté par Christopher Angleton éviterait de trop mauvaises surprises. Il coupa le moteur, éteignit les phares et se tourna vers Flor Balagan.

– Maintenant, racontez-moi votre histoire.

*
**

Il devait tendre l'oreille pour comprendre les paroles hachées de Flor Balagan. L'anglais de la Philippine n'était déjà pas fameux, et la peur et la timidité faisaient s'entrechoquer ses mots, rendant presque incompréhensible ce qu'elle disait. Elle en était à l'épisode du pitbull.

(1) Langue parlée aux Philippines.

– Regardez, dit-elle.

Relevant sa longue robe, elle montra à Malko les marques violettes de crocs sur sa cuisse. La plaie horrible n'était pas encore refermée.

– Et ensuite ? insista Malko.

– J'avais peur qu'ils me fassent dévorer par le chien, avoua-t-elle. J'ai pris un couteau et je l'ai tué. Ensuite je me suis enfuie. Je crois que j'ai blessé Mr Asfour. Il a crié et ne m'a pas poursuivie.

– Qu'avez-vous fait après ?

– J'ai gagné l'autre bout du djebel Amman à pied, je ne voulais pas prendre un taxi. J'avais très mal à la jambe. Je me suis réfugiée chez une copine qui loue une chambre près de King Talal Street. Je ne suis pas sortie depuis. Je suis certaine qu'ils me recherchent. Ils croient *vraiment* que j'ai volé ce sac.

– Et ce n'est pas vrai ?

– Non, bien sûr.

– Mais qu'est-il devenu ? insista Malko.

– Peut-être que Madame l'a égaré ou oublié à l'aéroport, avança Flor Balagan. Elle revenait de voyage. Mais je ne l'ai pas volé.

Elle se tut, renifla ses larmes.

Le cerveau de Malko travaillait à cent mille tours. Randa Asfour était persuadée que Flor Balagan avait volé son sac. Donc, elle ne l'avait pas perdu. Et quelque chose dans ce sac concernait l'affaire Hussein Kemal, c'était la seule explication. Malko butait sur une impasse. Sauf si...

– Flor, demanda-t-il d'une voix douce, j'ai l'impression que vous ne me dites pas tout. Ce sac n'a pas disparu par enchantement. Asfour ne l'a pas perdu. Vous devez savoir *qui* l'a volé, si ce n'est pas vous...

Au silence épais de la Philippine, il sentit qu'il était tombé juste. Mais elle restait fermée comme une huître. Elle tourna la tête vers lui.

– Je vous ai tout dit. Vous me ramenez maintenant...

Il n'y avait plus qu'une chose à tenter, assez moche. Malko lui adressa un sourire contrit.

– Flor, puisque vous n'avez rien à vous reprocher, je vais vous emmener à la police... Je vous protégerai.

Joignant le geste à la parole, il lança le moteur. Au mot « police », les traits de Flor Balagan se décomposèrent.

– *Na polisi ! Na polisi !* (1) supplia-t-elle.

– Mais pourquoi ? Puisque vous n'avez rien fait de mal...

Elle leva vers lui des yeux baignés de larmes, ouvrit la bouche, la referma.

– Dites-moi la vérité et nous n'irons pas à la police, conseilla-t-il. Je sais que vous me cachez quelque chose.

Le silence se prolongea d'interminables secondes. D'une voix imperceptible, Flor Balagan le rompit enfin.

– Vous me jurez de ne le dire à personne ?

Alors, avec des mots hachés, pleins de pudeur, elle raconta l'histoire de son « viol » par l'ouvrier égyptien. La rencontre de deux misères, son moment d'égarement. Malko comprenait parfaitement ce qui s'était passé. Deux frustrés et une étincelle.

– Et le sac, c'est lui qui l'a volé ?

Elle baissa la tête.

– Il n'y a que lui qui a pénétré dans la maison. Il s'est sauvé par la grande porte. Le sac se trouvait dans l'entrée, il a dû le prendre en partant...

– Pourquoi n'avez-vous pas tenté de le retrouver ?

La Philippine se recroquevilla, terrifiée.

– Je ne sais même pas son nom, seulement son prénom, Mahmoud... Et il dira que ce n'est pas lui. Il a dû s'en débarrasser, depuis. Mais je suis sûre qu'il l'a volé.

Elle sanglotait sans retenue. Malko la laissa se calmer. Il y avait peut-être encore une chance de retrouver le fameux sac, mais sans l'aide de Flor Balagan, c'était impossible.

– Flor, dit-il, vous ne pouvez pas continuer à vous cacher ainsi. La police finira par vous prendre. Je vous fais une offre : vous m'aidez à retrouver ce sac et je vous

(1) Pas la police !

protège. D'abord, je vous héberge dans un endroit où *personne* ne viendra vous chercher. Ensuite, je vous fais sortir du pays. Légalement, parce qu'on n'aura plus rien à vous reprocher.

– Même si je rends le sac, j'irai en prison, s'entêta-t-elle. J'ai blessé Mr Asfour, j'ai tué le chien !

Tuer un chien dans un pays musulman n'était pas un péché mortel... Et blesser un nouveau riche palestinien, cela pouvait s'arranger. Mais Flor avait déjà la main sur la portière, totalement paniquée, prête à sauter. Malko la retint.

– Acceptez ma proposition. Je vous emmène chez un ami, un diplomate. C'est comme si vous étiez dans une ambassade.

Le mot « ambassade » fit tilt.

– Mais pourquoi faites-vous cela ? demanda quand même la Philippine.

Malko n'hésita que quelques secondes. Il avait besoin de la collaboration totale de Flor Balagan.

– Flor, dit-il, ce sac contient quelque chose de très important, voilà pourquoi Mme Asfour était si furieuse. Moi aussi, je voudrais le retrouver. Il s'agit d'une affaire politique qui vous dépasse.

Elle lui jeta un regard stupéfait, mais ne répondit rien. Malko alluma ses phares et démarra. Inutile de lui en dire plus.

– Maintenant, dit-il, il faut m'aider à retrouver cet Egyptien.

– Je ne sais rien de lui, souffla Flor Balagan. Il ne travaille peut-être plus là.

Malko sortit du parking. Christopher Angleton allait se retrouver avec du personnel supplémentaire... Un quart d'heure plus tard, arrivant sur le djebel Abdoun, il conseilla à Flor :

– Accroupissez-vous sur le plancher. *Personne* ne doit vous voir.

Il y avait toujours un poste de garde devant la villa de

l'Américain. Arrivé devant la grille, il descendit et appuya sur l'interphone. C'est Christopher Angleton qui répondit.

– J'ai du nouveau ! le prévint Malko.

*
**

Très élégant dans une veste d'intérieur bordeaux, le chef de station de la CIA contemplait Flor Balagan avec un mélange d'incrédulité et d'inquiétude, en tirant sur sa *gauloise blonde*..

– Christopher, vous avez une nouvelle bonne ! annonça Malko.

La Philippine semblait avoir encore rapetissé ! Affolée, elle se tassait dans un coin, les yeux baissés.

Christopher Angleton la conduisit dans une chambre de service libre, à côté de la cuisine, et revint près de Malko.

– C'est la fille qui s'est enfuie de chez les Asfour ?

– Exact !

Lorsqu'il eut terminé son récit, Christopher Angleton avait fumé deux cigarettes.

– Que peut contenir ce sac ? se demanda-t-il pensivement.

– Je n'en ai pas la moindre idée, avoua Malko. Quelque chose d'important, puisque Randa Asfour est devenue folle lorsqu'il a disparu. Avec sa fortune, elle n'est pas à un sac Hermès près, même en crocodile. Et s'il ne s'agissait que d'objets de valeur, elle aurait ameuté le *Moukhabarat*. Or, elle ne veut pas que la police retrouve ce sac... Dès demain, je vais rechercher cet ouvrier égyptien. Zahra m'aidera. Je viendrai chercher Flor Balagan demain matin.

– Les gens d'Al Kaisi sont à vos basques...

– Je sais. Mais nous avons une longueur d'avance.

*
**

Le capitaine Hakim Al Tahrir attendait, debout dans le hall de la somptueuse villa des Asfour. Randa Asfour dévala le grand escalier, maquillée, élégante en diable. Le policier l'avait prévenue de sa venue inopinée une demi-heure plus tôt, et elle l'apostropha aussitôt.

– Tu l'as retrouvée ?

Dans sa hâte, elle n'avait même pas dit bonjour...

– *Marhaba,* dit poliment le capitaine du *Moukhabarat*. Non pas encore.

Jamal posa silencieusement une bouteille de *Defender* sur la table basse Romeo avec deux angelots tenant une dalle de verre, et s'éloigna.

– Alors pourquoi viens-tu si tôt ? demanda-t-elle brutalement.

L'officier eut un sourire humble.

– Je voulais te mettre au courant de certaines choses...

Du coup, elle l'entraîna jusqu'au canapé rond. Hakim Al Tahrir s'installa, louchant sur les jambes croisées très haut. Mais Randa Asfour, les traits tirés, n'avait pas l'esprit à la bagatelle.

– Raconte ! intima-t-elle.

Le capitaine Al Tahrir lui relata alors sa visite au père Moussa et la présence inattendue d'un étranger blond qui semblait, lui aussi, beaucoup s'intéresser aux Philippines. Il avait d'ailleurs été reçu par le prêtre. L'officier avait relevé le numéro de sa voiture, une Cherokee blanche. Chacun des mots prononcés par le capitaine faisait à Randa l'effet d'un coup de poignard. Ainsi, celui qu'elle considérait comme le plus dangereux s'intéressait à Flor Balagan ! Elle entendit à peine les derniers mots de son interlocuteur.

– Je peux découvrir l'identité de cet homme, proposa-t-il. C'est facile.

Randa Asfour l'arrêta d'un geste énervé.

– Inutile, je veux seulement retrouver cette Philippine !

Elle se leva, tira sur sa jupe, l'esprit ailleurs. Une boule d'angoisse lui nouait la gorge.

Après avoir raccompagné le capitaine Al Tahrir, elle s'assit, surveillant le déballage de plusieurs énormes caisses arrivées le matin même, via Akaba, en provenance de Paris. Des meubles qu'elle avait commandés à son architecte d'intérieur, Claude Dalle. Une magnifique bibliothèque néo-classique, en ronce de myrrhe, de style Charles X, une table en ronce d'acajou et en marqueterie, et une autre, de salle à manger, florentine, en marqueterie de marbre.

En temps ordinaire, elle aurait été folle de joie. Là, elle avait du mal à s'y intéresser.

Pour calmer ses nerfs, elle se prépara elle-même un caïpirinha, Cointreau et citron vert, écrasant soigneusement ce dernier au pilon, comme le lui avait jadis appris le barman du *Saint-Georges*, à Beyrouth, et la but d'un trait. L'alcool apaisa un peu son angoisse. Il fallait réagir tout de suite. Si cet homme trouvait son sac, elle était perdue. Donc, il n'y avait qu'une solution. Nerveuse, elle alluma une *gauloise blonde*. Le contact de son Zippo gainé de crocodile vert lui rappela son sac disparu. Bien sûr, tous ses problèmes ne venaient pas de là. Elle avait été imprudente en contactant Abdul à partir de son propre téléphone. Hélas, les circonstances l'imposaient. Tandis que pour le sac, c'était vraiment la malchance.

La dernière tuile était l'échec d'Abu Chakouch. A chacune de ses initiatives les événements semblaient lui échapper un peu plus. Son analyse la ramenait toujours au même point : il fallait empêcher que l'agent des Américains découvre son sac. Or, entre lui et cet objet, il n'y avait plus qu'elle... Elle remonta dans sa chambre, ouvrit un des tiroirs fermés à clé de sa coiffeuse et y prit un Walther PPK calibre 32, cadeau d'un de ses amants membre du groupe Abu Nidal. Elle vérifia que le chargeur était plein, fit monter une balle dans le canon, rabattit le chien à la main et mit le cran de sûreté.

*
**

Tapie sur le plancher de la Cherokee, Flor Balagan était totalement invisible de l'extérieur, grâce à la hauteur du 4 x 4. On ne voyait que Malko au volant et Zahra sur le siège voisin. Malko était d'abord allé chercher Zahra, puis Flor. Comme personne n'avait pu les suivre dans la villa du chef de station de la CIA, ce secret-là au moins était bien gardé. Malko descendit Al Cairo Street, un œil sur le rétroviseur, tourna autour du rond-point et revint vers la villa des Asfour, pour tourner aussitôt dans la rue transversale, là où il avait failli être assassiné.

Le chantier, de l'autre côté de l'impasse, était en pleine activité. Une vingtaine d'ouvriers y travaillaient. Malko s'arrêta en face et se tourna vers la Philippine.

– Il faut vérifier si ce Mahmoud est encore là... Regardez bien.

– Non ! Non ! J'ai peur ! Il va me voir.

Elle se recroquevillait sur le plancher comme un animal terrifié. Il fallut cinq minutes de tergiversations pour qu'elle consente à risquer un œil, le visage dissimulé par son *hidjab*. Les ouvriers ne prêtaient aucune attention à eux. Flor, tapie derrière la glace de la Cherokee, les observait. Ils montaient un mur. Zahra et Malko patientaient, retenant leur souffle. Tous les ouvriers du chantier se trouvaient dans leur champ de vision. Au bout de dix minutes, Flor se tourna vers Malko, sincèrement désolée.

– Je ne le vois pas. Il n'est pas là.

Malko sentit le découragement l'envahir : avoir tant progressé pour échouer au dernier moment ! Il se tourna vers Zahra.

– Allez leur parler. Demandez-leur où est Mahmoud.

– Ils vont croire qu'on leur veut des ennuis, objecta la Jordanienne. Ils se tairont. C'est Flor qui doit y aller. Dire qu'elle veut le revoir.

Il fallut pratiquement pousser Flor Balagan hors de la Cherokee. Malko crut qu'elle allait s'enfuir à toutes jambes. C'est peut-être ce qu'elle aurait fait si, l'apercevant sur le trottoir, un des ouvriers ne l'avait hélée ! Zahra tendit l'oreille.

– Il lui demande si elle cherche Mahmoud !

Ils n'entendirent pas la réponse de Flor. L'ouvrier posa sa plaque de marbre et vint discuter avec elle. A peine l'eut-il quittée que Flor se précipita dans la Cherokee comme si elle avait le diable à ses trousses. Elle tremblait de tous ses membres.

– Partons ! Partons ! supplia-t-elle.

Malko alla faire demi-tour et remonta ensuite Al Cairo Street.

– Alors, où est Mahmoud ?

– Il s'est blessé, il a reçu un bloc de pierre sur le pied, expliqua-t-elle. Il se repose chez des amis.

– Vous avez l'adresse ?

– Oui, dans le quartier Al Hashimi Al Jumi. 25 Al Aatmamiah Street. A côté du bureau de poste. Il y a plusieurs appartements occupés par des immigrés.

Malko accéléra.

Pourvu que l'Egyptien ne se soit pas débarrassé du sac en crocodile vert !

CHAPITRE XV

La rue Al Aatmamiah dominait Al Istiqal, le grand boulevard montant vers le nord-ouest, non loin du centre. Le quartier Al Hashimi Al Jumi abritait surtout des Irakiens et des travailleurs immigrés. Un Montmartre pouilleux avec une vue superbe sur le nord de la ville, des rues en pente raide, des petits commerces et l'inévitable mosquée.

Malko dut klaxonner énergiquement pour qu'un essaim de jeunes filles en uniforme vert et *hidjab* s'écarte, avec des regards hostiles. Dans ce quartier pauvre et intégriste, tout étranger était suspect. Zahra poussa une exclamation :

– Voilà la poste !

C'était un petit immeuble de trois étages qui semblait prêt à s'écrouler. Des gosses jouaient au ballon devant.

– Allez vous renseigner, demanda Malko à Zahra.

La jeune femme descendit, s'enveloppa dans son *hidjab* et pénétra dans l'immeuble. Elle en ressortit quelques minutes plus tard et fit signe à Malko de la rejoindre.

– C'est ici, au deuxième ! expliqua-t-elle, il y a un appartement occupé par des Egyptiens.

– Allons-y ! fit Malko, retenant son impatience.

Le pistolet israélien pesait à sa ceinture, mais il y avait peu de chances qu'il soit utile avec Mahmoud, l'éphémère amant de la Philippine. Malko regrettait quand même son pistolet extra-plat, qui l'attendait à Liezen, amoureusement entretenu par Elko Krisantem. Dans cet environnement musulman, le Turc aurait fait merveille...

Ils montèrent l'escalier vermoulu. Flor Balagan, entre eux deux, morte de peur. Il n'y avait qu'une porte au deuxième. Malko frappa deux coups secs. Il y eut un remue-ménage à l'intérieur et une voix d'homme posa une question en arabe. Zahra répondit d'une voix enjouée et le battant s'ouvrit. Malko aperçut un visage pas rasé et émacié, deux yeux noirs à l'expression apeurée sous des cheveux en brosse. En voyant un étranger, l'homme voulut refermer. Le pied de Malko glissé dans l'ouverture l'en empêcha.

Une seule poussée suffit à écarter le battant. Il n'y avait qu'une grande pièce, le lavabo dans un coin était démuni de robinets, des sommiers étaient posés sur le sol, des vêtements accrochés à des clous au mur, ou pendus sur des ficelles, des cartons obstruaient les fenêtres. Sur une table, un réchaud était allumé sous une casserole. Cela sentait la misère et la saleté. L'homme qui leur faisait face avait un énorme pansement sale au pied, l'air totalement paniqué et il évitait de regarder Flor.

– Mahmoud ? demanda Zahra.

– *Aiwa*... marmonna l'Egyptien.

Elle se tourna vers Flor Balagan.

– C'est lui ?

La Philippine opina silencieusement, blanche comme une bougie. L'Egyptien sembla soudain se réveiller et il commença à parler à toute vitesse. Zahra traduisit.

– Il jure sur le Coran qu'il ne l'a pas violée... Elle lui a fait des avances, l'a entraîné dans la maison où elle vivait.

– Dites-lui qu'on ne l'accuse pas, expliqua Malko. On veut seulement savoir ce qu'il a fait du sac qu'il a volé dans la maison. Un sac vert en crocodile.

Le regard de l'Egyptien se troubla. Apparemment, il niait, Malko ne comptait plus les *la, la*... à répétition. Il ne s'attendait pas à ce que l'autre avoue spontanément... Il le laissa s'épuiser et lui fit dire par Zahra qu'ils n'étaient pas de la police, ne voulaient pas lui causer d'ennuis, mais tenaient à récupérer le sac.

Nouvelles dénégations. Flor Balagan suivait la scène, muette. Son amant d'un quart d'heure ne parlait qu'arabe, elle était réduite au rôle de spectatrice. Mahmoud commença à élever la voix, rassuré par le fait que ses visiteurs ne soient pas de la police. Malko comprit qu'il fallait mettre un terme à cette comédie...

Lorsqu'il vit le long pistolet noir braqué sur lui, l'Egyptien perdit d'un coup la voix. Son regard alla de Malko à Zahra, sans même voir la Philippine, puis il balbutia quelques mots où Malko saisit *Moukhabarat*... Zahra traduisit :

– Il pense que je suis du *Moukhabarat,* dit-elle, et que vous êtes le propriétaire du sac.

– Dites-lui que je lui donne cinq minutes pour me dire où est ce sac. Sinon, je lui tire une balle dans le pied.

Elle traduisit. Mahmoud se décomposa mais ne céda pas, reprenant sa litanie où alternaient les *la* et les *Wahiet Allah.* Les secondes s'écoulaient... Zahra tourna la tête vers Malko et dit paisiblement :

– Il faut le faire, sinon, il ne vous croira pas...

Malko abaissa le canon du pistolet vers le sol. L'Egyptien poussa un hurlement, tomba à genoux, puis rampa jusqu'à une des paillasses et en sortit un paquet qu'il tendit à Malko. Ce dernier l'ouvrit. Il contenait une bague avec un très beau saphir, un étui à cigarettes en or, un stylo et une liasse de billets : des dollars, des francs suisses, des livres libanaises et des billets de vingt dinars jordaniens. C'étaient tous les objets de valeur contenus dans le sac de Randa Asfour, mais aucun d'eux ne pouvait avoir un rapport avec la défection de Hussein Kemal.

Tandis que Malko examinait le butin, Mahmoud continuait à larmoyer, tout en appelant la malédiction d'Allah sur ses tourmenteurs. Malko se tourna vers Zahra :

– Demandez-lui où est le sac.

Nouvelles explications confuses.

– Il l'a vendu, traduisit la jeune femme. Il avait peur de le garder. On lui en a donné cent dinars (1)...

Un sac qui valait dix mille dollars ! (2)

– Il y avait autre chose dedans ?

Traduction-réponse.

– Oui, des papiers, un passeport. Il les a vendus avec le sac.

Le canon du pistolet se releva pour se braquer sur le front du voleur.

– A qui ? cingla Zahra.

Ce n'est qu'en entendant le cliquetis du chien relevé par Malko que Mahmoud accoucha d'une réponse claire.

– Il l'a vendu à un restaurateur, expliqua Zahra.

– Un restaurateur ?

Devant l'expression de Malko, Mahmoud se lança dans une nouvelle logorrhée, traduite au fur et à mesure par Zahra.

– Un Jordanien associé à un Israélien. Ils tiennent le restaurant *Al Qods,* dans la rue du même nom. Mais le Jordanien, Tariq Rasha, est aussi un peu maquereau. Il procure des putes à cinq dinars aux travailleurs immigrés. C'est comme ça que Mahmoud l'a connu. Son associé les exporte en Israël.

Pourvu qu'il n'ait pas exporté le sac Hermès en Israël...

– Où peut-on le trouver ?

– Au restaurant, mais à cette heure-ci, c'est peut-être fermé.

Malko demanda à Zahra :

– Vous croyez à cette histoire ?

– J'ai entendu parler d'un restaurant qui sert de la cuisine casher aux touristes israéliens, dit la jeune femme. Ce doit être le même.

– Bien, conclut Malko. Dites à Mahmoud qu'il nous accompagne. On va essayer de récupérer ce sac, s'il est encore là.

(1) Sept cents francs.
(2) Cinquante mille francs.

Il fallut traîner dehors l'ouvrier égyptien qui commençait à ameuter l'immeuble. Malko dut lui coller le canon du pistolet sur la tempe pour qu'il se calme.

Zahra prit le volant, Flor Balagan à côté d'elle, et Malko se mit à l'arrière, gardant le « prisonnier ». Il leur fallut presque une demi-heure dans la circulation cahotique de la Ville Basse pour atteindre Al Qods Street. A part une inscription en hébreu à la peinture blanche sur sa vitrine, l'établissement casher ne se distinguait guère de ses voisins servant des kebabs ou des chawermas.

C'était fermé. Mahmoud consentit à dire à Zahra que le propriétaire habitait au-dessus. On accédait à son appartement par un couloir, à côté du restaurant.

– On laisse Flor dans la Cherokee, dit Malko.

Inutile de traumatiser un peu plus la petite Philippine. Elle s'enroula dans son *hidjab* afin d'échapper aux regards et se tassa sur son siège. Malko dut pratiquement hisser l'Egyptien jusqu'au premier étage. Le malheureux n'arrivait pas à grimper les marches à cloche-pied... Il transpirait à grosses gouttes et exhalait une odeur abominable, à croire que son pied était en train de pourrir. Ce qui, à voir la couleur du pansement, n'était pas une hypothèse gratuite.

Deux portes s'ouvraient devant eux. Malko choisit celle de gauche et frappa. Sans résultat. Il recommençait quand le battant de droite s'entrouvrit sur un bonhomme presque chauve, pas rasé, portant de grosses lunettes rondes et boudiné dans un survêtement verdâtre. Son regard engloba les trois personnes, s'arrêta sur Mahmoud, et sans un mot, il recula avec l'intention évidente de refermer. Malko fut plus rapide que lui, le bousculant d'un coup d'épaule dans une petite salle à manger. L'homme fit tomber une chaise, s'accrocha à un buffet et hurla.

– Moshe !

Un nouveau venu fit aussitôt irruption dans la pièce. La quarantaine sportive, les cheveux gris en brosse, les yeux bleus et l'air mauvais, il apostropha les intrus en arabe, d'une voix peu amène.

– On vient chercher le sac que t'a vendu Mahmoud ! annonça Zahra.

Le dénommé Moshe tordit sa bouche avec une grimace méprisante, et lança :

– *Khaza alek ! Rouh !* (1)

Comme personne ne bougeait, il plongea la main dans un tiroir, en sortit un énorme hachoir et fonça sur Zahra.

Malko avait anticipé. Tout se passa très vite : Zahra fit un saut en arrière, le hachoir s'enfonça dans la table et une détonation étouffée claqua. Volontairement, Malko n'avait pas visé l'Israélien, mais un carillon à côté de lui qui vola en éclats.

L'Israélien s'arrêta net, le hachoir à la main.

– Lâchez ça ! intima Malko en anglais.

Moshe devait avoir des notions d'anglais, car il posa docilement le hachoir sur la table, avec un regard haineux pour Malko. A côté de lui, le gros Jordanien semblait transformé en gélatine. Il interpella Mahmoud en arabe d'un ton furibond et l'Egyptien baissa la tête.

Revenu de son émotion, Moshe demanda d'une voix rageuse :

– *What do you want ?*

Malko lui répondit en anglais.

– Cet homme vous a vendu un sac en crocodile vert pour cent dinars. Ce sac était volé, je le veux.

L'Israélien secoua la tête.

– Je ne sais pas de quoi vous parlez... Je tiens un restaurant.

– OK, fit Malko sans s'énerver. Zahra, allez téléphoner au *Moukhabarat*.

La jeune femme n'avait pas atteint la porte qu'une discussion violente éclatait entre les deux associés. Finalement, le Jordanien se tourna vers Zahra et lâcha une longue phrase d'un ton plaintif.

– Il dit qu'il a acheté un sac en plastique à cet Egyptien.

(1) Je t'emmerde ! Foutez le camp !

L'autre lui aurait dit qu'il appartenait à une Philippine qui avait besoin d'argent...

– Où est-il ?

Question-réponse.

– Il va vous le donner.

Sans quitter des yeux le pistolet toujours braqué sur eux, le restaurateur se pencha, ouvrit une porte du buffet et en sortit un paquet enveloppé de toile grise.

Malko fit signe à Zahra.

– Ouvrez-le. Voyez son contenu.

Elle ôta la toile grise. Un splendide sac Hermès en crocodile vert d'eau, de la couleur de ses yeux, apparut. Elle l'ouvrit et y plongea la main.

– C'est plein de papiers, annonça-t-elle.

– Demandez-leur s'ils y ont pris quelque chose.

Les deux hommes répondirent en chœur qu'ils n'avaient pas touché au sac. C'est tout juste s'ils connaissaient son existence. Entre voyous, le Marché commun israélo-arabe existait déjà...

– C'est bien, conclut Malko, prenez le sac, on s'en va.

Au moment où il battait en retraite, la voix gémissante du restaurateur l'arrêta.

– Qu'est-ce qu'il dit ?

– Il voudrait qu'on lui rende les cent dinars, traduisit Zahra. Les affaires sont dures. Ils ont investi beaucoup d'argent dans les couteaux casher et les touristes israéliens ne viennent pas. Ils préfèrent manger arabe...

Moshe approuvait vigoureusement de la tête. Malko préféra ne pas s'énerver. Ils s'en allèrent sans répondre. Mahmoud était si content de filer qu'il retrouva miraculeusement l'usage de son pied blessé pour descendre l'escalier.

En voyant le sac, Flor Balagan poussa un cri de joie.

– C'est lui ! C'est lui !

Ils ramenèrent Mahmoud à son taudis. L'Egyptien les quitta sans un mot et claudiqua jusqu'à sa porte.

Malko avait repris le volant, direction le djebel Abdoun.

Il avait hâte de voir enfin ce que contenait le sac auquel tenait tant Randa Asfour.

*
**

– Fais voir tes papiers ! Ton visa ! Ton permis de séjour.

Les deux moustachus attendaient Mahmoud sur le palier. En blouson, costauds, bien nourris, l'air mauvais et assuré des flics du tiers-monde, ils poussèrent l'ouvrier si violemment qu'il tomba dans sa chambre et n'eut qu'à ramper pour extraire ses papiers d'une sacoche. Les deux autres les examinèrent avec soin, puis les jetèrent par terre. De ce côté-là, il n'y avait rien...

– D'où tu viens ? demanda le plus massif.

– J'étais en ville, à la pharmacie.

– A la pharmacie ! Où sont tes médicaments ?

– Je...

Il n'eut pas le temps de finir sa phrase. Le gros flic posa sa santiag sur son pied écrasé et pesa de toutes ses forces. Ce n'était certes pas subtil, mais...

Lorsque Mahmoud eut fini de hurler et de se tordre à terre, le visage en sueur, le plus petit des moustachus le releva et entreprit de le calmer en lui cognant la tête contre le mur. Ensuite, il lui décocha aimablement un coup de pied dans les côtes. Sans réelle méchanceté, juste pour lui faire comprendre où était son intérêt.

– *Ya habibi* (1), tu nous dis qui sont les gens qui sont venus te voir. Et ce qu'ils voulaient.

Mahmoud n'avait plus envie de résister. Il raconta tout. Les deux agents du général Al Kaisi notaient, soulagés. Ils avaient perdu la Cherokee dans les embouteillages et ignoraient où elle s'était rendue.

– Tu sais ce qu'il y avait dans ce sac ? demanda le chef du duo.

(1) Mon pote.

– Des papiers, gémit Mahmoud, je ne sais pas lire... J'ai juste pris l'argent.

– C'était un *beau* sac ?

Mahmoud haussa les épaules. A ses yeux, c'était un sac, un point c'est tout. Le gros le saisit par sa tignasse et lui cogna à nouveau la tête contre le mur.

– Tu ne parles de ça à *personne* ! Sinon, tu ne reverras jamais l'Egypte.

– *Wahiet Allah !* jura l'Egyptien. A personne.

Ils sortirent sans même refermer la porte. Mahmoud resta allongé, tenant à deux mains son pied blessé qui lui donnait des élancements épouvantables. Confusément, il sentait bien qu'il n'aurait pas dû voler ce fichu sac. Trop de gens importants s'y intéressaient. Mais c'était trop tard. Il pria Allah pour ne plus jamais entendre parler de cette affaire.

*
**

Flor Balagan avait disparu dans sa chambre, épuisée par les émotions de la matinée. Un à un, Zahra sortait tous les papiers du sac Hermès en crocodile vert posé sur la table basse, et les tendait à Malko. Jusqu'ici, il n'y avait rien de passionnant. Chéquiers, passeport, lettres, un carnet d'adresses qu'il faudrait décoder, un paquet rigide bleu de gauloises blondes,... des broutilles et, comme dans tous les sacs de femme, du maquillage. Zahra retourna le sac, le secoua et leva la tête.

– Il n'y a rien d'autre.

– Et la poche sur le côté ?

Zahra tira le zip qui la fermait et en sortit un étui en plastique transparent contenant deux morceaux de papier. Le premier était un virement bancaire émis par M. Barzan Al Takriti sur l'Union des Banques suisses, à Genève, pour le crédit du compte de la société Aramex, également à l'UBS. Le virement était en date du 10 août 1995. Le second papier était un relevé de compte de la société Aramex, en date du 30 août présentant un solde créditeur de 28 186 887 dollars. Le montant du virement, plus les intérêts, moins un débit de deux millions de dollars. Le pouls de Malko s'accéléra.

Barzan Al Takriti était le demi-frère de Saddam Hussein, son représentant en Suisse, l'homme qui contrôlait tous les circuits financiers secrets de l'Irak.

Il examina longuement les deux documents. Que le « financier » de Saddam Hussein ait viré trente millions de dollars deux jours après la défection du général Hussein Kemal n'était pas forcément lié à cette défection, mais c'était quand même une sacrée coïncidence.

Il fallait savoir qui se cachait derrière le sigle Aramex. Et comment ces deux documents se retrouvaient-ils dans le sac de Randa Asfour ? Le jour où on le lui avait volé, elle rentrait de voyage. Il serait intéressant de savoir d'où...

Christopher Angleton avait du pain sur la planche.

*
**

– Randa Asfour est arrivée de Genève, le mercredi où son sac a été volé, sur le vol Royal Jordan RJ 120, à dix-huit heures. Elle était partie le samedi précédent, également pour Genève, cette fois sur le vol 8173 d'Air France pour Paris où elle avait couché, repartant le lendemain sur le vol Air France 2874 pour Genève.

Malko se dit que le pouvoir des ordinateurs était inouï ! Retrouver l'itinéraire d'un passager au milieu des quinze millions transportés annuellement par Air France !

Christopher Angleton ne touchait plus terre.

– Voilà donc comment elle a récupéré ces documents, conclut Malko. Et Aramex ?

– Ça vient, affirma l'Américain. J'ai demandé une info « flash » à notre station de Berne.

Il n'avait pas fini de parler que sa secrétaire entra dans le bureau et lui tendit un document qui venait d'arriver. Christopher Angleton lut à haute voix :

– Voilà. Le compte Aramex a été ouvert le 6 juillet

1995. Il n'a pas fonctionné avant le 10 août, date à laquelle il a été crédité du virement de trente millions de dollars. Il n'y a eu depuis qu'une opération : un virement de deux millions de dollars à destination d'un compte aux Bermudes.

Ils échangèrent un regard éloquent. C'était sur un compte aux Bermudes que le général Hussein Kemal avait fait une opération à son arrivée en Jordanie, au profit d'une banque d'Amman.

– A qui appartient Aramex ?

Le chef de station de la CIA leva ses yeux bleus. Il sembla à Malko qu'ils étaient embués de larmes de joie.

– Aramex est une société britannique *offshore*, créée le 1er juillet 1995, avec un seul actionnaire : le général Hussein Kemal.

Malko, lui aussi, avait envie de crier de joie. Il dut maîtriser sa voix pour conclure.

– Voilà la preuve que vous cherchiez. Ce virement ne peut avoir été effectué qu'avec l'accord de Saddam Hussein. Il a été crédité *deux* jours après la défection d'Hussein Kemal. Donc, il s'agit d'une fausse défection. Saddam Hussein n'a pas pour habitude de récompenser les traîtres.

CHAPITRE XVI

Christopher Angleton rayonnait. Il brandit le document.

– Grâce à vous, dit-il, je possède enfin la preuve que mon hypothèse était juste : Saddam Hussein a monté une manip particulièrement vicieuse. D'abord, faire croire qu'il a été trahi et, bousculé par cette trahison, révéler des secrets sans importance réelle. Ensuite, obtenir, grâce à la pression de l'opinion publique mondiale, la levée de l'embargo pétrolier.

– Vous oubliez le plus important, fit remarquer Malko. C'est que Saddam Hussein obtiendrait ainsi la levée de l'embargo sans perdre ses armes bactériologiques et chimiques secrètes. Celles qu'il prétend avoir détruites. Saddam Hussein a monté toutes ces manips pour faire lever l'embargo *et* conserver son potentiel d'apocalypse. Grâce à ces documents, nous pouvons peut-être retourner la manip contre lui.

– J'avoue que je ne vois pas comment, fit Christopher Angleton.

– Nous avons deux options, expliqua Malko. Soit nous rendons ces deux documents publics *immédiatement.* La preuve de la duplicité de Saddam Hussein étant faite, la levée de l'embargo sera remise aux calendes grecques. Notre ami le prince Turki sabrera le champagne, le roi Hussein demandera vraisemblablement à Hussein Kemal de regagner l'Irak et nous reviendrons à la situation d'avant la défection. Mais Saddam Hussein aura toujours ses armes secrètes. Avec un motif supplémentaire de s'en servir : la fureur d'avoir vu sa manip échouer.

– Je suis d'accord avec tout cela, approuva le chef de station de la CIA. Mais vous voyez une autre façon de procéder ?

– Oui, affirma Malko. Vous êtes bien persuadé que Saddam Hussein a encore un potentiel d'armement bactériologique et chimique massif ?

– Absolument.

– Bien. Une personne est sûrement au courant : Hussein Kemal. Avec ces deux documents, nous avons barre sur lui. Et sur Randa Asfour. C'est indirectement à cause d'elle que nous sommes en possession de cette bombe à retardement. C'est donc *elle* le maillon faible. Si Saddam Hussein apprend ce qui s'est passé, je ne donne pas cher de sa peau. Tant que nos documents restent secrets, nous avons un levier contre elle. Puissant. Et c'est à notre tour de manipuler Hussein Kemal.

Un ange traversa le bureau, s'enfuyant vers l'est.

Le silence se prolongea d'interminables secondes. Christopher Angleton le rompit enfin.

– Cela suppose que je ne mentionne l'existence de ces documents à personne. Pas même à Langley.

– Absolument.

Le chef de station de la CIA réfléchit longuement avant de dire :

– C'est une décision extrêmement lourde de conséquences. Pour moi...

– Je le reconnais, admit Malko. Mais si Langley est au courant, il ne pourra pas tenir sa langue... Ce sera la Maison-Blanche, le State Department, l'ONU et j'en oublie. Pour l'instant, nous ne sommes que deux à être au courant. Si vous rangez ces papiers, personne n'en saura rien. Donnons-nous une semaine.

Christopher Angleton regardait fixement son bureau. Il leva la tête et dit d'une voix altérée :

– C'est la décision la plus difficile de ma carrière.

Toute sa formation de fonctionnaire obéissant se rebellait à l'idée de cacher une découverte d'une importance vitale à ses chefs. Malko le comprenait. La loyauté était la qualité principale d'un serviteur de l'Etat. Il n'en fut que plus touché lorsqu'il entendit Christopher Angleton annoncer :

– Je vous donne trois jours, Malko. A cause de Tadeusz Zirkowski qui est mort par la faute de cette fichue histoire. Et parce que je crois en votre étoile.

*
**

Moshe Medmelstein rentra la tête dans les épaules en voyant venir le coup. Mais il ne fut pas assez rapide pour éviter la crosse du pistolet qui lui fendit l'arcade sourcilière gauche jusqu'à l'os. Menotté au fauteuil jumeau du sien, son associé Tarik Rasha ressemblait à une tomate trop mûre qui aurait un peu explosé. Avec lui, citoyen jordanien, les hommes du général Al Kaisi n'étaient pas enclins à la même retenue qu'avec un étranger, même israélien.

En fin de matinée, les deux hommes, cueillis chez eux par les hommes du *Moukhabarat Al-Amat,* avaient été amenés directement au nouveau siège, un complexe de bâtiments en pierre de taille bâti sur une colline, auquel on accédait par un chemin sans aucune indication, Al Shaab Street, par la route de Jarash. L'ensemble était impressionnant : une sorte de forteresse hérissée de miradors occupés par des sentinelles armées. Les services jordaniens venaient tout juste d'y emménager. Cela sentait encore la peinture et, faute de tableau, un grand poster du roi Hussein et de son épouse avait été punaisé dans le hall d'entrée.

L'interrogatoire avait commencé tout de suite, avec une seule question comme leitmotiv : que contenait le sac de crocodile vert ?

C'est justement ce que venait de hurler aux oreilles de Moshe Medmelstein le jeune lieutenant qui menait l'interrogatoire. L'Israélien avala un peu du sang qui coulait de son arcade et glissa un regard implorant à son associé. Hélas, ce dernier n'était pas, pour le moment, en état de lui venir en aide. Il avait dit et redit qu'il avait rangé ce maudit sac sans l'ouvrir, persuadé que rien d'intéressant n'avait échappé à la cupidité de Mahmoud. Comme si l'ouvrier égyptien n'avait pas déjà raflé tout ce qui pouvait avoir de la valeur...

On ne le croyait pas. Il ne pouvait quand même pas jurer sur le Coran...

– Je n'ai pas ouvert ce sac, répéta-t-il pour la centième fois. Je suis un honnête commerçant et...

Il se tut pour éviter un nouveau coup de crosse. Le lieutenant ricana :

– Honnête ! Si les Israéliens qui viennent ici sont comme toi, il valait mieux continuer la guerre. Tu es une crapule et si tu ne parles pas, tu seras enterré ici, sous la pelouse. Il y a de la place.

Le lieutenant regarda sa montre. Il lui fallait faire son rapport au général Al Kaisi.

– Mettez-les en cellule, ordonna-t-il aux deux soldats qui l'assistaient. Au secret absolu.

*
**

Le général Mustapha Al Kaisi, avec sa haute taille, son allure oxfordienne et ses lunettes à monture métallique dorée, évoquait plus un *civil servant* britannique de haut rang qu'un Bédouin. C'était pourtant un des plus fidèles soutiens du roi Hussein, qui lui avait confié un des postes les plus importants du royaume.

Il fit la grimace : le lieutenant avait répandu de la poussière sur le superbe tapis Naïm aux tons pastel bleu et gris que ses homologues iraniens lui avaient offert lors d'un voyage officiel. Il relut une fois encore le rapport concernant l'affaire du sac en crocodile, terminant son *long drink*, du Gaston de Lagrange VSOP et du tonic. Depuis sa visite en France, il avait définitivement renoncé au gin. Perplexe, il songeait à une histoire d'Agatha Christie.

Pourquoi la CIA se donnait-elle tant de mal pour récupérer un sac Hermès ne contenant que des papiers ? Visiblement, les comparses ne lui apprendraient rien. Il fallait simplement les garder au chaud tant que l'histoire ne serait pas élucidée.

Ceux qui pouvaient éclairer sa lanterne étaient au nombre de quatre : Christopher Angleton, Zahra Sirb, Malko Linge et la propriétaire du sac, Randa Asfour.

Aucun des quatre ne lui confierait volontiers ce qu'il savait. Il fallait donc employer d'autres méthodes. Toucher à Christopher Angleton n'était même pas envisageable, pas plus qu'à celui qui travaillait avec lui, ce prince Malko Linge. Les Américains étaient sacrés en Jordanie. Ils s'apprêtaient à livrer deux escadrons de F. 16 presque neufs à l'armée de l'air jordanienne, et si une maladresse faisait échouer ce beau geste, le général Al Kaisi n'avait plus qu'à se tirer une balle dans la tête.

Il restait Zahra Sirb, citoyenne jordanienne. Mais liée à la CIA et appartenant à une famille puissante, sans compter ses innombrables amants haut placés, elle était une cible délicate. Mustapha Al Kaisi entendait déjà son téléphone sonner, s'il s'en prenait à elle. Il n'était pas *certain* en outre qu'elle n'ait pas été la maîtresse du roi... En la soupçonnant, on soupçonnait donc le souverain, *ipso facto*.

L'horreur.

Il ne lui restait que Randa Asfour.

Il relut sa fiche. Rien de très notable, hormis son origine irakienne. Mais elles étaient quelques dizaines de milliers comme elle. Jamais on ne lui avait connu d'activités suspectes, même avec les groupes palestiniens dissidents. Son mari était, certes, une canaille, mais il lui arrivait de servir d'informateur au *Moukhabarat* et sa fidélité au roi Hussein était un bon point. Il fallait quand même l'interroger.

Le général Mustapha Al Kaisi ferma les yeux quelques instants. Cette affaire de sac avait fini par l'obséder. Il griffonna quelques mots sur un bout de papier et sonna.

– Amenez-moi cette personne dès que vous la trouverez, ordonna-t-il au major qui entrait. Que personne ne soit au courant. C'est une opération absolument secrète.

*
**

Malko se sentait la tête légère, comme si les bulles du Taittinger Comtes de champagne, rosé 1986, partagé avec Christopher Angleton y flottaient encore. Son déjeuner en tête à tête avec l'Américain avait scellé leur entente. Il avait soixante-douze heures pour sa manip. La première chose à faire était de voir Randa Asfour. Il l'avait appelée chez elle mais la jeune femme était sortie. Il n'avait plus qu'à recommencer à intervalles réguliers.

Il poussa la porte de sa chambre. La climatisation ne marchait pas. Il se dirigeait vers la fenêtre quand il aperçut un reflet dans la vitre. Une femme avait surgi de la salle de bains : Randa Asfour, un petit pistolet automatique noir au poing, les traits tirés. Elle leva le bras, visant son dos, sans même chercher à parler. Elle était venue pour le tuer...

Malko sentit que sa vie ne tenait qu'à un fil. Il avait une fraction de seconde pour réagir. S'il se retournait, elle tirerait. Sans bouger, il lança d'une voix calme :

– Trop tard, Randa, j'ai retrouvé votre sac et l'ordre de virement.

Les secondes qui suivirent durent des siècles. Malko vida ses poumons et se retourna. *Très* lentement. Le pistolet était toujours braqué sur lui. Les traits crispés de Randa Asfour semblaient sculptés dans la pierre, mais une flamme haineuse dansait dans ses prunelles sombres.

– Qu'est-ce que vous voulez dire ? coassa-t-elle.

Elle avait parfaitement compris. Sinon, il aurait déjà reçu une balle dans le dos. Mais le sursis était fragile. La fureur pouvait *aussi* lui faire appuyer sur la détente.

Malko enfonça le clou.

– Je sais que vous êtes allée spécialement à Genève pour récupérer ces documents. Comment comptiez-vous les transmettre au général Hussein Kemal ?

Les prunelles noires s'agrandirent encore et il crut qu'elle allait tirer. Il était à quelques millimètres de l'éternité. A cette distance, même un Walther PPK calibre 32 pouvait tuer.

– Alors, c'est vous qui m'avez envoyé le *Moukhabarat* ! lança-t-elle d'une voix blanche.

Ce fut au tour de Malko d'être surpris.

– Je ne vous ai envoyé *personne,* protesta-t-il. Seul Christopher Angleton, le responsable de la CIA à Amman, et moi sommes au courant. Que s'est-il passé ?

– Deux types du *Moukhabarat* sont passés chez moi. Ils me cherchaient, expliqua-t-elle. Jamal m'en a avertie au téléphone.

Cela compliquait les choses.

Malko essayait de comprendre. Avant tout, il fallait éviter que Randa ne tombe entre les mains du *Moukhabarat*. Et aussi qu'elle ne l'abatte. Ils se faisaient toujours face. Malko était armé, lui aussi, mais le temps qu'il saisisse son pistolet, Randa Asfour avait le temps de vider son chargeur. Il lui adressa un sourire presque chaleureux et dit d'une voix posée :

– Randa, les documents sont en sécurité à l'ambassade des Etats-Unis. Si vous me tuez, vous n'aurez même pas le temps de gagner l'Irak. Si vous acceptez de m'écouter, vous avez peut-être une chance de vous en sortir.

– Qu'avez-vous à me dire ?

Sa voix était sifflante de haine et le pistolet toujours braqué sur lui. On n'endormait pas facilement Randa Asfour. C'était une professionnelle. Malko, pour rompre ce dangereux face à face, avança jusqu'à un fauteuil et s'assit.

Le canon du Walther PPK le suivit.

– J'ai un deal à vous proposer, annonça-t-il. *Vous* ne nous intéressez pas. L'Irak a des centaines d'agents dormants comme vous. Nous poursuivons un autre but. Si vous acceptez de nous aider, nous ferons en sorte que vous n'ayez aucun ennui avec les Jordaniens, que votre vie puisse continuer comme avant. Et vous récupérerez même ce sac superbe.

Elle ne broncha pas.

– Je ne trahirai pas, lança-t-elle d'un ton plein de défi. Je préfère vous tuer et me tuer ensuite.

Si le lyrisme arabe reprenait le dessus, il y avait de l'espoir.

– Randa, répliqua Malko avec douceur, il n'est pas nécessaire d'en arriver à ces extrémités.

La jeune femme demeura quelques instants silencieuse, puis le canon du PPK s'abaissa de quelques millimètres.

– Que voulez-vous ? demanda-t-elle d'une voix à peine audible.

Ses épaules s'étaient affaissées, son regard avait perdu sa flamme de haine, comme si elle venait de réaliser la gravité de sa situation.

– Votre collaboration pleine et entière pour retourner contre Saddam Hussein sa propre manip.

– Que voulez-vous dire ?

– Ne faites pas la sotte, fit Malko plus fermement. Saddam Hussein a voulu, grâce à la fausse défection d'Hussein Kemal, obtenir la levée de l'embargo tout en gardant ses armes secrètes.

– Je ne suis pas au courant des programmes militaires, objecta Randa.

– Vous non, mais Hussein Kemal sait tout à ce sujet.

Elle ne répondit pas. Le Walther PPK reposait maintenant sur sa cuisse. Malko se leva et, avec des gestes très calmes, l'ôta de ses doigts et le posa sur un guéridon. Elle ne protesta pas. Elle fouilla dans son sac, en sortit un paquet de *gauloises blondes* et son Zippo gainé de crocodile vert, puis alluma une cigarette. Elle avait repris son sang-froid. C'était une maîtresse femme, sachant jouer de tous ses avantages, sans scrupules, et féroce.

– Vous n'avez jamais quitté les services irakiens ? demanda Malko.

Elle posa sur lui un regard lourd, vaguement teinté d'ironie.

– Ce n'est pas le problème, je crois.

– Vous deviez dès le début assurer la liaison avec le général Hussein Kemal ?

– Oui.

Elle tirait sur sa cigarette à petits coups, regardant ses escarpins.

– Pourquoi est-ce vous qui avez transmis l'ordre de tuer Tadeusz Zirkowski ?

Elle leva la tête, le regard éteint.

– Qui ?

Malko domina sa fureur. Elle allait se battre pied à terre. Mentir, tricher, gagner du temps.

– Randa, dit-il, ne jouez pas au plus fin. Je sais beaucoup de choses. Nous avons le relevé des communications entre l'*Inmarsat* d'Abdul et votre domicile. Je veux seulement que vous disiez pourquoi vous êtes intervenue et pourquoi il a été tué.

De nouveau, elle tira sur sa *gauloise blonde,* comme si elle hésitait à répondre, puis laissa tomber d'une voix lasse :

– Ils ne l'avaient pas rattrapé à temps.

– Et pourquoi voulait-on tellement le tuer ?

– Il avait obtenu d'un traître une cassette enregistrant une conversation entre le président et le général Hussein Kemal. Ils y mettaient au point ce que vous appelez la « manip ».

– Qu'est devenue cette cassette ?

– Je l'ai détruite moi-même. Abdul me l'a apportée à Amman.

C'était donc cela le mystère de la mort de Tadeusz Zirkowski. Randa s'exprimait d'une voix neutre, sans manifester aucune émotion. On voyait qu'elle avait été formée à l'école du KGB.

Malko voulait en apprendre le plus possible avant qu'elle ne se reprenne. Une chose était vitale pour la suite des événements.

– Comment communiquez-vous avec Hussein Kemal ? Vous allez le voir ?

– Je n'ai pas encore eu de contact avec lui, dit-elle. Je dois prévenir une couturière de la rue Abu Bakr As Siddik. La femme de Hussein Kemal est une bonne cliente. Il suffit que nous nous retrouvions ensemble dans la boutique. La propiétaire est irakienne, installée en Jordanie depuis longtemps.

Astucieux et imparable.

– Vous comptiez transmettre ainsi les documents bancaires ?

– Oui.

L'odeur de la cigarette blonde remplissait la pièce. La clim ne marchait toujours pas, on commençait à étouffer. Malko voulut encore savoir quelque chose.

– Pourquoi ce virement de trente millions de dollars ? C'était une imprudence.

Pour la première fois, Randa Asfour se départit de sa voix neutre.

– Parce que Hussein Kemal n'avait pas confiance dans le président ! Il a craint qu'une fois son rôle terminé, on le laisse tomber. C'était idiot, dit-elle d'une voix tremblante de mépris, mais il n'a jamais perdu sa mentalité de petit voyou. Quand il a débuté, il rackettait les champs de courses pour le compte du Parti. Et puis, il avait pcur d'Udei. Il craignait toujours que ce dernier ne retourne son père, ne le dresse contre lui. Toute la fortune d'Hussein Kemal se trouve en Irak : des terres, des buildings, des commerces. Il n'avait rien hors d'Iran, et même, jusqu'à il y a quatre ans, il n'en était jamais sorti. C'est un homme fruste, très cruel et très méfiant.

Elle se tut brutalement, réalisant qu'elle en avait trop dit.

– Vous ne l'aimez pas ?

Elle n'hésita presque pas.

– Non. Il est cauteleux et lâche. Intéressé et corrompu. Tout le contraire du président.

Malko coupa court au panégyrique qui arrivait comme une montée de lait.

– Merci de ces informations, conclut-il. J'en avais

besoin pour être certain que vous étiez prête à collaborer. Maintenant, il faut vous mettre à l'abri du *Moukhabarat*. Ce sera notre part du deal.

– Et la mienne ?

– Je veux les informations réellement secrètes sur le programme irakien d'armes bactériologiques et chimiques de destruction massive encore prêtes à servir.

Randa Asfour écrasa sa cigarette dans le cendrier et remit son beau Zippo en croco dans son sac.

– Je ferai de mon mieux, dit-elle d'une voix apparemment soumise, mais je crois que le général Hussein Kemal a déjà tout dit.

Son regard était planté dans le sien.

Malko ne répliqua pas, mais à cette seconde même, il fut certain que son « ralliement » n'était qu'une façade. Il y aurait une lutte feutrée.

A mort.

CHAPITRE XVII

– Que faites-vous pour le *Moukhabarat* ?

La voix de Randa Asfour était parfaitement maîtrisée. C'était une vraie question qui appelait une réponse immédiate. Malko y avait réfléchi pendant la discussion.

– Je pense qu'il faut bluffer, conseilla Malko. Ils ne savent *rien* au sujet de ce sac. Donc, si vous êtes interpellée, prétendez ne pas comprendre pourquoi la CIA s'y intéresse. Connaissez-vous le général Al Kaisi ?

– Un peu, nous nous sommes croisés dans des mondanités.

– Ses hommes sont passés chez vous.

– Oui.

– Le plus habile serait de lui téléphoner, dès que vous serez rentrée. Vous vous étonnerez de cette démarche. S'il demande à vous voir, racontez-lui le vol de votre sac. Et vous vous en tenez là... Cela m'étonnerait qu'il aille plus loin.

– Vous m'avez promis de m'aider.

– C'est vrai, reconnut Malko, mais, à ce stade le remède serait pire que le mal. A la seconde où le général Al Kaisi saura que nous vous protégeons, il voudra savoir *pourquoi*. Et ça, nous ne pouvons pas le lui dire. Evidemment, si vous étiez arrêtée, nous interviendrions.

Randa Asfour semblait accepter les explications de Malko. Debout, prête à partir, enveloppée dans son *hidjab*, elle demanda :

– Quand nous revoyons-nous ?

– Dès que vous avez rendez-vous avec Raghad Kemal. Appelez-moi d'une cabine, ici. Je viendrai alors vous voir et vous me rendrez le passeport de Flor Balagan. Vous récupérerez votre sac, ainsi que ce qu'il contenait, les objets précieux et les papiers. Je vous détaillerai la proposition que vous transmettrez au général Hussein Kemal. En lui expliquant ce qui s'est passé.

Il ouvrit la porte et Randa Asfour se glissa dans le couloir, s'éloignant avec un balancement gracieux. Parvenue devant l'ascenseur, elle se retourna et lança à Malko d'une voix presque enjouée :

– Si on nous voyait maintenant, on penserait que nous venons de passer un moment agréable ensemble...

La cabine qui arrivait évita à Malko de répondre. En tout cas, Randa Asfour avait repris tous ses moyens.

Il attendit un peu, puis descendit à son tour. Ses soixante-douze heures étaient à peine entamées et il avait déjà mis en route la machine infernale. Christopher Angleton serait moins angoissé.

*
**

– Si ça marche, c'est le plus beau coup de votre longue carrière, reconnut le chef de station de la CIA. Mais...

Il laissa sa phrase en suspens. Malko trempa les lèvres dans son thé brûlant. Le scepticisme de l'Américain l'agaçait un peu. Ces fonctionnaires de la CIA étaient tous les mêmes : on mettait la tête dans la gueule d'un lion et ils trouvaient que ce n'était pas assez. Il fallait *aussi* lui tirer la langue. Christopher Angleton demanda d'un ton détaché :

– Quel deal allez-vous proposer à Hussein Kemal ?

– Quelque chose de très simple, dit Malko. Il est coincé. Si nous révélons aux Jordaniens *et* aux Saoudiens, qu'il n'est qu'un sous-marin de Saddam Hussein, le roi Hussein ne lui donnera pas plus longtemps l'hospitalité. Je veux faire dire à Hussein Kemal que les USA exigeront alors qu'il soit expulsé vers le Koweit... Puisque Saddam Hussein a déclaré publiquement que c'est Hussein Kemal qui l'avait poussé à envahir le Koweit. Les Koweitis se feront un plaisir de le traiter selon ses mérites.

L'Américain tournait lentement son thé, le regard lointain.

– C'est une bonne idée. Mais si Hussein Kemal s'enfuit ?

Malko sourit.

– Où ? En Irak ? Il met par terre toute la manip. En Arabie Saoudite ? Ils le décapiteront avec un sabre en or massif. En Israël ? Ridicule. En Syrie ? Encore moins. Hafez El Assad le mettrait dans un cul-de-basse-fosse jusqu'au Jugement dernier. Aucun autre pays ne voudra l'accueillir. Pensez-vous que ma menace soit crédible, à ses yeux ?

– Cinquante-cinquante, jugea Christopher Angleton.

– D'après Randa Asfour, Hussein Kemal est lâche, remarqua Malko. Cela le fera pencher du « bon » côté. Il ne prendra pas le risque.

L'Américain but une gorgée de thé.

– C'est jouable, reconnut-il. Mais vous pouvez être certain qu'en ce moment, Randa Asfour est en train d'échafauder un plan pour nous contrer. Elle dispose du réseau clandestin irakien en Jordanie, plus quelques vieux terroristes du groupe Abu Nidal.

– Cela ne sert à rien de m'assassiner, objecta Malko. Elle sait que vous êtes en possession du document.

– Exact, acquiesça Christopher Angleton. En revanche, au point où ils en sont, liquider Hussein Kemal ne présenterait à leurs yeux que des avantages. Il emporterait ses secrets dans la tombe et son meurtre crédibiliserait définitivement sa défection.

– C'est une éventualité que j'ai envisagée, affirma Malko. Heureusement, il est bien protégé et ne sort pas de son palais. Attendons la réponse de Randa Asfour.

*
**

Randa Asfour attendait, l'écouteur collé à l'oreille, le cœur battant . A trois mètres d'elle, les deux moustachus du *Moukhabarat* admiraient, béats, les derniers meubles livrés par Claude Dalle. Ils n'auraient jamais les moyens de s'en offrir de semblables. Ils avaient intercepté Randa Asfour au moment où elle rentrait chez elle et la Jordanienne avait aussitôt exigé de téléphoner à leur chef, le général Mustapha Al Kaisi, qu'elle connaissait personnellement. Intimidés, ils n'avaient pas osé refuser.

– Je vous passe le général, annonça la voix neutre d'une secrétaire.

– *Marhaba !* Ici, Al Kaisi.

– Mustapha ? Que se passe-t-il ?

La voix de Randa Asfour était particulièrement chaleureuse. Elle s'étonna de la présence des deux barbouzes qui insistaient pour l'emmener voir leur chef. Avait-elle fait quelque chose de mal ?

– Non, pas vraiment, la rassura Al Kaisi. C'était juste pour bavarder d'une petite affaire bizarre.

Il ne s'attendait pas à ce que la jeune femme l'appelle. Randa Asfour éclata de rire.

– Mais, Mustapha, on peut bavarder quand tu veux. Peux-tu venir dîner jeudi soir ? Je donne un petit *mensam*. Tu seras mon invité d'honneur.

Elle écouta la réponse du général, puis, impériale, tendit l'appareil aux moustachus.

– Son Excellence veut vous parler.

Le plus gradé se précipita, écouta, ponctua la conversation de quelques *aiwa* et raccrocha. Ensuite, ils battirent en retraite vers la porte, faisant assaut d'excuses particulièrement fleuries. Dès qu'elle fut seule, Randa Asfour fonça à son bar, sortit une bouteille de Cointreau, une de tequila et du citron vert et se confectionna un Margarita à assommer un chameau, en forçant un peu sur la tequila. Avec des glaçons, cela rafraîchissait la gorge et l'âme... Les jambes coupées, elle était fière d'elle. Son assurance avait payé. Et puis, Mustapha Al Kaisi ne détestait pas la compagnie des jolies femmes. Sa femme, « bâchée », ne mettait jamais le nez dehors.

Le temps de fumer une cigarette, elle ressortit, descendit jusqu'au Troisième Cercle et se glissa dans une cabine téléphonique. Elle donna trois appels, laissa des messages sur des répondeurs et regagna sa voiture. Depuis le choc de l'heure précédente, elle avait retrouvé son calme et sa détermination. Quelque part, cet affrontement direct avec la puissance *Central Intelligence Agency* ne lui déplaisait pas. Elle allait montrer ce qu'elle valait.

Quand elle rentra chez elle, son mari était là, jouant aux dominos avec un de ses amis, le bras toujours en écharpe. Elle s'approcha de leur table, adressa un sourire ravageur aux deux hommes et dit d'une voix lourde de sous-entendus :

– Rejoins-moi en haut quand tu auras terminé.

Elle se dirigea vers le grand escalier en balançant un peu trop les hanches. L'invité en mélangeait ses dominos. Fadel surgit dans la chambre cinq minutes plus tard, l'œil allumé. Randa le calma d'un regard d'iceberg.

– J'ai un problème, annonça-t-elle. Assieds-toi.

– Encore ! fit Fadel Asfour en blêmissant. Qu'est-ce que...

Randa le mit au courant, sans rien lui cacher. Il *fallait* qu'il ait peur. Quand elle eut terminé, il avait l'air d'un boxeur qui vient d'encaisser quinze rounds avec un adversaire très méchant.

– Tu es toujours copain avec le Pr Khaldoun Al Daloubi ?

– Oui, bien sûr. Pourquoi ?

– Tu peux lui demander un service ?

– Ça dépend quoi...

– C'est facile pour lui.

Elle lui expliqua ce qu'elle attendait de son ami médecin, puis alluma une cigarette.

– Je dois parler à Hussein Kemal, conclut-elle. Secrètement.

Fadel Asfour n'avait jamais osé prendre de front Randa. Il bredouilla.

– Je vais lui demander.

– Il faut qu'il accepte.

Le ton était sans appel. Son duel avec la CIA était comme une partie d'échecs. Un assaut d'intelligence. Les deux adversaires disposaient de moyens formidables. Tout le réseau clandestin irakien était aux ordres de Randa Asfour. On lui pardonnerait tous les risques, mais pas d'échouer.

Le téléphone sonna. C'était la maison de couture Abdali qui lui annonçait qu'elle avait rendez-vous pour un essayage à six heures.

Elle avait juste le temps de régler tout ce qu'elle avait à faire. Dompté, Fadel s'esquiva, poursuivi par une sèche injonction :

– Je compte sur toi, Fadel !

Restée seule, Randa se changea. Elle enfila des sous-vêtements particulièrement suggestifs : guêpière et bas noirs. Une longue robe verte ensevelit ces accessoires sulfureux et un *hidjab* acheva de la transformer en bonne musulmane. Ensuite, elle se confectionna un solide Cointreau-caïpirinha, écrasant soigneusement le citron vert avec un petit pilon et le but d'un coup. Elle était prête à affronter Cheikh Beni Khaled. Il fallait pouvoir compter sur toutes les bonnes volontés.

Elle s'arrêta une nouvelle fois sur son chemin pour téléphoner. Son emploi du temps était minuté.

*
**

Jamal, le maître d'hôtel, ouvrit cérémonieusement la porte à Malko et l'escorta jusqu'à l'autre extrémité de l'immense salon, ouvert sur la piscine.

– *Mrs Asfour is coming*, annonça-t-il.

Effectivement, Randa Asfour fit son apparition, descendant l'escalier moulée dans une robe rose largement décolletée qui semblait peinte sur elle. Elle tenait un passeport à la main. Elle s'assit un peu trop près de Malko, le faisant généreusement profiter du parfum dont elle s'était arrosée.

– Voilà le passeport de Flor Balagan, annonça-t-elle d'une voix neutre.

Malko mit le document dans sa poche et lui désigna le paquet qu'il avait posé sur la table basse.

– Voilà votre sac. Je pense que rien ne manque.

Elle regarda le paquet sans même l'ouvrir.

– Merci, dit-elle simplement.

– Vous avez eu des nouvelles du *Moukhabarat* ?

– Oui. Ça s'est bien passé.

Elle résuma à Malko son entrevue avec les deux agents du général Al Kaisi. De ce côté-là, ils avaient un sursis. D'ailleurs, en arrivant, Malko n'avait repéré aucune présence suspecte. Le temps que le *Moukhabarat* se reprenne, tout serait terminé.

– Vous avez pu joindre la femme d'Hussein Kemal ?

– Le rendez-vous est pris. Elle viendra pour un essayage chez Abdali, aujourd'hui à six heures, 18, Abu Bakr As Siddik Street. Que dois-je lui dire ?

– Nous donnons à Hussein Kemal quarante-huit heures pour nous révéler l'emplacement des stocks d'armes bac tériologiques et chimiques encore en possession de l'Irak. Celles qui ont été prétendument détruites sur des ordres donnés verbalement.

Randa Asfour ne broncha pas.

– Quelle est la contrepartie ?

– Personne ne connaîtra l'existence du virement de trente millions de dollars. Hussein Kemal sera confirmé dans son personnage de défecteur honnête. Dans la mesure du possible, il pourra, le cas échéant, participer dans l'avenir à un gouvernement démocratique avec l'opposition irakienne.

A ceci près que les opposants irakiens rêvaient tous de le pendre à un croc de boucher... Randa croisa les jambes dans un crissement de nylon et laissa tomber :

– Je n'ai que votre parole...

– Ce sont les termes de cet accord, trancha Malko.

– Mais pourquoi avez-vous si peur de Saddam Hussein ? demanda Randa Asfour d'une voix douce.

Malko sourit.

– Parce qu'il est imprévisible, comme les requins, dit-il. Après avoir perdu un million d'hommes contre l'Iran, on le croyait calmé. Eh bien, pas du tout, il a attaqué le Koweit ! Rien ne dit que, dans un mouvement de rage, il ne décide de tuer quelques millions de voisins. Même s'il doit y laisser sa peau. Souvenez-vous de Hitler. Il a tenu jusqu'au bout.

Randa se leva.

– Saddam Hussein n'est pas Hitler. Il est beaucoup plus intelligent. Quand vous reverrai-je ?

– Cet après-midi, après six heures probablement.

Elle marqua le coup.

– Vous ne viendrez pas ?

– Moi, non. Mais Zahra Sirb assistera à votre entretien avec la femme d'Hussein Kemal. Je l'attendrai dans la voiture. Je préfère que *tout* soit verrouillé.

Il se leva, marquant la fin de l'entretien.

– Vous ne me faites pas confiance, remarqua Randa en le raccompagnant jusqu'à la porte.

Malko lui prit la main et la baisa avec un léger sourire.

– Pas totalement. A tout à l'heure.

*
**

– J'espère que vous avez tout prévu, recommanda Christopher Angleton. Ils sont très malins.

– Il n'y a qu'une mesure supplémentaire à prendre, suggéra Malko. S'assurer que *personne* n'a accès à Hussein Kemal. Aucun visiteur non fouillé, et surtout pas Randa Asfour. Est-ce qu'il sort beaucoup ?

– Mes homologues ne me disent pas tout, déplora l'Américain, mais je crois qu'il ne bouge pas. Les Jordaniens ont aussi peur que nous qu'il se fasse flinguer par les *spooks* de Saddam Hussein.

– Bien, conclut Malko. Il nous reste un peu plus de quarante heures pour faire craquer Hussein Kemal.

– J'espère qu'il ne cherchera pas à nous enfumer... soupira l'Américain.

Ils roulaient à quatre-vingt-dix sur le *freeway* de l'aéroport, ralentis par des travaux. Ils avaient accompagné Flor Balagan à l'avion qui la ramenait aux Philippines. En ce moment, elle volait sur un des deux cents appareils d'Air France, en route pour Manille, avec une escale à Paris. Le chef de station lui avait remis une enveloppe contenant dix mille dollars en billets de cent puisés sur les fonds secrets de la CIA. Sans elle, Christopher Angleton serait encore à la recherche de sa preuve.

Les voies du Seigneur étaient décidément impénétrables. Le jour où Saddam Hussein saurait qu'une manip tortueuse qui avait mis en échec les meilleurs services du monde avait échoué parce qu'une bonne philippine avait les ovaires en folie, il en avalerait sa moustache.

Même Randa ne savait toujours pas ce qui s'était réellement passé. Maintenant que Flor Balagan était hors de portée, Malko se ferait un plaisir de le lui apprendre.

*
**

La rue Abu Bakr As Siddik était pleine de boutiques de mode exposant en vitrine de longues robes lourdement brodées portées lors des mariages traditionnels. Partant du Premier Cercle en sens unique, étroite, c'était le rendez-vous de celles qui refusaient la culture et la mode occidentales.

Malko et Zahra étaient garés non loin de la boutique Abdali, une des plus grandes de la rue. Il était six heures moins dix.

– Voilà Randa, annonça Zahra.

Malko vit la BMW stopper devant eux. Randa Asfour en sortit, toujours moulée dans sa robe rose, un petit sac à la main ! Les passants s'arrêtèrent net devant cette apparition sulfureuse qui n'indiquait pas vraiment la direction de La Mecque... Les plus audacieux suivirent le balancement de sa croupe jusqu'à ce qu'elle entre dans la boutique. Zahra échangea avec Malko un regard éloquent.

– Je ne pense pas qu'elle se soit habillée comme ça pour voir Raghad, remarqua-t-elle.

Il n'eut pas le temps de répondre. Une Mercedes noire sans plaque, encadrée par deux autres, grises, venait de s'arrêter devant la boutique de mode. Une douzaine de moustachus corpulents jaillirent des trois véhicules, faisant une véritable haie humaine à une femme qui ne resta pas plus de vingt secondes sur le trottoir. Raghad, la fille aînée de Saddam Hussein. On avait l'impression que ses gardes du corps l'avaient portée...

Malko exultait intérieurement. Jusqu'ici, Randa jouait le jeu.

Il se tourna vers Zahra.

– Allez-y. Assistez à tout l'entretien.

La jeune femme sortit de la voiture et s'éloigna vers la boutique où elle disparut.

Il n'y avait plus qu'à patienter, comme les « gorilles » de Mme Kemal qui faisaient les cent pas sur le trottoir.

Zahra resta absente une dizaine de minutes. A peine fut-elle ressortie que la fille de Saddam Hussein surgit derrière elle, « bâchée » jusqu'aux yeux, et immédiatement entourée de ses gardes. Sa voiture démarra au moment où Zahra rejoignait Malko.

– Ça s'est bien passé ? demanda-t-il.

– Oui. Randa veut vous voir, elle vous attend à l'intérieur.

– Allons-y.

Malko reprit le pistolet qu'il avait glissé sous le siège et le mit dans sa ceinture. Il avait appris à être prudent. A son tour, il se dirigea vers le magasin de mode.

Il poussa la porte et découvrit une petite pièce aux murs tapissés de portants qui croulaient sous des robes, toutes plus somptueuses les unes que les autres. A côté d'une robe de mariée chamarrée comme un arbre de Noël, trois femmes prenaient le thé autour d'un plateau chargé de sucreries. Une odeur capiteuse flottait et de la musique arabe jouait en sourdine. Malko parcourut la boutique des yeux, tandis que Zahra restait sur le seuil.

Aucune trace de Randa. Avant qu'il puisse ouvrir la bouche, la patronne, du menton, désigna un rideau au fond de la pièce. Puis elle reprit son bavardage avec ses deux copines, en grignotant des loukoums.

Malko écarta le rideau et par une étroite ouverture, déboucha dans une pièce minuscule, encombrée de rouleaux de tissu, d'ébauches de robes sur des mannequins, de deux minuscules tabourets. Appuyée à la table de découpe, Randa souriait.

– Zahra vous a dit que j'ai transmis votre message ?

– Quand aurai-je la réponse ?

– Après-demain, à la même heure.

– Pas avant ?

– C'est une décision importante pour lui, remarqua-t-elle. Le président ne lui pardonnera *jamais*. Il sera traqué jusqu'à la fin de ses jours, personne ne pourra le protéger.

Ça, c'était indéniable. Malko remarqua :

– C'est également valable pour vous...

Randa baissa les yeux.

– Peut-être pas. J'expliquerai la situation au *Raïs*. Ce n'est pas *moi* qui trahis, je ne fais que dénouer une situation. (Elle eut un soupir.) Et puis, si je dois mourir, *Inch' Allah*. Je sais que cette décision sauvera des milliers de bébés de chez nous, que mes compatriotes cesseront de souffrir.

Tous les voyants rouges s'allumèrent chez Malko. Elle en faisait trop. Les bébés irakiens, Randa s'en moquait comme de sa première culotte.

– Hussein Kemal n'a pas beaucoup le choix, reprit Malko.

– Si, trancha-t-elle, il pourrait se suicider.

Vu sa tête, ce n'était pas dans sa nature... Soudain, Randa changea d'attitude.

– Zahra vous attend dans la voiture ?

– Oui, je pense, dit Malko. Pourquoi ?

– On va lui faire une blague, dit la jeune femme d'un ton léger.

Malko n'eut pas le temps de lui demander en quoi consistait sa blague. Elle se colla tout à coup à lui, écrasant ses seins contre sa veste, le pubis plaqué contre son ventre. Sa bouche s'empara de la sienne, sa langue l'envahit.

Malko s'enflamma comme un paquet d'étoupe. Lorsqu'elle sentit la colonne dure le long de son ventre, Randa retroussa ses lèvres épaisses en un rictus gourmand.

– *Yallah !* dit-elle à voix basse.

Saisissant sa robe stretch à deux mains, à hauteur de hanches, elle la remonta vivement au-dessus de son pubis, révélant un triangle d'astrakan d'un noir brillant. Les jambes légèrement écartées, elle guida Malko entre ses cuisses et poussa un soupir d'aise quand il s'enfonça en elle jusqu'à la garde. Ses jambes s'écartèrent encore.

– Les seins, souffla-t-elle. Touche-moi les seins !

Il glissa ses mains sous le tissu rose et emprisonna les mamelons durcis. A coup sûr, Randa ne jouait pas la comédie : il avait l'impression de baigner dans la fontaine de Trevi. Il se mit à coulisser lentement. Randa, les bras noués autour de sa nuque pour ne pas perdre l'équilibre, donnait de petits coups de bassin de plus en plus rapides. Jusqu'à ce que la sève de Malko se répandant en elle lui arrache un grondement rauque. Ses ongles s'enfoncèrent dans sa nuque, la tête rejetée en arrière, elle poussa un unique cri qui s'entendit sûrement dans la boutique...

Et ce n'était pas le cri de douleur d'une femme piquée par une couturière maladroite...

Tranquillement, elle s'essuya avec un bout de tissu et tira sur sa belle robe rose. Une lueur amusée dansait dans ses yeux sombres.

– Dommage que Zahra n'ait pas entendu mon cri de plaisir ! fit-elle. Je lui dois bien ça, à cette salope.

Etonnant personnage. En plein drame, elle avait quand même pris le temps d'assouvir une petite vengeance personnelle. Malko n'avait été qu'un instrument.

Malko souleva le rideau. Ce n'est qu'en passant devant

une glace qu'il réalisa qu'il était barbouillé de rouge comme un clown ! Randa avait signé son crime. Au moment où il ouvrait la porte de la rue, la voix de Randa lança derrière lui :

– Après-demain. Même heure.

En regagnant seul la Cherokee, Malko se demanda quel piège la jeune femme allait lui tendre durant ces ultimes quarante-huit heures.

CHAPITRE XVIII

Le général Hussein Kemal, tenaillé par l'angoisse, fixait la pointe de ses chaussures en crocodile. L'incroyable nouvelle rapportée par son épouse l'avait frappé de plein fouet. L'ordre du président Saddam Hussein transmis par Randa Asfour était de prendre rendez-vous avec un représentant à Amman de la CIA – sans témoin – et de lui livrer tous les secrets qu'il avait dissimulés sur l'ordre express de Saddam Hussein. Randa Asfour, dont il avait toujours entendu dire le plus grand bien par le *Raïs* et dont il connaissait la fidélité au régime, avait assuré à sa femme qu'il s'agissait d'une négociation *globale*, ayant pour but de sortir l'Irak de l'impasse et de lui permettre de redevenir un grand pays à part entière. En effet, contre ce geste de bonne volonté, les Etats-Unis feraient pression sur le Conseil de Sécurité de l'ONU pour « adoucir » la Résolution 687, en oubliant les six cent soixante disparus du Koweit, morts et enterrés depuis longtemps, et en modifiant les conditions de contrôle les plus humiliantes pour l'Irak. Bref, cette nouvelle volte-face entrait dans le cadre de sa mission secrète.

Il n'y avait qu'un seul problème : cette directive allait dans le sens opposé à ce qu'il avait toujours entendu. Saddam Hussein s'était accroché depuis 1990 à son programme bactériologique et chimique, seule possibilité de faire peur à ses voisins. Il ne pouvait déclencher qu'une petite apocalypse, limitée aux pays voisins. Mais c'était déjà mieux que rien... Sans cette « arme secrète » et terriblement dangereuse, l'Irak n'était plus qu'une puissance de seconde zone dans la région.

Hussein Kemal laissa son regard errer sur les collines désertiques, par-delà la terrasse où deux sentinelles veillaient. Trois cents hommes en tout le surveillaient. Son rôle de défecteur le forçait à se terrer pour être crédible, et à renoncer à toute possibilité de communiquer avec Bagdad autrement que par la filière Randa Asfour.

Celle-ci représentait le meilleur investissement du régime irakien à Amman. Insoupçonnée, totalement dévouée au *Raïs*, intelligente, elle ne lui laissait guère le choix. En dépit de cela, il aurait bien voulu avoir confirmation directe de Bagdad, avant de livrer ses ultimes secrets. Ceux-ci étaient dissimulés dans cinq camions plombés qui l'avaient accompagné dans sa « fuite », au milieu d'une masse de documents sans intérêt.

Le téléphone sonna. Le standard du palais Achemieh lui demanda s'il souhaitait parler au Pr Khaldoun Al Daloubi, le médecin qui le suivait depuis l'ablation de sa tumeur au cerveau.

– Bien sûr ! dit Hussein Kemal.

Vaguement inquiet, il se sentit ragaillardi en entendant le *marhaba* sonore du médecin.

– Je pars après-demain pour un congrès aux Etats-Unis, annonça celui-ci. Je viens de regarder ton dossier : nous avions prévu une visite de contrôle la semaine prochaine, mais je ne serai pas là. Veux-tu venir demain matin à la cité médicale, à onze heures ?

– Tu es inquiet ?

– Non, non, affirma le professeur. C'est une simple visite de contrôle. Tu sais que ces tumeurs « repoussent » parfois. Tu n'as aucun trouble de la vue ? Pas de rétrécissement du champ visuel ?

– Non, je ne pense pas.

– Alors, viens demain et tu seras tranquille pour six mois. On fera des radios et on bavardera.

– D'accord, approuva Hussein Kemal. Je vais prévenir les responsables de la sécurité.

Dès qu'il eut raccroché, il demanda à une sentinelle de voir le colonel responsable du palais Achemieh. L'officier se présenta vingt minutes plus tard. Hussein Kemal lui fit part de son rendez-vous médical et conclut son entretien par une autre requête :

– J'aimerais que Son Excellence Marwan El Kassem prenne un rendez-vous pour moi avec le second conseiller de l'ambassade américaine. Pour samedi, si c'est possible.

Tous les contacts extérieurs étaient gérés par le palais. En l'absence du roi, c'était le premier conseiller qui s'en chargeait. Cela lui laissait quelques jours de réflexion et dissuaderait les Américains de mettre leur menace à exécution.

*
**

Malko gagna la table où l'attendait Christopher Angleton pour le petit déjeuner. L'Américain avait rendez-vous à côté de l'*Intercontinental* et avait téléphoné une heure plus tôt.

Malko avait peu et mal dormi. Il ne restait que quarante-huit heures. La journée allait paraître longue. Le prochain contact avec Randa Asfour était prévu le lendemain, pour recueillir la réponse de Hussein Kemal à son ultimatum. Malgré le temps splendide, Malko n'arrivait pas à se débarrasser d'une angoisse diffuse. Le visage réjoui de Christopher Angleton le détendit un peu.

Le chef de station de la CIA rayonnait.

– J'ai reçu ce matin à huit heures une communication du palais, annonça-t-il avant même de dire bonjour. Hussein Kemal demande à me voir samedi à quatre heures.

Malko eut l'impression qu'on desserrait l'étau qui l'étouffait.

– Pourvu qu'il ne cherche pas à biaiser ! dit-il.

Euphorique, Christopher Angleton balaya l'objection.

– Je crois que votre bluff a réussi. J'ai prévenu Zahra. Elle va nous rejoindre.

Malko parvint à faire passer pour un sourire une petite grimace gênée.

*
**

Zahra Sirb se faufila entre les tables de la cafétéria en plein air vers dix heures moins le quart. Pull noir et jupe plissée, les cheveux tirés, un gros dossier sous le bras. Elle lança à Malko un regard complice, pas rancunière. Apparemment la petite « vengeance » de Randa la laissait de marbre. Poliment, Christopher Angleton s'enquit de ce qu'elle désirait.

– J'ai déjà pris mon breakfast, dit la jeune femme. Donnez-moi un Cointreau-caïpirinha, ça va me secouer un peu.

Dès que le garçon se fut éloigné, Christopher Angleton annonça :

– Nous avons une grande nouvelle ! Le général Hussein Kemal m'a donné rendez-vous samedi. Celui de demain à six heures devient donc inutile.

– Il a peur ! s'exclama Zahra. Votre bluff a marché. C'est superbe. Mais, moi, j'ai une *petite* nouvelle, une information qu'il faudrait vérifier. Mon agence a un pigiste à la cité médicale Hussein. Ce dernier m'a appelée tôt ce matin pour m'apprendre que le *Moukhabarat* avait prévenu les responsables que le bâtiment n° 4 serait interdit de dix heures et demie du matin à une heure de l'après-midi, en raison de la visite d'une haute personnalité.

– Qu'est-ce qu'il y a dans le bâtiment n° 4 ? interrogea Malko.

– C'est le service du Pr Al Daloubi, celui qui a opéré Hussein Kemal de sa tumeur au cerveau, expliqua Zahra. Je sais que celui-ci y est revenu plusieurs fois, pour des contrôles. J'ai essayé de savoir qui venait ce matin, mais les responsables ont été muets comme des carpes. Même lors des visites des membres de la famille royale, ils ne sont pas aussi discrets.

– Retournons au bureau, proposa Christopher Angleton, soudain nerveux. Je vais essayer de me renseigner.

Il paya à toute vitesse et ils mirent le cap sur le djebel Abdoun.

– Après tout, remarqua l'Américain, cela n'a peut-être aucun rapport avec ce qui se passe.

– Je préfère être pessimiste, rétorqua Malko. Dans le palais Achemieh, il faudrait une division blindée pour l'atteindre, tandis que dehors...

L'Américain ne répliqua pas. A peine dans son bureau, il se jeta sur le téléphone et appela directement le palais. Il finit par tomber sur un responsable avec qui il eut une longue conversation en arabe. Il raccrocha, tendu.

– C'est bien d'Hussein Kemal qu'il s'agit, annonça-t-il. Une visite de routine à l'initiative du Pr Al Daloubi. Aujourd'hui à onze heures. J'ai demandé au responsable de la sécurité si toutes les précautions avaient été prises et il m'a ri au nez ! Hussein Kemal se déplace dans sa propre Mercedes blindée, avec laquelle il est venu d'Irak. Le blindage résiste même aux projectiles de mitrailleuse lourde. Il sera protégé en outre par une escorte puissante de la garde royale. Plusieurs véhicules équipés de mitrailleuses lourdes. Le trajet ne fait que huit kilomètres environ.

Malko regarda sa montre. Dix heures vingt-cinq.

– Allons nous assurer que tout se passe bien, suggéra-t-il, je ne suis pas tranquille.

Christopher Angleton jeta un coup d'œil à son carnet de rendez-vous.

– J'avais un meeting assez important, mais je vais le reculer.

*
**

Le petit convoi jaillit des grilles du palais Achemieh gardé par les Bédouins en bérets verts, à dix heures et demie précises. En tête, une Volvo de la police, puis une Range Rover avec une mitrailleuse à l'arrière, et quatre hommes. Ensuite, une Mercedes aux vitres verdâtres hermétiquement closes, suivie par deux autres Range Rover transportant chacune une demi-douzaine de soldats armés de M.16. Une autre, qui fermait la marche, était équipée d'une mitrailleuse lourde de 50, bande engagée.

Les soldats plaisantaient entre eux, l'arme entre les genoux, détendus. Le parcours entre le palais Achemieh et la cité médicale juchée sur une colline, juste en face des nouveaux bâtiments du *Moukhabarat Al-Amat* traversait une zone encore peu urbanisée. Quelques villas ou des lotissements neufs se dressaient au sommet des collines nues.

L'ouest d'Amman défilait à toute vitesse. En une dizaine de minutes, les cinq véhicules parvinrent à l'échangeur du Huitième Cercle.

Ils firent à vive allure le tour du rond-point, pour s'engager dans Al Tibiyya Street, une avenue qui descendait vers le sud. Le King Hussein Medical Center se trouvait sur la droite de la route et coiffait toute la colline. On y accédait par un chemin en lacets qui partait de Al Tibiyya Street, deux cents mètres après le rond-point.

*
**

Abdul Al Ahmar était accroupi sur le sol caillouteux d'un espace encore vierge de construction, en face de la colline abritant le centre médical de l'autre côté de Al Tibiyya Street. Son regard restait rivé sur l'*interchange* du Huitième Cercle. Lui, stationnait à côté de sa Range Rover, capot levé. Un Bédouin était penché sur le moteur, comme s'il recherchait la cause d'une panne. Trois autres véhicules étaient alignés à flanc de colline, comme un convoi stoppé par un incident mécanique.

Ils se trouvaient à cinquante mètres de la route et personne ne prêtait attention à eux. Leurs armes étaient soigneusement dissimulées sous des bâches. Ils avaient mis vingt-quatre heures à venir d'Al Ruwayshid, par petites étapes, ne se déplaçant que sur les pistes pour éviter les *check-point* trop périlleux et atteint le lieu désigné deux heures plus tôt. Abdul Al Ahmar avait tenu à parler à chacun des vingt hommes engagés dans l'opération. Guerriers d'un courage absolu, ils se sentaient mal à l'aise dans ce qui ressemblait à une ville. Ils ne savaient pas lire une carte, ne sachant d'ailleurs tout simplement pas lire. Ils ne se dirigeaient qu'au soleil. Mais les ordres de Cheikh Beni Khaled n'étaient jamais discutés. Maintenant que l'heure de l'action approchait, ils étaient plus détendus.

Abdul Al Ahmar entendit la sirène de police avant de voir surgir de l'échangeur la voiture blanc et bleu au toit surmonté d'une guirlande lumineuse en forme de couronne qui menait le convoi. Il se redressa d'un bond et hurla :

– *Yallah !*

En un clin d'œil, tous ses hommes eurent saisi leurs armes, les bâches dissimulant les mitrailleuses furent arrachées. Les cinq véhicules du convoi d'Hussein Kemal défilaient à cinquante mètres, légèrement en contrebas.

Le tube de la Douchka d'Abdul pivota, prit la voiture de police dans sa ligne de mire. Les ordres étaient clairs : d'abord immobiliser le convoi et neutraliser la protection. Ensuite, détruire la Mercedes. Tout devait être accompli en cinq minutes. Les renforts ne tarderaient pas à arriver du camp militaire voisin et du siège du *Moukhabarat Al-Amat*, situé sur la colline voisine du centre médical.

*
**

Le conducteur de la voiture de police aperçut sur sa gauche les quatre Range Rover immobilisées en terrain découvert. Le canon d'une mitrailleuse était en train de se déplacer. Il sentit son estomac se serrer et tourna la tête vers le sergent assis à ses côtés.

– Sergent ! Il y a...

Il ne termina jamais sa phrase. De courtes flammes

jaillirent de la Douchka et un projectile lui fit éclater la tête. Le sergent eut juste le temps de saisir son micro, mais ne put s'en servir. Les énormes projectiles de la Douchka criblaient la tôle, faisaient éclater les glaces, déchiquetaient les quatre policiers dans un horrible fracas de verre brisé et de tôle arrachée.

Le moteur cala ; son réservoir touché, la Volvo prit feu, barrant presque toute la chaussée. Pris par surprise, les soldats de l'escorte avaient du mal à réagir, hachés par le feu nourri des quatre mitrailleuses des Bédouins d'Abdul Al Ahmar.

La Range de tête, en particulier, pneus crevés et capot arraché, était bloquée. Les occupants des deux autres sautèrent dans le fossé pour s'abriter du feu. La plupart furent fauchés avant d'atteindre un abri. Les projectiles des Douchka balayaient la route et semaient la mort. En moins d'une minute, les trois quarts des soldats étaient hors d'état, blessés ou morts.

La Mercedes, pneus crevés, ressemblait à un gros insecte noir. A plat ventre, un officier hurlait dans un micro, appelant du secours. Seul le servant de la 12,7 mm était resté à son poste : un jeune caporal-chef en béret vert. Sans souci des projectiles qui fusaient autour de lui, il dirigea le tube de son arme sur la première Douchka et appuya sur la détente papillon.

La tête du serveur de la Douchka d'Abdul Al Ahmar disparut dans un geyser de sang. Abdul Al Ahmar grimpa sur la Range et poussa le corps sans tête de son camarade sur la plate-forme. La 12,7 de l'escorte était maintenant dirigée sur le véhicule suivant. Le temps de faire pivoter la Douchka, Abdul ouvrit le feu sur celui qui venait de tuer son ami. Il commença à tirer un peu bas, vit ses impacts remonter le long de la carrosserie et enfin, il eut dans sa ligne de mire le servant de l'arme. Il vit ses projectiles le frapper en pleine poitrine et le corps basculer en arrière, tandis que le canon de la mitailleuse se dressait vers le ciel.

Abdul tira encore quelques cartouches sur les autres

véhicules du convoi, vidant la boîte de munitions. Les soldats survivants étaient retranchés dans le fossé, à l'abri des véhicules. Dès qu'ils se manifestaient, les Bédouins les arrosaient d'un feu nourri.

D'un geste rapide, Abdul Al Ahmar prit une boîte neuve et enclencha la première cartouche dans la Douchka. Deux minutes et demie s'étaient écoulées depuis le début du tir. L'escorte était neutralisée. Restait la seconde partie de l'opération, la plus importante. Il dirigea le canon de la Douchka sur la glace arrière de la Mercedes et pressa la détente. Il vit distinctement les impacts sur les glaces verdâtres de quinze centimètres d'épaisseur. Celles-ci s'étoilèrent, mais n'explosèrent pas.

Posément, Abdul Al Ahmar se concentra sur la glace, essayant de maintenir son arme rigoureusement immobile. Enfin, ses efforts furent récompensés : la glace commença à tomber en petits morceaux. Mais à ce rythme, il en avait pour beaucoup trop longtemps. Et les occupants du véhicule, protégés par le blindage des portières, ne craignaient rien.

Cela était prévu. Abandonnant la Douchka, le Bédouin sauta à terre et courut jusqu'à la cabine de la Range. Il y prit un RPG 7 tout préparé et s'accroupit à l'abri du 4 x 4. Il avait trente mètres à parcourir en terrain découvert pour être à portée de tir. Il fit signe à ses hommes. Leurs tirs redoublèrent et il s'élança, courbé en deux.

*
**

Hussein Kemal était tassé sur le plancher de la Mercedes, le nez dans la moquette, son garde du corps sur lui, l'écrasant de ses quatre-vingts kilos. Il lui semblait que les détonations duraient depuis une éternité. Il avait vu distinctement la première partie de l'attaque, l'explosion de la voiture de police. Puis, tous, y compris le chauffeur, avaient plongé pour se mettre à l'abri. Les coups sourds des projectiles de la mitrailleuse lourde ébranlaient la caisse de la Mercedes à chaque impact.

– Mais qu'est-ce qu'ils font ! jura le général irakien entre ses dents.

Il pensait à l'armée, aux Jordaniens. Le gros pistolet de son garde du corps semblait bien dérisoire devant ce déchaînement de feu...

– Essaie de repartir, hurla-t-il au chauffeur.

Celui-ci, couché sur la banquette, ne répondit même pas. Impossible de manœuvrer, l'avant de la Mercedes était encastré dans la Range. Jamais Hussein Kemal n'aurait imaginé une attaque de cette violence en plein Amman ! Secoué et étourdi par les détonations, il avait du mal à réunir deux idées. Une seule surnageait, horrible : Randa Asfour lui avait menti.

Seul Saddam Hussein pouvait déclencher un tel enfer... Hussein Kemal aurait donné n'importe quoi pour lui crier sa fidélité ! Soudain, la glace à sa gauche vola en éclats ! Il poussa un cri et se tassa davantage. Maintenant, les projectiles de Douchka venaient s'écraser contre le blindage intérieur de la Mercedes et ricochaient. Durant une brève accalmie, il lui sembla entendre des sirènes ! Le cœur d'Hussein Kemal fit un bond dans sa poitrine.

Les coups ébranlaient maintenant les portières. A chaque impact, l'Irakien serrait les dents, s'attendant à voir les tôles se déchirer. Pourtant, sa voiture était prévue pour résister à des mitrailleuses lourdes. Il en avait fait lui-même l'essai, quand elle avait été construite et modifiée...

Soudain, la mitrailleuse se tut. Le silence était si étonnant qu'il essaya de se redresser et risqua un œil à l'extérieur.

Ce qu'il vit lui remplit l'estomac de plomb. Un homme s'était détaché des véhicules menant l'embuscade. Il courait vers la route, plié en deux, un RPG 7 sur l'épaule. Un lance-roquettes antichar. Le blindage n'était pas prévu pour résister à *ça*...

– Sortons ! hurla-t-il. Sortons !

Désespérément, il se débattait pour repousser le garde du corps. Ce dernier se redressa, atteignit la poignée et tira. Rien : le système de verrouillage automatique était bloqué ! Ils étaient prisonniers. Hussein Kemal regarda de nouveau dehors. Le tir avait repris, moins nourri. Les soldats de l'escorte ne se montraient plus, terrés dans les fossés. Pour leur roi, ils auraient combattu jusqu'à la mort. Pas pour un étranger.

L'homme au RPG 7 se redressa et repartit en courant, son arme sur l'épaule. Il lui fallait encore se rapprocher un peu. Sa roquette transformerait l'intérieur de la Mercedes en une bouillie à deux mille degrés... Hussein Kemal se dit qu'il allait mourir.

*
**

Malko et Christopher Angleton aperçurent en même temps la colonne de fumée qui montait de la route, cinq ou six cents mètres devant eux. L'Américain explosa. Son superbe calme britannique vola en éclats sous le poids de l'angoisse.

– *Shit ! Shit ! Shit !*

Une panne idiote du système de sécurité de l'ambassade les avait retardés. Le cylindre d'acier qui devait normalement s'enfoncer dans le sol pour laisser libre le passage avait obstinément refusé de s'effacer...

Ensuite, ils avaient dévalé à tombeau ouvert le djebel Abdoun jusqu'au Septième Cercle, pour remonter ensuite vers le nord. Compte tenu de leur retard, ils allaient directement au centre médical. Si Hussein Kemal était parti à l'heure du palais Achemieh, il devait déjà s'y trouver.

Malko sentit son cœur rétrécir devant les hautes volutes de fumées. Pourvu que ce ne soit pas la contre-mesure qu'il redoutait : l'élimination physique d'Hussein Kemal... Mort, non seulement son rôle de défecteur était consolidé, mais ils n'apprendraient plus rien.

Christopher Angleton donna un violent coup de volant pour éviter un camion en train de changer une roue. Soudain, la chaussée fut vide devant eux. Plus une seule voiture ne venait en face. Des gens étaient descendus des véhicules immobilisés sur le bas-côté et leur faisaient signe de stopper... Cela sentait très mauvais, très mauvais.

La route serpentait jusqu'à l'*interchange* du Huitième Cercle. Ils apercevaient au loin sur leur gauche les bâtiments du King Hussein Medical Center. Malko sortit de sa ceinture le pistolet israélien et en vérifia le chargement.

Christopher Angleton franchit à toute vitesse la dernière courbe avant la ligne droite d'où partait le chemin menant à la cité médicale et ils découvrirent la source du panache de fumée noire. Une voiture, en travers de la route, était en feu. Derrière le rideau de fumée, ils distinguèrent plusieurs autres véhicules stoppés. L'Américain pila et ils sortirent ensemble de la Chrysler.

Une courte rafale claqua, juste devant eux. Puis des coups de feu isolés. On se battait. Malko en tête, pistolet au poing, ils se jetèrent dans le fossé, progressant courbés vers le convoi immobilisé. Au bout de cent mètres, ils risquèrent un œil.

La route était déserte, quelques corps étendus sur le bitume. Les soldats de l'escorte demeuraient invisibles. Par contre, sur sa droite, Malko aperçut quatre Range Rover arrêtées à flanc de colline, dans un désert pierreux. Et un homme accroupi derrière un arbre qui se protégeait du tir venant du convoi. Malko identifia immédiatement ce qu'il portait sur l'épaule : un RPG 7. De quoi percer n'importe quel blindage, sauf un char lourd. Il tourna la tête et aperçut, coincée au milieu des Range Rover militaires, une Mercedes noire. Intacte, à l'exception d'une glace brisée. Au même moment, un cri éclata dans son dos.

– *Dug ! Dug !* (1)

Il se retourna : Christopher Angleton, tassé dans le fossé, lui désignait avec de grands signes un Bédouin qui les ajustait avec son M.16. Malko plongea à son tour.

(1) Planquez-vous !

Au même moment, l'homme au RPG 7 se redressa, s'appuya au tronc et abaissa à l'horizontale le tube de son lance-roquettes. Dans quelques secondes, le gendre de Saddam Hussein allait être transformé en chaleur et en lumière.

CHAPITRE XIX

Randa Asfour fumait une *gauloise blonde* dans sa BMW garée juste en face du bâtiment n° 4, et tentait de calmer les battements de son cœur. L'endroit grouillait de soldats qui avaient pris position tout autour du bâtiment en prévision de l'arrivée de Hussein Kemal. Aucun ne s'intéressait à la jeune femme qui semblait attendre un patient. Tout à coup, un sous-officier sauta d'une Range Rover en criant quelque chose. Tous les soldats se mirent alors à courir vers leurs véhicules et en quelques instants, un convoi s'engagea sur le chemin en lacets menant à la grande route.

La jeune femme respira. L'attaque qu'elle avait organisée avait bien eu lieu. Elle n'était venue là que par précaution : au cas, improbable, où les Bédouins auraient fait défaut, elle aurait tenté, toute seule, d'abattre Hussein Kemal, lors du rendez-vous avec son médecin. C'était très risqué, mais en raison des liens d'amitié de son mari avec le Pr Al Daloubi, pas totalement impossible. Elle avait pour cela enfoui dans son sac un pistolet équipé d'un silencieux fourni par le *Moukhabarat* irakien.

Elle attendit quelques instants avant de redémarrer. Elle voulait vérifier le résultat de l'attaque. Normalement, Hussein Kemal avait cessé de vivre.

*
**

Malko n'hésita pas. Bondissant hors du fossé et priant de toutes ses forces, il courut en direction de l'homme au RPG 7. Avec son pistolet, il lui fallait approcher à moins de vingt mètres. Quelques secondes de course en terrain découvert, sous le feu des Bédouins. Tout en sprintant, il songea qu'il risquait sa vie pour sauver celle d'un homme qui avait des flots de sang sur les mains et qui était son ennemi.

Il vit le tireur au RPG 7 abaisser légèrement son tube et viser la Mercedes qui se présentait de trois quarts arrière. Pour se défendre, il aurait été obligé de lâcher le lance-roquettes. Il ne réagit pas quand Malko surgit dans son champ de vision. Mais une détonation claqua derrière lui et une balle siffla tout près de Malko.

Arrivé à une distance suffisante, celui-ci s'arrêta, bloqua sa respiration, saisit son pistolet à deux mains et commença à tirer, bras tendus, abaissant le canon du 22 LR Magnum après chaque coup. Tout le chargeur y passa... Au troisième projectile, l'homme au RPG 7 bascula sur le côté, en même temps qu'une langue de feu sortit de l'arrière de son tube. La roquette fila en biais vers le ciel avec un grondement sourd, et le tireur resta effondré sur le côté, s'agitant faiblement.

La culasse du pistolet était restée ouverte. Malko plongea au sol. Il n'avait pas d'autre chargeur. Plusieurs projectiles ricochèrent non loin de lui. Puis, brutalement, le feu cessa. Au bout de quelques secondes, Malko releva la tête en entendant des bruits de moteur : les derniers soldats ! Ils franchirent un repli de terrain et disparurent sur l'autre versant de la colline.

Les soldats de l'escorte surgirent du fossé comme des escargots après la pluie. La voiture de police brûlait toujours. Des sirènes se rapprochaient et trois camions déversèrent une nuée de soldats. Bientôt, la Mercedes disparut derrière les uniformes. Cela gesticulait et criait dans un désordre total. Trois soldats, en unissant leurs efforts, parvinrent à ouvrir une portière. Un civil moustachu et trapu émergea du véhicule, aussitôt « couvé » par les nouveaux arrivants : Hussein Kemal était sauf.

Une Volvo blanche se frayait un chemin à grands coups de klaxon. Deux officiers en émergèrent et se précipitèrent sur l'hôte de marque du roi. Ils l'entraînèrent sans délai vers leur véhicule qui démarra en trombe en direction de l'échangeur du Huitième Cercle. Hussein Kemal retournait au palais Achemieh.

Christopher Angleton rejoignit Malko, blanc comme un linge.

– C'est un miracle que vous n'ayez pas été touché, lança-t-il.

– C'est *aussi* un miracle qu'Hussein Kemal soit encore vivant, répliqua Malko. Sans la voiture blindée...

– Et sans vous ! compléta l'Américain. *My God, you have balls !* (1)

Malko ne répondit pas. Dans le feu de l'action, il n'avait pas mesuré le danger. Dans ces moments-là, on se croit invulnérable. Jusqu'au moment où la chance ou le destin vous abandonne. Il s'ébroua et s'avança vers l'homme qu'il avait abattu.

Il était couché sur le côté, le visage parfaitement visible. Malko n'eut aucune peine à reconnaître Abdul, le Bédouin. Il se tourna vers Christopher Angleton. Le crime était signé.

– Randa a réagi vite, remarqua Malko. En faisant tuer Hussein Kemal, elle réglait le problème.

– C'est *très* ennuyeux, fit sombrement le chef de station de la CIA. Cet attentat confirme le statut de *vrai* défecteur de Hussein Kemal...

– C'est vrai, reconnut Malko, mais nous avons toujours les documents qui prouvent le contraire. Avec un petit plus : nous ignorons ce que Randa lui a dit, mais Hussein Kemal est certain que Saddam Hussein a voulu le faire assassiner. Cela peut le faire pencher du bon côté.

(1) Vous avez des couilles.

– *Inch' Allah !* soupira Christopher Angleton. Que faisons-nous pour Randa ?

– Rien, conseilla Malko. Il n'est pas question de parler aux Jordaniens, sauf si Hussein Kemal refuse notre deal.

Ils avaient regagné la chaussée et s'éloignaient vers leur voiture, au milieu d'une pagaille indescriptible. Personne ne s'intéressa à eux, à croire que les soldats planqués dans le fossé n'avaient pas remarqué l'intervention de Malko. Celui-ci, à peine installé dans la Chrysler, découvrit ce qu'il prit pour une tache sur sa vaste d'alpaga. Il essaya de l'enlever et réalisa qu'il s'agissait d'un trou... Un petit trou bien net et bien rond. Le Bédouin au M.16 ne l'avait pas raté de beaucoup.

*
**

Randa Asfour, sa voiture garée sur le bas-côté de la route, avait continué à pied vers le lieu de l'attaque, se mêlant à la foule des badauds, que les soldats repoussaient progressivement pour boucler le périmètre. Elle parvint à se faufiler jusqu'à l'endroit où la voiture de police disparaissait sous une chape de neige carbonique. Plusieurs corps recouverts de couvertures gisaient sur la chaussée. L'âcre odeur du caoutchouc et de la chair brûlée empestait encore l'atmosphère. Partout des douilles, des débris de verre, des taches de sang. Une ambulance évacuait deux soldats blessés. Elle arriva à la hauteur de la Mercedes et sentit son cœur se dilater de joie en voyant la glace blindée pulvérisée, en dépit de son épaisseur.

– Qu'est-ce qui s'est passé ? demanda-t-elle à un soldat qui voulait l'écarter.

Il ne résista pas à son sourire.

– Des fous ont attaqué ce convoi, dit-il ; je crois qu'ils voulaient tuer un invité de Sa Majesté – qu'Allah le protège – qui se trouvait dans cette Mercedes.

– Et ils y sont parvenus ?

Le soldat leva le menton en signe de dénégation.

– *La, la,* la voiture était blindée. Eux n'ont rien eu, mais plusieurs camarades sont morts.

Randa Asfour eut l'impression qu'on lui enfonçait un pic à glace dans le cœur. C'était la catastrophe. Même si Hussein Kemal ne soupçonnait pas son intervention, le *Moukhabarat Al-Amat* allait faire une enquête et interrogerait le Pr Al Daloubi. Bien sûr, après ce qui s'était passé, ce dernier n'avait pas intérêt à dire la vérité, que son vieux copain Fadel Asfour lui avait demandé de convoquer Hussein Kemal sans nécessité médicale, pour que sa femme puisse s'entretenir avec lui. Mais le général Mustapha Al Kaisi était tout sauf un imbécile, et il savait bien que pour frapper le défecteur irakien, la seule chance était de l'attirer hors du palais Achemieh.

Combien de temps le médecin résisterait-il aux interrogatoires ?

Randa Asfour était si absorbée dans ses pensées qu'elle bouscula plusieurs personnes en regagnant sa voiture où elle avait laissé son sac et le pistolet. Comme un automate, elle fit demi-tour, reprenant le chemin qui escaladait la colline jusqu'à la cité médicale Hussein.

Plus un soldat en vue. Les lieux avaient repris leur aspect habituel. Elle se gara au milieu d'autres voitures et gagna le bâtiment n° 4. Evitant l'ascenseur, elle emprunta l'escalier pour monter au deuxième étage, et ne croisa qu'une infirmière qui ne lui prêta aucune attention. Un peu plus loin, se trouvait une porte donnant *directement* dans le cabinet de consultation du Pr Al Daloubi. Cela évitait de passer par le bureau de sa secrétaire.

Randa Asfour pesa sur la poignée : fermée à clé.

Elle frappa alors trois coups légers et attendit. Quelques secondes s'écoulèrent, la clé tourna dans la serrure et le battant s'entrouvrit sur le médecin. Randa était restée le long du mur, invisible du cabinet, même si un patient s'y trouvait. Sans perdre une fraction de seconde, bras tendu, elle appuya deux fois sur la détente de son pistolet.

Elle avait visé la tête, comme on le lui avait appris jadis. L'expression surprise du Pr Al Daloubi fit place à une grimace de douleur. Son regard devint instantanément vitreux. Il s'accrocha au battant de la porte, demeura quelques instants en équilibre puis glissa à terre. Les deux projectiles s'étaient logés dans son cerveau, ses yeux divergeaient déjà. D'un geste naturel, le bras le long du corps, Randa Asfour lui tira encore une balle dans l'oreille.

Elle longea ensuite le couloir, croisa une infirmière. Elle avait tourné le coin quand elle entendit un hurlement : la femme venait d'apercevoir le corps étendu. Sans hésiter, Randa Asfour fit demi-tour, arriva derrière elle et lui tira une balle dans la nuque. La malheureuse tomba comme une masse. Foudroyée.

Trois minutes plus tard, Randa Asfour était au volant de sa voiture. Le danger le plus immédiat était écarté, mais le principal restait à faire : faire taire Hussein Kemal, à qui elle avait elle-même donné l'ordre de parler ! Et là, elle ne voyait pas de solution.

Elle avait à peine mis la clé dans la serrure de la porte d'entrée de sa villa que son mari lui sauta pratiquement à la gorge.

– Tu as entendu les nouvelles ! aboya-t-il.

Elle jeta son sac sur un pouf et répliqua d'une voix lasse.

– Oui, je sais. L'attentat raté contre Hussein Kemal.

– Tu savais ? C'est pour ça que tu m'as demandé de...

– Oui, c'est pour ça !

Fadel Asfour se décomposa.

– Ils vont interroger Khaldoun et...

– Personne n'ira interroger Khaldoun, dit-elle. Il est mort.

Il y eut un silence terrifiant qui dura presque une minute. Fadel Asfour était en train de découvrir une femme qu'il ne connaissait pas. Certes, il n'était pas un enfant de chœur et il était au courant de l'engagement politique secret de Randa. Mais ce n'était pas un meurtrier. En plus, dans un pays comme la Jordanie, cela ne pouvait pas passer : on n'était pas au Liban.

Il ouvrait la bouche quand Randa le prit de vitesse.

– Je m'en vais, dit-elle.

– Où ?

Elle lui jeta un regard ironique. Durant les cinq dernières minutes, elle venait de prendre sa décision. La seule possible.

– Où veux-tu que j'aille ? J'ai un peu d'avance, je vais en profiter.

– Tu retournes en Irak ?

– Oui.

– Et après ?

Elle eut un geste fataliste.

– *Inch' Allah !* De toute façon, c'est trop risqué pour moi de rester ici. Les Américains savent ce que j'ai fait. A Bagdad, je n'ai rien à me reprocher, sauf cette affaire idiote du sac. Je m'expliquerai.

Fadel Asfour était atterré. La perspective de perdre sa femme l'horrifiait.

– Je viens avec toi, proposa-t-il.

– Non. C'est dangereux. Toi, tu n'y es pour rien. Tu t'en sortiras.

– Tu prends ta voiture ?

– Non, la Range.

Sans un mot de plus, elle monta dans sa chambre.

*
**

Christopher Angleton leva les yeux du message qu'il venait de trouver sur son bureau.

– Je suis convoqué maintenant au palais Achemieh ! annonça-t-il à Malko d'une voix tremblante d'excitation. A la demande du général Hussein Kemal.

Malko eut l'impression qu'on le plongeait dans un bain de miel. Il n'avait qu'une seule inquiétude.

– Vous connaissez assez le dossier pour qu'il ne vous mène pas en bateau ?

Christopher Angleton eut un sourire ironique.

– Moi, non. Mais il y a tous les experts de l'ONU derrière moi.

– Je souhaiterais venir avec vous, dit Malko.

Christopher Angleton eut un sourire joyeux.

– Mais il n'est pas question que j'y aille sans vous.

Vingt minutes plus tard, ils atteignaient l'entrée du palais Achemieh. Des blindés légers étaient embusqués de chaque côté de la grille. Cela grouillait de soldats. Leur véhicule fut immédiatement entouré par des moustachus menaçants. Heureusement, Christopher Angleton parlait arabe... Un officier insista quand même pour les fouiller, diplomates ou pas. Pendant ce temps, on téléphonait fiévreusement au palais.

Enfin, le feu vert arriva, mais c'est escortés par deux Range Rover bondées de soldats qu'ils montèrent l'allée menant au bâtiment principal. Celui-ci était également entouré de soldats... Nouvelle fouille, puis trois moustachus les escortèrent jusqu'à un salon qui donnait sur la terrasse dominant le désert, face à l'ouest. Par temps clair, on apercevait les lumières de Jérusalem, de l'autre côté du Jourdain.

Hussein Kemal se leva pour les accueillir. Il semblait encore bouleversé et avait dû se changer, car il était impeccable. Veste de tweed, pantalon gris, chaussures en crocodile. Le regard sans cesse en mouvement, il serra la main de ses deux visiteurs, sous l'œil de l'interprète. Christopher Angleton dit quelques mots d'une voix douce, en arabe. Aussitôt, Hussein Kemal renvoya l'interprète d'un geste sans réplique.

Il se tourna vers Malko et dit avec un accent effroyable :

– *My english is very poor ! Excuse me.*

Il continua en arabe. Malko, en laissant errer son regard dans la pièce, aperçut quatre gros cartons plombés, et posé sur une table, un gros dossier orange d'une vingtaine de centimètres d'épaisseur, fermé par une serrure chiffrée.

Christopher Angleton s'adressa en arabe à Hussein Kemal. Il traduisit aussitôt pour Malko :

– Je lui propose de continuer cette conversation sur la terrasse, il fait un peu chaud ici...

Il devait surtout y avoir autant de micros que de fleurs sur la moquette... Le général Al Kaisi connaissait son métier.

Docilement, le transfuge irakien ouvrit une des portes-fenêtres et les trois hommes passèrent sur la terrasse où plusieurs soldats montaient la garde. La conversation s'engagea entre Christopher Angleton et le général irakien. Elle fut brève et l'Américain traduisit pour Malko, avec une solennité de circonstance :

– Le général Hussein Kemal a retrouvé des documents importants concernant le programme secret d'armements bactériologiques et chimiques de son pays. Il considère que ceux-ci doivent être portés à la connaissance de la Commission spéciale des Nations unies, afin que l'on puisse mettre fin à l'embargo qui étrangle son pays et condamne le peuple irakien à une mort lente et injustifiée. Il a choisi les Etats-Unis comme destinataires de ces documents, en espérant qu'ils sauront rendre l'application des sanctions post-embargo moins humiliantes pour son pays.

L'Irakien parlait d'une voix monocorde, étranglée parfois. De fines gouttelettes de sueur étaient apparues sur son front. En ce moment, il scellait son sort.

Jamais Saddam Hussein ne lui pardonnerait cette trahison. Sauf si c'était encore une arnaque... Malko épiait du coin de l'œil l'Irakien. Et si c'était encore un piège ?

Le général acheva son discours et Christopher Angleton se tourna vers Malko.

– Il va nous remettre le dossier complet des armes dissimulées. Il me dit qu'avec ces pièces, la Commission n'aura aucun mal à retrouver ce qui manque et avait paraît-il été détruit, sur « ordre verbal ».

Hussein Kemal était retourné dans le salon. Ils l'y suivirent. Le général irakien appuya sur une sonnette et un sous-officier en béret vert surgit aussitôt. Hussein Kemal lui jeta un ordre et le Jordanien appela à son tour trois soldats. Chacun prit un des cartons et attendit. Le gendre de Saddam Hussein prit alors le dossier orange, et le remit avec une certaine solennité à Christopher Angleton. Ce dernier en était rose d'excitation... Serrant le dossier contre son cœur, il s'inclina devant le général irakien et partit vers la porte... suivi par les trois soldats. Pas un mot n'avait été dit sur l'attentat, ni sur Randa Asfour, passée aux oubliettes de l'Histoire.

Malko songeait que si Hussein Kemal avait eu des hésitations, ou quelque envie de jouer le double jeu, la tentative d'élimination physique dont il avait été l'objet l'avait fait basculer du bon côté...

Christopher Angleton courut presque jusqu'à sa voiture, comme si on allait lui arracher les précieux documents. Les cartons prirent place sur la banquette arrière.

Avant même de démarrer, il verrouilla les portières et ne prononça pas une parole tant qu'ils ne furent pas sur la route.

*
**

– Les salauds ! Ils avaient tout noyé dans le Tigre, dans des caissons étanches ! s'exclama Christopher Angleton.

Lui et Malko s'étaient installés dans la salle de conférence voisine du bureau de l'Américain. Les documents en arabe s'étalaient sur la grande table, incompréhensibles pour Malko, à l'exception de cartes annotées en arabe. Le chef de station de la CIA montra du doigt un emplacement sur une des cartes.

– Ici se trouvent, dans une barge immergée dans le Tigre, cinquante tonnes de cultures bactériennes concentrées, réparties en cent quatre-vingt-dix charges pour missiles Scud.

– Des bombes biologiques ?

– Exactement, confirma l'Américain. Des cultures d'anthrax capables de décimer des millions de personnes, dans les Emirats, l'Arabie Saoudite, la Syrie ou même Israël ! Tenez, voici le rapport des tests effectués avec ces substances. Ils les ont essayées sur des moutons et des singes dans la région de Muthanna, près de la frontière irakienne ! Voilà le rapport officiel envoyé à Saddam Hussein en personne, dès 1992.

– Vous n'étiez pas au courant ?

Christopher Angleton secoua la tête.

– Les Irakiens et notamment le général Hussein Kemal ont toujours prétendu n'avoir importé que cinquante kilos de concentrés de cultures bactériennes, à des fins uniquement médicales. Il y a tellement de gens qui en fabriquent dans le monde que c'était invérifiable. Nous pensions qu'ils mentaient, mais qu'ils les avaient détruits. Ils n'étaient nulle part. Et pour cause ! On n'a jamais exploré les innombrables épaves coulées dans le chott El Arab et le Tigre lors des bombardements de la guerre entre l'Irak et l'Iran. C'était sûrement le secret le mieux gardé d'Irak.

Il poussa une exclamation de joie en brandissant un autre document.

– Regardez ! Voilà où se trouvent quatre cents tonnes de « nervegaz », réparties dans des containers pouvant équiper de petits missiles et des obus d'artillerie. De quoi tuer, là aussi, des centaines de milliers de soldats, par paralysie respiratoire. Cela est renfermé dans trois bateaux officiellement coulés par les bombardements, sur le cours supérieur de l'Euphrate.

Impressionné, Malko regardait les cartes indiquant l'emplacement de ces dépôts secrets.

– Et les missiles ? demanda-t-il. Toutes ces saloperies, il faut bien les faire parvenir à leur destinataire ?

Christopher Angleton posa l'index sur une suite de rectangles en pointillé, à proximité de la frontière sud de l'Irak.

– Là, trois dépôts secrets de Scud et d'autres missiles à courte portée. Ils sont prêts à servir... On s'est hypnotisés sur les projets *nucléaires* de Saddam Hussein, alors qu'il était encore très loin de posséder des bombes atomiques. Nous savions par contre que dans le domaine chimique et bactériologique, il disposait de capacités importantes... De quoi déclencher un cataclysme dans le Golfe.

Christopher Angleton reprit son souffle. La torsion de sa bouche s'accentua.

– Grâce à vous, nous allons pouvoir neutraliser tout cela rapidement, poursuivit-il. Avec la caution de celui qui a mis au point cet armement. Il pourra même témoigner...

– Il ne reste plus qu'un problème, fit Malko. Randa Asfour.

Le chef de station de la CIA eut un geste fataliste.

– Laissez-la se débrouiller avec les Jordaniens. A moins que vous n'ayez un compte *personnel* à régler avec elle. Nous n'avons plus besoin d'elle. Elle va sûrement garder un profil bas.

– Et si elle prévenait les Irakiens ? Qu'ils déménagent tout cela ?

– Techniquement, c'est impossible ! affirma l'Américain. Je vais transmettre ces documents à Washington ce soir même. En tout cas, l'essentiel. Dès demain, les équipes de l'UNSCOM seront alertées. Elles ont le droit de se déplacer partout en Irak... En outre, nous assurerons une surveillance par satellite tant que nous n'aurons pas *tout* récupéré. Rassurez-vous, nous venons d'arracher ses dernières griffes à Saddam Hussein. A moins que vous n'ayez d'autres projets, conclut Christopher Angleton avec sa politesse exquise, nous allons fêter ça ce soir. Avec Zahra. Vous pouvez la prévenir. Elle l'a bien mérité.

– Je passerai à son bureau, dit Malko.

Tadeusz Zirkowski n'était pas mort pour rien. Hélas, le *case-officer* de la CIA qui reposait maintenant dans une tombe anonyme du cimetière d'Arlington ne saurait jamais à quel point il avait rempli sa mission.

Les conséquences du démantèlement des armes secrètes de Saddam Hussein étaient incalculables. La paix allait, à nouveau, régner dans la région, sans que l'Irak soit démantelé, avec le cortège d'horreurs qui s'ensuivrait. Le peuple irakien allait cesser de souffrir inutilement et les Emirats pourraient respirer... Quant à Hussein Kemal, il subirait vraisemblablement le sort des défecteurs, malgré ses millions de dollars. Un jour, on le logerait dans un palais plus petit, la garde serait moins vigilante et, un beau matin, un commando de tueurs l'exécuterait. Ni les Irakiens ni les Israéliens n'oubliaient leur vengeance.

Malko stoppa devant les bureaux où travaillait Zahra. Un secrétaire soudanais se tenait dans la première pièce. Il sourit à Malko.

– Mme Sirb a une visiteuse. Vous pouvez attendre quelques instants ?

Malko sentit le sang se retirer de son visage.

– Une visiteuse ! Ce n'est pas Randa Asfour ?

– Si ! Mais...

Malko traversait déjà en courant la salle des dépêches. La porte du bureau de Zahra était fermée. Il entra sans frapper.

Zahra Sirb était assise à son bureau, la tête posée sur le cuir rouge, comme si elle dormait. Dans sa main droite, elle serrait encore le Zippo avec lequel elle s'apprêtait à allumer la cigarette qui lui avait échappé.

Elle avait reçu plusieurs balles dans la tête et son visage n'était plus qu'un masque de sang encore frais.

Pour que les employés n'aient rien entendu, on avait utilisé une arme munie d'un silencieux.

Décidément, l'affaire Hussein Kemal n'était pas close.

CHAPITRE XX

Malko sentait ses narines s'imprégner de l'odeur fade, écœurante, du sang frais. Il avait un goût de cendre dans la bouche ! La mort de Zahra ne changeait rien au cours des choses. Comme celle du soldat tombé cinq minutes avant l'armistice... Sauf que dans ce cas il y avait une volonté délibérée de vengeance.

Il décrocha le téléphone de Zahra Sirb et composa le numéro de la ligne directe de Christopher Angleton.

– Zahra a été assassinée, annonça-t-il d'une voix blanche. Elle est encore chaude...

L'Américain jura à l'autre bout du fil.

– Jésus-Christ ! Qui a fait ça ?

– Randa Asfour. Elle était ici juste avant moi. Elle s'est enfuie par une porte donnant sur la rue adjacente.

– Mais pourquoi ? gémit l'Américain, consterné.

– La vengeance, laissa tomber Malko. Elle était la seule à connaître le rôle exact de Zahra. Et puis, en tant que femme, elle la haïssait, la jalousait. Cela signifie qu'elle a décidé de quitter le pays...

– Je vais prévenir immédiatement le *Moukhabarat Al-Amat*, dit l'Américain.

– Je m'en occupe, répliqua Malko. Vous m'aviez demandé si j'avais une raison *personnelle* d'en vouloir à Randa Asfour. Maintenant, j'en ai une.

Il ne prit même pas la peine de repasser par le bureau. Après avoir fermé les yeux de Zahra, il se glissa dehors par la porte empruntée par la meurtrière et regagna sa voiture. Le pistolet israélien avec un chargeur neuf était toujours sous le siège. Il fit monter une balle dans le canon et se mit au volant. Dix minutes plus tard, il stoppait devant le portail de la villa Asfour. La Mercedes immatriculée 3 était là, ainsi que la BMW de la jeune femme. Celle-ci avait assez de culot pour être restée...

Il sonna. Le maître d'hôtel habituel vint lui ouvrir.

– Mme Asfour ?

– *She is not here...*

– M. Asfour ?

– *He has a meeting. Who...*

Malko le bouscula et entra. Il aperçut tout de suite le mari de Randa Asfour assis à une table ronde en face de la piscine, en compagnie de deux autres hommes. Il marcha vers eux. Fadel Asfour se leva, très pâle.

– Qui êtes-vous ? Que voulez-vous ?

– Où est votre femme ? demanda Malko.

– Elle est absente. Qui êtes-vous ?

– Où est-elle ?

– Vous n'avez rien à faire ici... protesta le Jordanien.

Sans répondre, Malko tira le pistolet de sa ceinture et visa soigneusement un très beau poisson en verre soufflé égyptien, vieux de plusieurs siècles, qui surmontait une colonne. Superbe pièce ancienne valant sûrement plusieurs milliers de dollars... Le projectile de 9 mm le fit exploser au moment où Fadel Asfour se dressait, poussant un hurlement de fureur qui lui rentra aussitôt dans sa gorge. Le canon du pistolet était maintenant dirigé droit sur son front, chien relevé.

Les yeux dorés de Malko s'étaient subitement striés de filaments verts. Ses prunelles ressemblaient à deux pierres dures. C'est d'une voix parfaitement calme qu'il prévint :

– Si vous ne me dites pas où est Randa, je vous tire une balle dans la tête.

Les amis du maître de maison, médusés et terrifiés, se gardaient d'intervenir, les mains bien à plat sur la table. Entrepreneurs de bâtiment, ils avaient plus affaire aux machines à calculer qu'aux armes automatiques... Fadel Asfour passa sa langue sur ses lèvres sèches et vida d'un coup le verre de *Defender* posé devant lui, puis dit d'une voix sans timbre :

– Elle est partie en voiture.

– Pour l'Irak ?

– Oui, confirma-t-il d'une voix à peine inaudible.

– Quand ?

– Il y a une heure environ.

– Avec quel véhicule ?

– Une Range Rover blanche avec une bande noire.

Le pistolet s'abaissa. Fadel Asfour avait trop peur pour mentir. Il balbutia :

– Je lui avais dit de ne pas toucher au Pr Al Daloubi. C'était un ami. Il m'avait opéré pour rien...

Malko se figea. Ainsi, elle avait aussi tué le professeur de médecine ! Elle brûlait vraiment tous ses vaisseaux. Il fit demi-tour et sortit sans un mot. Cinq minutes plus tard, il était à l'ambassade américaine.

*
**

– Il va être quatre heures, calcula Malko. Le temps de tuer Zahra et de sortir de la ville, elle n'a sans doute pas atteint le désert avant trois heures et demie.

– La circulation est très dense jusqu'à Zarka, souligna l'Américain. Elle a dû perdre du temps. Ensuite, cela roule mieux. Il faut faire prévenir les *check-point*.

– Randa n'a sûrement pas emprunté la route, objecta Malko. Elle utilise une Range 4 x 4 blanche avec une bande noire. Elle se doute bien que les barrages sur la route ne la laisseront pas passer.

– J'ai déjà eu un contact avec le *Moukhabarat Al-Amat*, annonça l'Américain. Ils ont prévenu le poste-frontière et tous les *check-point* de la route n° 10.

Malko se leva pour se planter devant la carte épinglée au mur.

– Si j'étais elle, murmura-t-il, je couperais à travers le

désert, au sud de la route n° 10. Dès qu'elle sera sur le territoire des Cha'alam, elle trouvera des gens pour l'aider et lui faire ensuite passer la frontière. Si nous ne l'avons pas attrapée avant la tombée de la nuit, nous ne la reverrons jamais.

– Il faut un hélicoptère, conclut Christopher Angleton.

– Vous pouvez en demander un au ministre de l'Intérieur, Adnan Zabib ?

– Oui. Surtout après le meurtre de Zahra.

Il ne fallut que quelques minutes au chef de station de la CIA pour joindre Adnan Zabib. Et guère plus pour que celui-ci accède à la demande de Christopher Angleton. CIA mise à part, Randa Asfour venait de se rendre coupable de deux meurtres sur des citoyens jordaniens, dont la maîtresse du ministre.

Christopher Angleton raccrocha, le visage grave.

– Il nous attend dans un quart d'heure à son nouveau QG, à côté de l'hôtel *Regency*. Nous utiliserons son hélico personnel, parce qu'il n'a pas le temps d'en trouver un.

Malko jeta un coup d'œil à sa montre. Si tout se passait bien, ils décolleraient vers seize heures vingt. Randa Asfour, elle, roulait depuis un peu moins d'une heure. Elle avait peut-être pris la route 40 afin de gagner du temps, coupant ensuite à travers le désert à partir d'Al Azrak, là où commençaient les *check-point*. Elle pouvait donc se trouver à soixante-dix kilomètres d'Amman. Il restait au maximum deux heures de jour.

*
**

Depuis longtemps, Randa Asfour ne s'était pas sentie autant en accord avec elle-même. Elle revoyait l'expression affolée, puis terrorisée de Zahra quand elle avait sorti le pistolet de son sac et lui avait posément tiré trois balles dans la tête. Elle sourit. Ce n'était pas seulement pour l'aide que Zahra avait apportée à la CIA. Mais aussi pour tous les hommes qu'elle lui avait pris. Randa méprisait les Palestiniens, pensant sincèrement que les Irakiens étaient ce qu'il y avait de mieux dans l'Oumma (1)... Elle se sentait prête à présent à affronter la fureur de Saddam Hussein. Il serait impressionné par son courage. Et puis, elle avait déjà rendu tant de services, « retournant » par son charme des officiers du KGB en poste à Bagdad ou même à Moscou. Farouche nationaliste, elle s'identifiait au *Raïs*.

Fatiguée, elle lâcha le volant quelques instants.

Elle avait quitté Amman par la route n° 40, passant devant les châteaux du désert pour atteindre Al Azrak, petite localité du sud de la grande route Amman-Bagdad. On rejoignait cette dernière à As Safawi, par la route qu'elle venait justement de quitter. Elle avait abandonné la 40 juste avant Al Azrak où il y avait un *check-point*.

Maintenant, elle roulait plein est, le soleil dans le dos. La frontière irakienne n'était distante que de deux cent cinquante kilomètres à vol d'oiseau. Six à huit heures de route dans le désert, et beaucoup de fatigue. Mais dans deux heures, il ferait nuit et elle serait en sécurité.

Le basalte noir s'étendait à perte de vue, plat en apparence, mais en réalité plein de creux, de blocs de rochers, de miniravins qu'il fallait contourner. Randa Asfour s'efforçait de suivre des pistes à peine tracées et gardait le cap grâce au soleil.

Connaissant la lenteur des Arabes, elle ne risquait pas grand-chose. Ils alerteraient les *check-point* et la frontière, mais avec la Range, elle passait partout, et roulait quand même à cinquante-soixante... Les doigts crispés sur l'ébonite, elle rétrograda pour franchir un petit *wadi*.

*
**

– *Yallah !*

Le ministre de l'Intérieur avait crié à l'oreille du pilote afin de couvrir le bruit de la turbine du Hughes 500. L'hélicoptère s'éleva verticalement, passa au-dessus de

(1) Le monde arabe.

Sport-City et mit cap à l'est. Adnan Zahib avait les traits tendus, le regard fixe. Visiblement, la mort de Zahra l'avait touché. Ecouteurs aux oreilles, en contact avec le sol, il suivait les rapports des *check-point,* tous en alerte. Mais il ne comptait pas trop sur une imprudence de Randa Asfour.

Il se retourna vers Christopher Angleton et Malko, assis sur les sièges pliables derrière le pilote et lui.

– Nous allons trois ou quatre fois plus vite qu'elle ! On devrait la retrouver.

– Où sommes-nous ? demanda Malko.

– Nous survolons le gouvernorate de Zarka, expliqua le ministre. Dans dix minutes, nous serons à la verticale de la base aérienne d'Al Azrak. Si Randa Asfour coupe par le désert, c'est forcément au sud de la route n° 10. Au nord, il n'y a pas de piste, elle se traînerait à vingt à l'heure. Si elle reste sur la route, elle se fera arrêter à un *check-point* et nous le saurons immédiatement. Il n'y aura plus qu'à aller la cueillir.

Le silence retomba dans l'appareil. Après Al Azrak, il n'y avait plus rien que les taches marron des tentes bédouines, des lacs de sel, un relief qui, sous les rayons obliques du soleil, prenait des aspects étranges, peuplé d'ombres portées gigantesques. Dans cette immensité, une voiture n'était qu'une tache minuscule.

Heureusement, ils avaient le soleil dans le dos...

– Descends encore ! ordonna le ministre au pilote.

Le Hughes 500 piqua du nez. Le pilote restait sur ses gardes, le désert était dangereux à cause des illusions d'optique. Mais le temps était clair et ils ne risquaient pas une tempête de sable... Volant à moins de cent pieds du sol caillouteux, ils continuèrent une demi-heure ainsi... Inexorablement, le soleil descendait sur l'horizon, les montagnes s'irisaient d'admirables teintes mauves. On distinguait de moins en moins les détails, les objets se confondaient avec leur ombre portée. Le pilote tendit la main vers la gauche.

– Al Ruwayshid !

Ils l'avaient déjà dépassé. Ils volèrent encore cinq minutes, puis le ministre lança :

– Elle n'a pas pu aller si loin. Faisons demi-tour. Elle a peut-être essayé de gagner le *wadi* Umm Tuways. C'est un passage difficile, mais ensuite, elle tombe sur une piste qui conduit droit à la frontière irakienne, à quarante kilomètres au sud du poste de police de Turaybil.

Docilement, le pilote effectua un demi-tour. Maintenant, ils avaient le soleil en plein visage !

Ils parcoururent ainsi une centaine de kilomètres vers l'ouest, totalement éblouis. Penché en avant, le ministre inspectait le sol.

– Va au sud, ordonna-t-il au pilote. Ensuite, dans cinq minutes, tu reprends l'est.

Malko regarda discrètement sa montre. Il leur restait quarante minutes de jour.

Il se tourna vers l'est, scrutant les accidents de terrain. Il allait se reporter vers l'avant lorsqu'un point lumineux brilla quelques fractions de seconde à la surface du désert et disparut. Comme une très brève étoile filante.

Il sursauta et cria.

– J'ai vu quelque chose, derrière nous ! Faites demi-tour.

Le ministre transmit l'ordre au pilote et le Hughes 500 effectua un virage serré à cent quatre-vingts degrés. Malko eut beau écarquiller les yeux, il ne vit plus rien : les ombres portées des rochers brouillaient sa vision. En dépit de ses yeux perçants de Bédouin, le ministre de l'Intérieur était à peine meilleur.

Soudain, un second point lumineux se matérialisa, cette fois devant eux, à droite de l'hélico. D'abord, Malko crut qu'on leur tirait dessus. Il lui fallut une seconde pour réaliser qu'il s'agissait d'un rayon de soleil couchant renvoyé par une surface réfléchissante.

Le ministre avait déjà interpellé le pilote qui descendit encore, incurvant sa course vers la droite. Pendant quelques minutes, un silence tendu régna dans le cockpit chauffé par le soleil.

Puis, le même cri sortit des quatre poitrines. Un troisième éclair les avait éblouis. Cette fois, ils étaient assez près pour en distinguer la source : le soleil se reflétait dans la lunette arrière d'une Range Rover blanche engagée dans un *wadi,* entre deux murailles rocheuses !

*
**

Randa Asfour s'était tassée sur son siège, comme pour se rendre moins visible. Dès qu'elle avait aperçu l'hélico, son pouls avait vertigineusement grimpé. Cependant, l'appareil était assez loin et l'avait largement dépassée. Elle était engagée dans une sorte de canyon qui la protégeait en grande partie des regards. Elle avait stoppé et allumé une cigarette. Il n'y avait plus qu'à attendre. Dans vingt minutes, la nuit serait tombée...

Et puis, l'hélicoptère était revenu dans sa direction. D'abord, elle avait espéré qu'il retournait vers Amman. Mais il avait viré, reprenant la direction de l'est. Son seul espoir était qu'il ne la repère pas. Il avait sûrement la radio et sinon, il guiderait jusqu'à elle une patrouille de la Police du Désert... Elle se plongea dans la carte. La piste, presque aussi bonne qu'une route asphaltée, qui menait à la frontière irakienne, débutait vingt kilomètres à l'est.

Une demi-heure de lente progression dans le *wadi* suffirait pour l'atteindre.

Le grondement de l'hélicoptère passant presque au-dessus d'elle lui arracha un cri de rage. Il était arrivé de biais, caché par la crête rocheuse. Il ne pouvait pas ne pas l'avoir vue. Elle hésita. La frontière d'Arabie Saoudite était encore plus proche à une dizaine de kilomètres.

Incapable de rester là sans rien faire, elle redémarra. Maintenant qu'elle était repérée, cela n'avait plus d'importance. A peine avait-elle parcouru une centaine de mètres que l'hélicoptère surgit devant elle, à quelques mètres du sol, tel un gros bourdon hostile. Elle pouvait distinguer les quatre occupants... Elle aurait donné n'importe quoi pour une mitrailleuse. Elle écrasa le frein de la Range Rover. L'hélico descendait encore, soulevant un énorme nuage de poussière jaune. Il se posait de façon à lui barrer la piste. La nuit allait tomber trop tard.

Brutalement, un calme presque irréel envahit Randa Asfour. Elle coupa le moteur, prit une cigarette dans son sac et l'alluma avec le Zippo gainé de crocodile vert. Elle contempla le Zippo quelques instants, étreinte par une ironie morbide. Si elle se trouvait là, c'était à cause de son sac. Elle releva les yeux.

L'hélicoptère s'était posé sur ses patins et la poussière continuait à tourbillonner. Trois hommes sautèrent à terre. Elle les connaissait tous les trois. Sa main se posa sur la crosse du pistolet qui avait servi à tuer Khaldoun Al Daloubi et Zahra Sirb. Elle n'avait pas dit son dernier mot.

*
**

Derrière le pare-brise de la Range Rover, on ne distinguait qu'une seule silhouette. Une centaine de mètres séparait le Hughes 500 du 4 x 4 blanc. La lumière qui baissait empêchait de distinguer les traits de la personne assise au volant. Le ministre hurla quelque chose au pilote demeuré à ses commandes, rotor tournant.

– Il va demander de l'aide par radio ! lança-t-il. Ils peuvent être là dans deux heures au plus.

– Il fera nuit, objecta Malko. D'ici là, elle a le temps de s'enfuir à pied.

– Dans le désert, elle n'ira pas loin, objecta Christopher Angleton.

Malko ne répondit pas. Randa Asfour lui avait prouvé qu'elle était une femme de ressources. Et puis, il pensait à Zahra...

– J'y vais, dit-il.

– Je viens avec vous ! dit aussitôt Christopher Angleton.

Malko se tourna vers lui.

– Vous n'êtes pas armé. Le ministre non plus.

Sans attendre la réponse des deux hommes, il se mit en marche vers la Range Rover arrêtée. Il avait le soleil dans l'œil et la distinguait en ombre chinoise. Tout en marchant, il sortit le pistolet israélien de sa ceinture et le tint à bout de bras. Il voulait que Randa Asfour sache qu'il ne venait pas pour négocier. Pour tirer, elle serait obligée de sortir de la voiture.

Ce serait un duel loyal.

Il lui sembla que ses pieds s'enfonçaient davantage dans le sable. Il ne se trouvait plus qu'à vingt mètres et s'attendait à chaque seconde à voir la portière s'ouvrir. Il réalisa soudain que ce n'était pas le sable qui ralentissait sa marche, mais son instinct de conservation. Il formait une cible magnifique.

Encore quelques pas. Le soleil l'empêchait de voir l'intérieur de la Range. Il eut soudain l'impression qu'elle était vide. Et si Randa Asfour s'était enfuie par le hayon arrière ! Il parcourut les derniers mètres en courant et ouvrit la portière à la volée, braquant son pistolet à l'intérieur.

Randa Asfour était toujours à sa place, appuyée sur le volant comme si elle dormait. Un très mince filet de sang coulait de l'orbite vide de son œil gauche. Là où elle s'était tiré une balle avec le pistolet qu'elle tenait encore dans sa main droite.

IMPRIMÉ EN FRANCE PAR BRODARD ET TAUPIN
Usine de La Flèche (Sarthe), le 20-12-1995.
2823C-5 - Dépôt légal Editeur : 2823 - 01/1996.
ISBN : 2 - 7386 - 5777 - X

42/5777/0